陈河中短篇小说精选

# 女孩和三文鱼

陈河◎著

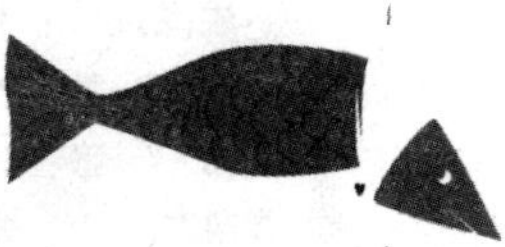

作家出版社

**图书在版编目（CIP）数据**

女孩和三文鱼 / 陈河 著. -- 北京 ：作家出版社，2013.12

ISBN 978-7-5063-7258-9

Ⅰ. ①女… Ⅱ. ①陈… Ⅲ. ①中篇小说－小说集－中国－当代 ②短篇小说－小说集－中国－当代 Ⅳ. ①I247.7

中国版本图书馆CIP数据核字（2014）第001975号

**女孩与三文鱼**

**作　　者：** 陈　河
**责任编辑：** 盖启天
**装帧设计：** 博雅工坊·肖杰 TEL:010-82061212
**出版发行：** 作家出版社
**社　　址：** 北京农展馆南里10号　　**邮　　编：** 100125
**电话传真：** 86-10-65930756（出版发行部）
86-10-65004079（总编室）
86-10-65015116（邮购部）
**E-mail:zuojia@zuojia.net.cn**
**http://www.haozuojia.com**（作家在线）
**印　　刷：** 北京雁林吉兆印刷有限公司
**成品尺寸：** 145×210
**字　　数：** 221千
**印　　张：** 10.5
**版　　次：** 2014年3月第1版
**印　　次：** 2014年3月第1次印刷
**ISBN** 978-7-5063-7258-9
**定　　价：** 29.80元

# 为何写作〔自序〕

一九九四年五月的某天，我从阿尔巴尼亚首都地拉那开车前往边境小城吉诺卡斯特，傍晚时分到达了这座依山而建的石头城市。那个时候我刚刚离开中国，还没有在国外生活的经验，所以这个位于希腊边境的中世纪古城给了我非常强烈的印象。它是用白色的石头建成的，屋顶都是红色的瓦，美丽之极。它的建筑风格和城里居住的人们生活完全是在我的想象力之外，也就是说，如果我不到达这里，那么这个城市和城市里的人对我来说是不存在的。然而，有一件事让我费解，尽管是那么一个陌生的地方，我感觉似乎是有点熟悉，好像梦境里面见过这个地方。这个城市的城门是一个城堡，在城门口的一棵无花果树下，我看到了一个少女雕像。她的脸色坚毅而忧郁。翻译告诉我这个姑娘是二战时期的一个女游击队员，被德国鬼子绞死在这棵树上。而当我知道这个她就是电影《宁死不屈》里的米拉时，我激动得全身发颤。怪不得我会觉得这个城市那么熟悉，因为几十年之前我在那部黑白电影里看过它无数次。

这一年，我离开了中国前往阿尔巴尼亚经商。在这之前的十年时间里，我是一个十分认真投入的业余小说作者。我在那段时间里曾经写出了一些好的小说，《夜巡》就是那个时候写的。但由于是业余写作，常常靠熬夜挤时间，我的写作就像那些在干旱缺水的陕北高原种庄稼的老农，虽然付出极大辛苦，可收获却是寥寥无几。说起来我那时也发表了一连串的作品，它们就像是挂在窑洞外墙上晒太阳的老玉米，能装点一下门面却形不成什么大的气候。而且那个时候我写出了点好东西也找不到好地方发表，《夜巡》就是被人退了多次，最后压在箱底，二十年后才发表出来。我整整写了十年，之后想起了海明威对菜鸟说的话：写上五年，如果没有成果那就赶紧洗手不干。但是海明威这个标准不明确，像我这样处于有成果和没成果之间的情况是不是该金盆洗手呢？犹豫之间，有一天看到了王朔的话，他的意思是写作是一门码字儿的职业，要把这件事做好，那就得以此为职业，靠这个吃饭。王朔的话让我茅塞顿开。我问自己你能以写作作为养家糊口的职业吗？我知道在当时是不可能的，所以我就觉得应该痛快离场了。不久之后，我放弃了国内的职业，前往阿尔巴尼亚，做抗菌素药品的生意。

我相信这一次的远行是我一次正确的选择。它让我进入了一种完全不一样的生活环境。古人说读万卷书走万里路是有道理的。我非常幸运，在到达阿尔巴尼亚不久就来到了吉诺卡斯特，让我体验了一种接近梦境和历史的神奇美感。实际上世界上任何地方都是有联系的。对于一个心怀梦想的人来说，走得越远，反而会有对原居地更加亲密的感觉。比方说，我在到达吉诺卡斯特看到了米拉的雕像之后，那一段七十年代里和《宁死不屈》有联系的记忆全部以不同的意义重现了出来。如果我不曾到达这里，那些记忆也许就会永远沉入记忆海底。这个现象最简单的例子就像人们所说的乡愁，如果不远离故乡，那么就不会感到有家乡的存在，也就不会有乡愁的体验。因此，到达了吉诺卡斯特小城，是我一个重要的时刻。

不过在当时，我却是根本没有去想这里面的文学意义。事实上那个时候我是彻底忘却了写作，除了努力卖抗菌素药品，就是在地中海周边国家旅游。我相信在阿尔巴尼亚的五年是我一生中最有意义的时刻，充满焦虑、恐惧又极度兴奋享乐，但是付出代价的时刻终于来临。一九九八年十月某天，我被一伙武装人员绑架，关押在地拉那一个地下防空洞里。到了第五天，在我的心情几近绝望时，隐隐听到防空洞的顶部通气孔里传来细微的小鸟的叫声，还有一丝青草气味也随气流传进来。我突然产生一个想法：如果我能够活着出来，一定要把这种感觉写出来，在国内最好的文学杂志上发表。这是我的又一个重要的文学时刻，就是这个时候，我明白了文学并没有在我心中死去。当我面临生死关头，所能记挂的还是写作。后来，我奇迹般地被阿尔巴尼亚警察救出来，次年移居到了加拿大。但是我还不能回到文学的道路上来。在冰天雪地的加拿大，一个新移民想要写作是一件十分奢侈的爱好，当你的一家生存问题还没搞定，写作就注定是不合时宜的。我又辛苦地奋斗了好几年，终于不再需要为衣食担忧。现在我有了让自己当一个职业作家的条件。这个时候已是二〇〇五年，我重新开始了写作。

十几年之前当我放弃了写作出国经商的时候，万万没有想到正是这一次放弃才成全了我日后做职业写作者的梦想。当然，这个回归的过程让我付出了十多年的时间。对于一个写作的人来说，这十几年是多么宝贵的时间。但是，我后来发现我并没有浪费时间。这十几年所经历的事情给了我丰厚的生活积累，让我的生活外延大大扩展。我源源不断地写出作品，有了自己的粮仓，而不是像以前那样只有几根挂在墙外晒太阳的老玉米。我在写中篇小说《女孩和三文鱼》的时候了解到了三文鱼的洄游习性。我奇怪自己也像是一条三文鱼一样，只有游到千万里之远的大海，写作的能力才会成熟。这种成熟的能力就是我开始能够看见内心深处那团模糊的光芒。

我这里所说的"模糊的光芒"是指一个作家心中通常具有的那种外部世界在内心深处投射的光和影的景象，那是一种隐藏在日常生活经验的表面之下极端精细的东西。当我们力图集中注意于这个景象，以便看清它是什么东西的时候它就似乎不见了。维特根斯坦把这种现象称作是"这就像一个人的手已经碰了显微镜的调焦器，或者像我们感到仿佛不得不用我们的手指去修补一个破碎的蜘蛛网一样"。为了准确传达这一个抽象的内心过程图景，我可以说一个具体的景象。那是在一九八六年，我和温州《文学青年》杂志编辑吴树乔结伴去厦门游玩，住在鼓浪屿的阎欣宁家里。回来的时候去了泉州崇武，那地方因戴斗笠露着肚脐的惠安女而出名。崇武镇是一个石头的古城要塞，保存完好。我们住在一个渔民的家里。那个傍晚渔民家在煮鳗鱼汤，据说汤要煮得越清味道越好。趁着他们家煮鱼汤的时间，我一个人从他家后门出来，在海滩上散步。当时刮风下雨，雨伞都给打翻了。那道沙滩叫月亮沙滩，呈月牙形，美丽之极。而在稍远的地方就是那个石头古城楼。我走近古城的时候，天已黑下，只见在城池的尽头风雨和暮色中有一座灯塔亮了起来。那是明朝建造的灯塔，它的光芒是橙红色的，有一圈圈的光晕，在海天之间孤独坚守。那一刻，我在沙滩上久久看着这座灯塔，忘记了渔民家里的那美味的鳗鱼汤已经做好上桌了。现在想来，那个灯塔的光芒和我所说的“内心过程图景”是最接近的东西了吧？

远离祖国在海外写作的作家名单列起来会很长，外国的、中国的都有，我心中最优秀的是那个俄国人纳博科夫，美国有一大帮犹太作家也非常的了不起。有意思的是，远在我出国之前的八十年代，我就对这些远离祖国的作家有着特别的喜爱。也许是他们的作品中对于祖国的深沉的忧伤和思念打动了我。这些年来我一直在读纳博科夫。除了那本《洛丽塔》之外，他大量的小说写的都是俄国人的故事，尽管他在青少年时期就离开了俄罗斯。我的情况也是这样，二〇〇五年我重新开始写作的第一个作品是写自己在阿尔巴尼亚经商和历险的纪实，这也是我在被绑架的时候许给自己的心愿。我以这个传奇故事作为敲门砖敲开了《当代》的大门；第二个小说《女孩和三文鱼》发表在《收获》上，写的是一个华裔女孩被绑架遇害的故事。当我渐渐进入了写作的状态之后，我觉得必须去凝视自己内心的那一团“模糊的光芒”，写出真正有文学含量的作品，而不要靠海外的传奇故事和离奇案件吸引人的眼球。在写作《黑白电影里的城市》这个小说时，我遇到了一重又一重的困难。我非常庆幸发掘和掌握到一大堆特殊的素材，这些素材里面包含了历史、战争、爱、死亡，而最动人的线索是时光流逝的美感。这里有三个时间层面：现在进行的时间，七十年代电影流行的时间，四十年代德国占领下的时间。要把这三个时间层面统一到小说里面，必须要打通一条时间的通道。当我看出了这小说有这样一种可能性的写法时，内心充满喜悦和激动。在后来的写作中，我不时会迷失方向，可最终都能找到迷宫的出口。随着故事的步步推进，我终于把这条时光隧道打通了。而引领着我最终穿越这条时光隧道的，就是我内心里那团“模糊的光芒”。

我还想说说福克纳的一件事。我在一篇序言中读到他的一句话，他说在写完了《喧哗和骚动》之后，他学会了读书，同时也停止了阅读，自那之后他再也没读过任何东西。因为他以前读的书足够多了，现在只要反刍消化就可以了。这句话让我震惊，因为在福克纳写出《喧哗和骚动》的时候，他才三十二岁而已，为什么他要说这样的话呢？我相信福克纳的这句话有点言过其实，他在以后的日子里是不可能都不阅读的，要不然他后来怎么能给海明威的《老人与海》写出满口赞扬的书评呢？但我相信他的话里面一定是有一种真实。按我的理解，福克纳在表示一种姿态。这就是说，当他设计好了自己的文学殿堂远景之后，他就按照自己内心的图景来创建自己庞大而复杂的小说王国了，而不再随着潮流和局势的变化而改变自己。当我这样去理解的时候，发现福克纳的这句话里面包含着巨大的启示。

这句话对于我的启示意义在于：尽管我现在的写作地理位置远离

了母语环境，但依靠年轻时所建立的文学理念和经验依然可以写出被国内大众读者接受的作品。我应该还去读一些好书，但是对眼前那些时髦流行畅销的东西则可以视而不见。我从小开始有广泛阅读，俄国和欧美的古典和现代派的经典、中国的文学，以及充满革命色彩的外国电影，甚至还包括那些“文革”中的小说《金光大道》之类和样板戏都已经深刻地进入了我内心的图景。我已经被打上了那个时代的烙印，注定会关注和那个时代有关联的一些历史和文学景象，尽管那是一个多么难以把握的过程。而至于写作的地理位置在海外还是在国内则是无关紧要的。

为何写作？现在我应该说出自己的想法了：写作其实就是写作者不断地给自己的内心图景做自画像。写作的人会经常发现自己正处于苏格拉底所设计的那个著名的洞穴中。他和许多人被铁链囚禁在洞穴内，只能朝一个方向看。他们的面前是一堵墙，背后燃烧着一堆火，火光把他们影子投射到墙上。写作者反复描摹墙上的影子，力图画出墙上的人像，但由于他所看见的始终是投影而看不见造成影子的东西，他的描摹便注定十分困难而不准确。

了不起的美国作家索尔·贝娄说过这么一个笑话：一个年轻的歌手在巡回演出中唱了一首歌，结果场下的观众掌声雷动，经久不息。年轻歌手把同样的歌再唱了一次，场下还是给予热烈的掌声。年轻歌手一次又一次再唱下去。可是他已经唱了十几次了，观众还是不让他下来。他只好气喘吁吁问场下的人：请问你们究竟要让我唱多少次才算数？场下的人们大声叫道：直到你把这首歌的音符唱准了为止！

写作的情况也大体如此。既然我们选择了写作，那么就得面对读者一次次地唱下去。而对于我来讲，最想做的事就是要把二十多年前在福建崇武沙滩上看到的那个风雨中的古灯塔那种橙红色光芒准确地唱出来。

# 目录
contents

# 西尼罗症

## 一

在移民加拿大的第二年，我和妻子决定买一座房子。

这个时候，我们还住在一座庞大的出租公寓大楼里。大楼里有很多黑人，其中有些是卖毒品的，所以楼道里经常会有带着警犬的警察巡查。有一天，两伙黑人在楼里驳上了火，打死了好几个人，地上的血都淌到了我家门口。这件事加快了我们的决定。我翻了一大叠的中文报纸，在许许多多的房屋经纪人中找到一个叫刘莉莉的华人女经纪。我给她打了电话。她当天就和我们见了面。她的个子小小的，人的模样和她的名字一样可爱。

我现在还怀念刘莉莉带我们看的第一座房子。那是一座带着拱形圆洞窗门的后复式独立屋，屋里有两个大厨房，四个洗手间，房间多得数不清。记得当时我被意大利人房主一个玻璃壁橱里收藏的多种瓶装的果酱深深吸引住了，还有后院里几棵果实累累的樱桃和梨子树也让我心跳不已。我当时就觉得这房子马上会成为我幸福的家园了。可我妻子泼了我一盆冷水：这房子拱形的圆洞窗门看起来像南方的坟洞似的，绝对不能要！

还有一座房子我还能想得起来，屋外的墙上爬满了青藤，屋内有两只威武可爱的猫，地下室里还有个用原木搭成的桑拿浴室。从客厅望出去，后面的花园里有奇花异草，再远处是美丽如画的安大略湖。我妻子透过了花园，手搭凉棚向远处张望，看到不远处有一条客运轻捷铁路。她告诉我火车来了整个屋子都会震动，夜间的话火车声音会更加地大。再说她也不喜欢那大湖。大湖里容易长水怪精灵，夜里跑到岸上来怎么办？后来的几个月里，刘莉莉带着我们看了好几十套房子，不知怎么的，房子看得越多，越觉得没劲，一座不如一座。

在七月份的一个下午，刘莉莉打来电话，说北约克有一座独立屋刚放出来，房子很大，地点也很好，只是价格超出了我们原来的计划，问我们要不要去看看？我当时的生意刚刚起步，手头很紧舍不得多花钱，听到她说的价格就一口回绝了。我妻子问我，谁来的电话？我说是刘莉莉，推荐一座不适合我们的房子。事情有点奇怪，凡是我中意的房子我妻子总会找出不好的地方，可我说这房子不合适，她倒是有了兴趣。她对我说，这房子听起来不错，要不我们自己先去看看吧！

就这样，我开着那辆二手的美国“道奇”牌旅行车，和我妻子找到刘莉莉告诉我的那条路。在找到那座房子之前，我们在周围转了一下，发现这个区域已有了些年头，路边的枫树、槭树、雪松都长得遮天蔽日了。两侧的房子离马路远远的，房子前面的草坪和花园面积也很大。这个时候已经是黄昏时分，天空上还有晚霞，但光线都被茂密的树冠吸收了，空气凉飕飕地透着湿气，好像有一种在山林里的感觉。我慢慢地开着车，艰难地辨认着路边房子的门牌号码，终于找到了。它的门牌号是118号，听起来不错。我在路边停了车，和妻子在车里打量着这座房子。

光线已经暗淡得看不见房子的细节，只能看见它的大致结构和轮廓。房子有两层，屋顶是梯形的，有点日本乡村民居风格，看起来大气稳重。在长长的车道后面是一个车库，屋前有一棵巨大的塔松，树下是一大片草地。在房子左侧的一个大窗下有一大蓬灌木。在房子的正门有一道不小的屋檐，现在加建了玻璃的墙和门，成了一个透明的太阳房。我和妻子默默打量着房子。屋子里没有亮起灯光，但是我感觉到在那个透明的玻璃房内好像有人影晃动，也许她（或者是他）同样在观察着我们。

我妻子提议走近房子看一看。我说没有经纪人陪同，屋里的人可能会不欢迎陌生人。我妻子坚持说既然房主想卖房子，一定会让买家看的。我说不过她，只好跟在她后面向屋子靠近。我妻子在草坪前的行人小径上徘徊了几步，然后走进了车道，手攀着屋子右侧的一道木栅栏门向后边的园子张望。然后她走近了透明的玻璃房。我以为屋里的人一定会开门出来。不知怎么的，我总是有一种想转身逃跑的欲望。可是并没有人出来。我妻子贴着玻璃墙向里张望，又踱到屋子的另一侧看看墙体，然后回到我身边。她说玻璃房里并没有人，但有两张藤制的椅子和一盆花。那个黄昏她显得很兴奋，很显然，她看上了这座房子。

## 二

这个房子的屋主是个白人，是CIBC银行的一个资深职员，名字叫Doug，念成中文应该是“道格”。我妻子不知怎么的老把他叫成Dog先生。Dog的英文意思是狗，我很怕道格会生气，可他并没在乎，可能英语里称人为狗不算是侮辱。在刘莉莉的周旋下，房子的卖价没费很多周折就谈成了。但在验屋师检验屋子时，发现了地下室的墙体上有两条裂缝。验屋师提醒我们下雨时这两条裂缝可能会漏水。道格坚持说，他在这里住了二十多年，地下室从来没有漏过水。这个问题成了买卖双方的主要争执点。我们在买房合同上加了一个条款：在交屋之前，买方在下大雨时有权利再来检查一下地下室的裂缝。如果发现有漏水，买方可以取消买房合同。这个夏天雨水不多，只下过几场小雨。一直到了九月份，才下了一场够分量的倾盆大雨。我和妻子赶到了道格的房子，仔细检查了地下室的裂缝，还用从Home Depot买来的红外线探水仪检查了墙体的内部，确实没有发现有漏水。这样，买房的所有障碍都扫清了。

房屋交接的时间是十月中旬，这个时节房子周围一片秋意。枫树变成了红色，槭树变成了紫色，各种灌木变成了五颜六色，像是打翻了画家的调色盘似的好看。我和妻子、女儿从地产律师那里拿到钥匙兴冲冲地去开新居的门。开门时在门把手上发现插着一张粉红色的卡片，卡片上有人用花体的英文手写了一段话。我们那时来加拿大还不久，看手写体的英文很吃力。我和读初中的女儿研究了半天，大致弄明白了这是一个邻居写来的贺卡。这个邻居的名字叫Swanee，按中文的译音是斯沃尼，听起来像是个女邻居。她祝贺我们买下了这个漂亮的房子，并欢迎我们成为她的新邻居。她说在我们搬好家之后，她会上门来拜访我们。我把卡片保存了，心里有点慌张。因为我的英语不是很好，不知如何和邻居的白人交往。

在搬家后的那些天里，有大量的事情要打理。我一边做着事，心里老是惦记着有个叫斯沃尼的女邻人要来访问的事。不过一直没有人过来。十月底，美国和加拿大有个很重要的节日万圣节（Halloween），这里的华人把这节日叫成鬼节。这天每家每户点南瓜灯，屋里屋外装点上骷髅、吸血鬼之类的东西，孩子们则在晚间戴上面具，扮鬼扮马，去附近一带的人家讨糖果。我在这天也提早买了好些糖果，但南瓜灯之类的东西我就不知道怎么去弄了。我一直还记着那个留了卡片的邻居斯沃尼，心想她要是这个时候来访的话我就可以请教一些过万圣节的问题了。

这一天的早上，有人按了我家的门铃。我赶紧去开了门，以为是斯沃尼终于来访了。可开了门，见是一个大男孩子，身材已很高，脸上长着一些雀斑，头发是棕黄色的。他说他叫汤姆，住在我家隔壁的房子，是我们的邻居。

“我母亲让我把这盒蛋糕送给你，欢迎你们成为我家的邻居。”汤姆说着，把一盒包着彩纸系着丝带的礼品盒交给我们。

“太感谢你们了。”我说，“你母亲怎么没和你一起来？”

“她最近不在这里。春天的时候她得了一种病，那病叫West

Nile，现在她很虚弱，医生让她住在Algonquin（阿岗昆）湖边我们家度假屋里休养。”汤姆说。

“你说她住在阿岗昆湖边？”我略为有点吃惊，说：“那她怎么知道我们搬进来了？”

“是啊。她在湖边已经住了一年多了。她偶尔也会回来看看，通常是晚上，只待很短的时间。”汤姆说。

“你母亲叫什么名字？”我说。

“她叫斯沃尼。”

“原来是她，我们收到她写的一张卡片，她说会来访问我们的。”我说。我终于知道斯沃尼是谁了。

“是的，我母亲本来说要来拜访你们，可近几天她有点不舒服。”

“是吗？”我说，“那真太谢谢她了，希望她能早日康复。”

“还有一件事。”汤姆迟疑了一下，接着说，“明天是万圣节。我们家在晚上会有一个恐怖派对，我母亲希望你们一家能来参加。”

“你们真的很客气。我很愿意和家人一起来参加你们家的派对。”

汤姆走了之后，我问女儿West Nile怎么拼写，她告诉了我，还把字写在了纸上。West的意思我明白，是“西”。Nile我查了一下字典，发现是“尼罗河”的意思。这样连起来，就是“西尼罗河”。我没有听过有这种病的名字，也不清楚西尼罗河指的是哪一段。五年前我去过埃及的尼罗河，那时我还在巴尔干半岛做药品生意。我印象里开罗城里的一段尼罗河两岸布满现代建筑，河面上漂满垃圾和船只。后来我沿着尼罗河坐火车去南方，在古代上下埃及连接部的洛克索停留过。渡过那段尼罗河，是一片金色的沙漠和山丘，埃及很多法老的陵墓建在那里。我记得在渡过尼罗河时乘错了船，来到了一个当地居民点。我能看到旅游客人码头在不很远的河岸处，所以我沿着河边抄近路过去，但中途遇到几条狗，一直追着我不放，搞得我很狼狈。从洛克索再向南，是阿斯旺省。那里的尼罗河因为修建了著名的阿斯旺水坝，水面提高，淹了很多土地，河面上布满了小岛。我还记得一个黑人孩子为我划船，一边重复地唱着一句歌词，那句歌词就是：Nile，Nile…… 尼罗河再往上游走，就是苏丹国了。我印象里尼罗河是南北走向的，不知西尼罗河在哪个位置。我胡思乱想着，心里为能回想起那条美丽的河流产生了一点快意。我还顺便把斯沃尼夫人的名字在字典上查找一番。“Swanee”一词字典无法翻译。可是有一个相近的字Swan的意思是天鹅。这样，斯沃尼这个名字在我脑子里开始与一种大型飞鸟和湖泊联系在一起。产生这样联想不只是因“天鹅”这个词，还来源于她儿子所说的她一直住在湖边养病的事实。我想象着，她一个人在湖边过着什么样的日子呢？

第二天黄昏，各家的门口都亮起了南瓜灯。天一擦黑，一群群戴着恶魔面具穿着戏装的孩子开始出现在路上。他们挨家挨户敲着门，口中念念有词：Trick or treat。这话的意思要么给点东西要不就恶作剧。而各家各户也早准备了糖果，分派给他们。我提着一大水桶的糖果，守在门后，听到有孩子敲门就开门给他们抓一把糖。我觉得这个节日不错，给小鬼们派点糖果打发他们，有点散财消灾的意味。我妻子对万圣节不喜欢。她说这节就是中国的七月半鬼节。人们应该躲在家里，不要开门见人为好。

九点钟过后，糖果派完了，我走到门口，看见斯沃尼夫人家的车道上停满了车辆。车道边的花园阴风飕飕，在那棵大树下挂着发绿光的蜘蛛网、骷髅头、吊死鬼。草地里有幽森森的灯光闪烁，还伴随着一声声凄厉的嚎叫。我想起上午斯沃尼夫人儿子的邀请，不知怎么的，我觉得今晚斯沃尼夫人一定会从湖边的度假屋回到家里，也许在她家的派对上能见到她一面。我对妻子说作为礼节，我们全家应该接受邀请，去邻居家参加派对。我们既然已经移民到了加拿大，就应该融入社会，和当地人多来往。我妻子坚持说绝不在鬼节外出参加恐怖派对，鬼节各家应该紧锁大门不让恶鬼进入屋内才对。我说服不了她，转而动员女儿和我一起去。我对她说作为年轻人参加本地人的这种活动更加有必要。我女儿一出门看见邻居家花园里鬼哭狼嚎的布景，就吓得脸色发白。我哄着她走到邻居家的门口，只听到屋里响着更加凄厉的鬼叫声，玻璃窗内只见到一个个狰狞的面具在舞动，突然门开了，一具骷髅架子手拿着闪光的电锯冲向我们。我女儿吓得号啕大哭，我只好无奈地退了回来，让女儿回到家里。我妻子见女儿脸色发白，再也忍不住怒火，冲我喊着：你到底吃错什么药了，对隔壁人家的事情这么有兴趣？孩子吓出毛病来怎么办？

由于和妻子吵了架，我的心情不怎么好。我独自一人又跑了出来，在附近的路上兜着圈子。路边到处点着龇牙咧嘴的南瓜灯，走着各种各样戴鬼面具穿斗篷的人，只有我一个人露着人类的真面目，所以反而引得人们回头看我。

走了一圈儿之后，我的情绪渐渐平静了下来。我开始后悔自己不该强求孩子去参加她不喜欢去的恐怖派对。而且，我开始发现，自己对邻居家的派对似乎过于关切，连我妻子都看出了这不正常。

## 三

现在我要说说另外一件事。

去年夏天，我移民到加拿大还不到半年。由于我的财务状况尚可，不需急于去工作，所以那段时间我除了在成人学校学点英语，基本上无所事事。我有时去钓鱼，有时会去图书馆、博物馆、美术馆。在国家美术馆里，经常会有一些近代名家的画展，比如著名的Group of Seven（七人小组）画派的作品。这个小组的七个成员都是白人，一百多年前他们远离城市，居住在离多伦多三百多公里外的阿岗昆森林湖泊附近。他们的画作主要是水彩或者水粉画，大部分是风景画，也有一些风景中的人物画。我在美术馆看了好几天。他们的画肯定受到印象画派的影响，色调又带着浓重的日本和中国的画风。但是吸引我的还不是画的本身，而是画里的风景和人像。那些暮色里的远山、日出时雾气迷离的湖畔实在令人向往。有一天我在一幅A.Y.Jackson画于一九〇二年的水粉画的右下角找到一行小字，那上面写着Canal du Loing near Episy 。我知道这应该是这个风景地点的名字，但是我找遍了地图都没有发现这个地点。直至有一天，我在电脑上的

Google卫星地图搜索上不经意地输入了那个地名，结果地图上的一个圆点突然出现在眼前。我把焦距往前推，看到了湖水、森林和几处靠着湖边的屋顶。而且，在地图旁边，还列出了从多伦多到达那个湖畔的行车路线图。

我这个人是个十分容易受诱惑的人。就像上面说到的，我看见了意大利人房主壁橱里的果酱就会想要买他的房子；当初也是因为听了加拿大歌手席琳·迪翁的一首歌，产生了移民加拿大的欲望。所以当我在电脑里看到去阿岗昆地区的路线，一方面可以看画里的风景，顺便还可以去钓鱼，我就动心了。

那一天我在凌晨起床，大概开了三个多小时的车，从一条乡间的小路勉强把车开到了湖边。那是个美丽的湖湾，在湖岸上开着大片的风信子，近水处有大片的芦苇丛。这里几乎人迹罕至，基本是沼泽地，有好些长腿的鹭鸶之类的涉禽栖息其间。我在湖岸上走了好久，找不到一个适合下鱼竿的水面，所以一直走向东边。后来我看到一条小路通向湖边，湖边有座木头的栈桥通向水面，这是个非常适合抛出钓竿的地方。我在栈桥上坐了下来，但令我不安的是栈桥的右边三十米开外有一座挨着水面的房子。屋子看起来很大，有一个平台搭在水面上。我没有看见有人出来，但是我知道，这座栈桥很可能是这个房子主人的私人领地。我有点犹疑，但实在找不到下竿的地点，就在这里抛出了鱼线。我点上了一根香烟。这个时候我抽烟还很凶，戒烟是后来的事。我很快钓上了一条一磅多重的碧古鱼，一会儿又钓上一条大嘴鲈鱼。这里的鱼可真多呀，个儿大，咬钩又凶。这里还有好多白色的水鸟，样子有点像海鸥。每次我摇着绷紧的鱼线把鱼从远处的湖水里往回拖时，水鸟都会赶过来盘旋在周围，好像是要来分一杯羹。直到我把鱼放进冰桶里，水鸟才悻悻地散去。

这个时候，我看到那水边的房子里边走出一个白种的妇人，来到了木制的平台上。她的身材颇高，皮肤白皙，褐色头发，大概在四十岁左右。白人的皮肤会衰老得快些，能看出她颈部的皮肤似乎有了皱褶，而且我觉得她显得有点慵懒无力。她穿着一条长长的睡袍，手里端着一杯冒热气的咖啡。我当时很担心这位房子的女主人会对我说这里是私人领地，请不要在这里垂钓。她看见了我，但只是很友好地向我挥挥手，没有说什么话。我看她的脸上有着很善意的微笑。

这个白人妇女允许我在这里钓鱼，我心怀感激。而且她一点没有打搅我，好像我根本不存在似的。她做着自己的事，在一张铺着毛巾垫的椅子上坐下，边上是一张桌子，桌子上放着咖啡。她眺望着远处的湖面，神色安详。我冲着A. Y. Jackson画作中的风景而来，现在倒是看到类似印象派大师雷诺阿笔下的人物肖像。雷诺阿用色点画出的法国女人美态里带着即将消逝的伤感，我现在看到的妇人也有同样倾向，而且还带着一点病态。

在中午到来之前，突然有一条梭鱼上了钩。梭鱼是北美一种凶猛的淡水鱼，鱼身像梭镖一样，头部像蛇，游速极快，力量强大。我使劲稳住鱼竿，感觉到那鱼似乎要把我拖到水里去似的。我用力摇着鱼线，将鱼往上拖。那鱼突然跳出水面，拼命挣扎着。自动离合器自动将鱼线一下子放出去，我的手指头被飞速的鱼线割开一道口子。这样来回折腾了好几个回合，终于将这条一米长的梭鱼拖上了岸，这时我才发现指头被鱼线割开好几个口子，疼得直钻心。

搞定了这条鱼，我觉得好有成就感。我转头去观察平台上的妇人，相信她大概已看到我刚才和梭鱼搏斗的场面。我看到现在太阳转过角度，正好晒在平台上。妇人躺在靠椅上，闭着双目养神，好像什么事情也没发生。我略感失望。我闲得无事，猜想着这个湖边妇人的身世。我不知屋里是否还有其他人，我想她大概是个有钱的人，可以不做事情在湖边别墅里悠闲地晒太阳。

这样过了很久。我吃了自带的午餐，发现她还是躺在长椅上。我想她一定是睡着了，但这个时候我发现了一点异常情况。我看到她侧躺着的白皙的脸颊上有一条蚯蚓似的东西，而她对此全然不觉。因为距离不很近，我看不出是什么东西，以为这可能是一段有颜色的线头。然而过了一些时候，我看到那蚯蚓似的东西变成了两条，而她还是闭着眼睛没有反应。我感觉有点不对，站起身来，这样我看到了蚯蚓似的东西从她脸上一直垂到地上，而地上有一摊深色的东西在扩大。我向她躺着的水上平台快步走去，一边大声喊着：哈罗！她听到声音抬起头来，蚯蚓似的东西立即垂了下来。我现在看清了她是在淌鼻血！我从来没见过这么厉害的淌鼻血，地上的血流了一大摊。她坐了起来，血立即淌到胸前。她用手一抹，满脸是血。我跑过来，让她躺着不动。我看到平台上有水龙头，马上用水盆接来一盆凉水，冷不防泼到她脸上。这是我小时候淌鼻血时大人对我做过的事。冷水突然泼来，人会猛一惊，毛细血管因此收缩，通常血就能止住。在这同时，我用桌子上的纸巾卷成塞子塞进她的鼻孔，这样，她的血就不再流了。我的手上沾满了泥土、鱼鳞和蚯蚓黏液，加上我自己指头被鱼线割开的伤口上的血，即肮脏又腥臭无比，但我也管不了那么多了。我用沾水的纸巾擦去这位妇人脸上和颈上的血，感觉到白人妇女的肌肤像奶油一样细腻光滑。同时我还闻到了她身体的气味，有香水还有汗腺的气味。

过了一会儿，她的感觉好了些，开始说话。她说自己刚才睡着了，不知自己在淌鼻血。她感谢我帮助了她。我说是不是打电话叫医生来？她说不需要，她以前也淌过鼻血，不会有什么事，而且再过两个小时，她的私人护士会来看她的。后来，她起身走进了屋子。我也无心再钓鱼，收拾起东西离开了湖畔。

这段因一幅风景画引起的离奇经历结束之后，我没有再去过那个湖畔，但是那个白人妇女和她殷红的鼻血成了特别强烈的印象植入了我的记忆。我在看纳博科夫的小说《洛丽塔》时，发现书里那个有严重恋女童癖的人（或许就是纳博科夫自己）的癖好是有源头的。我现在也担心在湖畔的经历可能会成为我的一个不良癖好的源头。因为我发现，在我进入新居那天看到邻居一个白人妇女送来的卡片时，我的内心显得过于兴奋。而且，在进一步得知斯沃尼夫人居住在湖边养病时，我更加清晰地想起去年湖畔的白种女人。我知道这两件事没有关联，但我对斯沃尼夫人的过分好奇心，却使得事情混淆在一起，使得没见过面的斯沃尼夫人具有了湖边妇人的面容。我真是一个不可救药的幻想者。

## 四

万圣节一过，树木开始落叶。在几天时间内，我家后院那棵巨大的枫树的叶子纷纷掉落，把草地严严实实盖住了。我和妻子每天要收集好多树叶，装在专用的牛皮纸树叶回收袋，放在路边等专门收树叶的车子来收集。那段时间附近的住户经常有人出来收集树叶，这给我和我妻子提供了认识邻居的机会。我们很快认识了房子右侧的邻居法国人泰勒夫妇。他们两个爱抽烟，爱说笑话。抽烟不能在屋里，所以他们不时会跑出来，刮风下雨也会跑出来，就像鲸鱼一样定时要浮出水面吸气。再往右边去，是一家姓甄的台湾人。他们家的房子屋顶特别大，呈蘑菇状，让人想起童话里边的房子。事实上，甄先生和他太太的样子确实也很像两只小白兔。他们家的车道看起来比较窄，房子也比我家的小一号。在左侧，越过斯沃尼夫人的家，有一个说广东话的老者一直在草地里刨坑。他在埋着郁金香的块茎，郁金香的块茎很像洋葱。我妻子说她看到老头在深埋下郁金香块茎时，会在表层的土里放上几棵剥开的大蒜，可有时又会在郁金香上面的土里放几颗花生，甚至有的坑里还放了鸡腿。我妻子不会广东话，很吃力地和老头交谈。老头边说话边比画才把意思说明白。说松鼠爱刨土，还会啃郁金香的块茎，不过闻到大蒜味就受不了了。放几颗花生是另一种方法，松鼠刨到花生后，就心满意足地以为底下不会有东西了。至于埋鸡腿，是为了应付大一点动物比如臭鼬之类的东西。它们刨到鸡腿之后也就会不再深入下去。

我们的左邻斯沃尼夫人的家房子占地很大，结构和我家的不同，前后有两座房子连在一起。她家的屋前花园是经过专业设计的那种，有石头和灌木组合的风景，还有一棵伞状的大树覆盖了大部分的花园。她家的房子不设车库，但是汽车却有很多。我发现她家的车子都是些大家伙，是那些大马力的旅行车，甚至有一次还看到一辆像巴士一样的野营车，车上有卧室、厨房、洗手间。我很快就认识斯沃尼家的其他成员。她还有另一个儿子，那个家伙个子非常高，大概已经上高中了。斯沃尼的丈夫叫马克，他非常的有礼貌，中等个子，不过人看起来开始有了老态。他们一家看起来总是那样有生气，两个儿子长得特别健壮，经常看到他们带着冰球设备外出。他们还有两条黑色的德国狗，皮肤油光闪亮，平常都十分安静。他们外出有时会带着狗出来。狗出了门会很兴奋地在附近飞跑，但不乱叫，很快就折回来自动跳上了汽车，随着主人外出。但我始终没有看见斯沃尼。我时常看到他们家有一些年纪不小的妇人出没。我不知道她们是些什么人，但我觉得不会是斯沃尼夫人，因为她们看见我时表情没有反应。我相信斯沃尼夫人不会是这样的。她儿子说过她有时会在晚上回来，因此在夜晚里看到她们家有车进出时，我总会从窗口往外看看。也许我在夜色里看见过她的身影，但是无法辨认出来。

冬天接着就来了。多伦多的冬天一直会下雪，上一场的雪还没化掉，第二场雪又来了，所以好些地方一直会有积雪。我对这个冬天没有什么特殊记忆，只有一件小事让我一直费解。有一天我下班回来，我女儿告诉我下午有一个人敲门。她从花格玻璃的门窗中模模糊糊看到好像是个白人。因为我告诫过她，任何生人敲门都不要开门，所以她没有开门。这件事本来没什么，我在家也经常遇到许多人上门推销产品或者上门来传道，但我看到那天门外的雪地里有一串脚印从我家正门延续到了通向后园的木栅门。我打开木栅门，看到那脚印一直向里，在后园从来没被人走过的雪地上留下许多杂乱的脚印。还不止这些，令我惊奇的是，雪地上有好几排动物的足迹，而且看起来是不小的动物。前些日子我听人家说过在达芙琳公园的丛林里出现几只野生胡狼，还咬伤了一个游人的小腿。我甚至还听说一个加拿大冬季滑雪冠军在雪山上滑雪时失踪，最后发现是被美洲豹吞食了。但我的房子地处城市的内部，野兽怎么可能会到达这里呢？更加可疑的是这些动物足迹不是从木栅栏门那边进来的，也没有从那里出去。那么它们是从哪里进来的呢？我家半亩地大的后园除了可以从木栅门进来之外，左右两面是封闭的木板围墙。右边是法国人泰勒家，左边是斯沃尼家。而后方的铁丝围栏则是我新认识的爱美尼亚人的园子。如果这种动物是从他们中的某一个家里过来的，那必须跳跃过高高的木围墙或者那道铁丝围栏，而且还得跳回去，但这显然是不可能的。第二天是周末，我守在能看见后园的窗边，不过除了看到几只出来觅食的松鼠外，什么也没看见。这以后，事情没有再发生，可我总还记得这事，心里有点不安。

不知不觉地，冬天过去了。某个夜里，我睡得很不安稳。老觉得屋外的黑夜里有一种细微的鸟语。这时我其实还在梦里，有一部分的意识可能清醒着。在这个梦里还套着一个梦。我回到了中国南方我母亲的家，睡在那个新加建的违章小阁楼里。我在睡梦里听到一阵阵悦耳的鸟鸣声，我觉得很满足，因为只有在环境优雅的加拿大才能听到这样的鸟叫声。可我醒来了，鸟的鸣声还继续着，那是邻居一个老人笼子里的画眉鸟在叫。这两个梦交织着，让我睡得很不踏实。然而在第二天，我确实在后院的树梢上看见了一大群的红襟蓝背的鸟在枝头上嬉闹，这让我十分欢喜。我不知这些鸟叫什么名字。我去附近的图书馆找来了一本《北美鸟类分布》的书，按照图片的指引，我一眼认出在后园树上歇脚的鸟群是Robin（ 知更鸟 ）。在我年少的时候，我在家乡的郊外和山上用气枪射杀过很多的鸟类，有白头翁、伯劳鸟、黄莺、啄木鸟，但是从来没见过这种蓝背红襟的知更鸟。从这天开始，我发现春天真正来了，天空上看见成群的候鸟飞过，树叶突然之间长了出来。到处开满了鲜花，最早开的是郁金香。邻家的那个广东老人去年种下洋葱似的块茎现在都开出酒杯状的大花朵了。加拿大的冬季这么长，过了冬季几乎马上就是夏季，所以植物都学会了在最短的时间里长大。

在我们家的园子里，除了长出一大片绿草，没有什么花卉。我用割草机割过几次草，草地像绿毯子一样，散发着草汁的清凉气味。这个时候该开始种花了。加拿大天气冷，一般的花园除了一部分多年生越冬花木，比如玫瑰、蔷薇之外，通常在春天里种植单年生的草本花卉，比如喇叭花、香石竹、海棠花等等。我的车库后半部分是个花园工具间，老房主道格留下的工具设备可以开一个小型的农场。那个时候我沉浸在摆弄泥土花草的快乐之中。我常常去沃尔玛或者加拿大轮胎大超市买来花苗和各种不同成分的泥土肥料，在后园根据阳光照射的不同角度开出了几块喜欢阳光花卉和喜欢荫凉花卉的花坛。我戴着个破草帽，光着膀子在后园自得其乐。身上出汗多了，有时会招来蚊子叮咬。这里的蚊子很大，一拍就是一片血印。所以我的口袋会放一瓶风油精，被蚊子叮了会涂一下。

春天来了没多久，草地中间长出了一些菜状的植物，很快就开出一朵朵黄色的花。是蒲公英。在国内的时候对蒲公英不了解，以为是可爱的花，女儿小时候还唱过什么“我是一颗蒲公英的种子”之类的歌谣，但对园艺来说，这种植物生长繁殖得太快了，在很短时间内会覆盖住草地。蒲公英开过之后，草地上留下它们粗硬的梗子，头上戴个圆形的绒球，风一吹就把焦黄色的种子到处传播。我女儿说看见蒲公英的梗子会觉得起鸡皮疙瘩，在我妻子的眼里，蒲公英更成了最可恶的杂草。通常在这里人们用一种化学除草剂来消灭蒲公英，商店里也卖一种工具可以连根拔除杂草。我妻子却坚持用手工拔除，连手套都不戴。我妻子就是这么一个人，比如洗衣机她就不喜欢用，宁愿用手搓。洗地板不用拖把，喜欢跪在地上用布抹。我有时会劝导她说：要学会用工具，恩格斯对人和动物的区别定义是人会用工具，动物不会，但我妻子还是我行我素。我那时一不留神，就会发现她跑到草地上拔杂草了。太阳晒得她满头大汗，脸上都晒出了色斑，可她就是不戴太阳帽。她弓着腰，从后面看去她的裤子和汗衫分开来了，露出后腰一段皮肉，有时屁股的股沟上端都露出一截。每天她都会拔到一大水桶的杂草，然后晚上她会不停地抱怨自己的膝盖疼得受不了。她会用一个电脉冲机器自己做热敷理疗，还会贴很多的伤湿止痛膏药。

周末下午，我午睡了两个小时之后，从纱窗门里看见我妻子又弓腰在草丛里拔除蒲公英。这个时候我种下的金盏花、香石竹已经开得热热闹闹。有好些蝴蝶在园子里飞舞，几只松鼠坐在草地上嗑着什么食物，阳光从树叶间斑驳地洒下。有一瞬间我有了超然物外的发现：在眼前的园子里，松鼠、蝴蝶、我妻子都处于一种同等的生命状态，各自都沉湎于所做事情中。那只彩色的蝴蝶和那只黑色大尾巴松鼠一定和我妻子一样的心情愉悦，但我不知这是事物的真相还是表象。我至今无法解开冬天雪地动物脚印之谜。雪地能记录动物的出没踪迹，草地却不会留下任何东西的足迹。我无法知道动物是否还在后园出没，也许在夜间或者在我察觉不到的时间会徜徉在这里，甚至在我侧过头的一霎间动物就有可能回到这里！这正是令人心神不宁的地方。

当我这样想的时候，事情开始发生了。我看到妻子突然跳了起来，大声喊叫着我。我赶紧开了门跑到了后园，当时我感觉她一定被草丛里什么东西咬到了。

“怎么啦，发生什么事了？”我跑过来，问道。

“看！一只死鸟，在草丛里。我刚才摸到它的身体了。”妻子惊恐地喊着，使劲甩着手。

“原来是这个。没什么，谁叫你不戴手套。”我说。我看见草地上有一只不小的死鸟，不是知更鸟，也不是白头翁，是一种个头比较大的黑色的鸟，也许是北美山雀，也许是短喙乌鸦。它的眼睛还张在那里，能看到眼睛上还倒映着天上的云彩。可尸体已经开始腐烂，发出一阵臭气。

我安慰着受惊的妻子，拉来了水龙皮管，让她冲洗摸过死鸟的手。她回到屋里之后，把自己关在了洗手间里，我只听到水龙头一直响个不停。大概半个小时以后她走出了洗手间，对我说，今天的晚饭让我来做，她老觉得自己的手还没洗干净，还有气味。

## 五

我以为，这件事就这么结束了。可是后来的情况并不是这样。

上午，送信的邮递员来了。这个邮递员是个四十多岁的白人，个子矮矮的，老是很开心，喜欢说话。每天，他要走上好几百户人家，投递各种邮件。我刚要出门上班，碰到了他，所以他把一把信件交给了我，让我自己放到信箱里。我迅速翻了一下信件，看到里面有一张绿色的硬纸卡，上面还画着几张鸟的图片。我虽然能看懂英文，但速度很慢，有时还得需要电子字典。所以我顺口问那个邮递员，这张有鸟的图片的纸卡是什么东西。

“This is information about a fatal disease form City hall.”邮递员说。我能明白他说的意思是这卡片是市政府发布的有关一种传染疾病的信息。我接着问他，这是哪一种传染病呢？

“West Nile， a terrible disease which passed by wild fly bird.”他说。意思是说这种West Nile是一种依靠飞鸟传播的新疾病。“West Nile” 这个词听起来熟悉。我立即想起了邻居的斯沃尼夫人生的就是这种病，那就是西尼罗症！

听他这么一说，我的心沉了一下。我把那纸卡放进了口袋，其他信件留在了信箱。这时我妻子也走出了家门。我们做的是家庭式的进口生意，我妻子平时和我一起坐车去仓库上班。

这天上班我无法集中精力，老是会想着藏在口袋里的那张绿色纸卡，还有纸卡上画的鸟。我想在我妻子知道这件事之前，对纸卡上的内容有一个比较全面的了解。所以趁我妻子在后面仓库里发货时，我在办公室里拿出了那张纸片，借助字典仔细读了一遍，那上面的信息让我有点紧张。

西尼罗病毒首次于1937年从乌干达西尼罗河区域的一位妇女的血液中被分离出来并被确认为病原体，是传播最广的黄病毒之一，它分布于整个非洲、中东和欧亚大陆南部的温带和热带。20世纪50年代，在埃及的尼罗河三角洲估计有40%的人对此病毒血清反应呈阳性。在人群中，最大的流行发生于1974年的南非海角省，当时记录感染此病毒的临床病例有近3000例。

西尼罗病毒主要由鸟类携带，经蚊子叮咬传染给人，引发西尼罗热，它的人际间传染途径还包括输血、器官移植和母乳喂养等。1999年，美国首次在纽约发现西尼罗病毒感染者，随后病毒向全美扩散，疫情愈演愈烈。 有几种鸟，主要是候鸟，可能是病毒传播的主要媒介或扩散宿主。在时间和空间上与人群中爆发疾病的巧合是大量鸟类死亡。三月中旬，美国纽约市及其周围，有好几千只乌鸦和其他鸟据推测死于该病毒。加拿大草原省份缅尼吐巴和沙斯卡楚瓦也发现大量的野鹅和白眉雁死亡。鸟类和人群的感染在时间和空间上的并存导致流行病学家们得出结论，即鸟类作为传人宿主可能感染嗜鸟蚊，嗜鸟蚊再感染病毒扩散宿主，最终感染人。据美国疾病控制和预防中心统计，2003年，美国45个州共有9300多人感染西尼罗病毒，死者达240人。2004年又发现了2470个病例，其中88人死亡。加拿大目前感染病例已超过1000人，死亡47人。到目前为止，还没有一种合格的疫苗能预防西尼罗热。

我花了半个多小时研究这段文字，只觉得心里越来越沉。市政厅要求市民密切注意西尼罗症的发展，如果发现了鸟类的尸体，要立即向政府报告，防疫人员会来收集检查鸟尸，以确认是否带有西尼罗症的病毒。在这张绿色纸卡上，并没有指示接触过鸟尸的人应该怎么去做，这正是我关心的。很显然，我家后院发现了鸟的尸体，此事必须向市政厅报告。问题是我妻子摸到过一只死鸟会不会受感染呢？从资料上看西尼罗症的传染途径是嗜鸟蚊的叮咬等血液方面，普通的接触应该没有问题。但是，我知道妻子很敏感，胆子很小，我得小心不要吓到她。我正在想着，发现妻子已经走到了办公室，她的眼睛注视着我。

“你在看什么东西？”她问我。

“没什么，一张纸片，一张画着飞鸟的纸片。”我说。我还没准备好怎么对她说这事。

“你说什么，画着飞鸟的纸片？”她走过来，看到了我桌上的那张绿纸卡。她看到了那只鸟的图形，马上把纸片拿在手里。她看了一会儿，她的英语比我还差一些，基本上看不出意思来，但是她的预感却比我要敏锐很多。

“这上面说的是什么？”她问我，听得出她的声音有点过于兴奋。

“说了一种传染病的事。你知道我们家邻居斯沃尼的病吗？就是她生的那种病。”

我让她坐下来，还给她倒了一杯水。我把纸卡上的内容说给她听，一再强调并不是所有的死鸟带着西尼罗症的病毒。而且，据我的理解，即使是带着病毒的鸟尸，也不会通过接触而传染，只有蚊子吸血才是传播的途径。她很专心地听着我的讲述，我发现她以前从来没有这样认真地听过我讲话。 我们商量的结果一是向政府报告我们家后园有一只鸟尸。我按照绿纸卡上的指示按上面的电话号码打了电话，报告了这件事。接线的小姐说明天会有卫生部的检查员来检查，同时建议我们应该去医生那里做身体检查。我立即给家庭医生诊所打了电话预约，那里的秘书安排我们在下周一早上去见医生。

这天晚上吃饭的时候，我妻子若有所思，话明显少了。我还发现，她改变了十几年如一日的一家人共食吃法，用一双筷子夹了菜放在自己碗里，分开吃了。我说没必要这样，干吗这样神经过敏呢？她说还是这样好，万一有什么事呢？睡觉之前，我发现她从壁橱里拿出一条被子，让我帮助套上被套，铺在床上，意思是和我分被子而眠了。那天夜里她没有睡意，一直说着事儿。她交代了很多事情，似乎自己要出差到很远的地方似的。

## 六

第二天是周末。由于前一夜和我妻子谈论到深夜，所以早上醒来时日头都一丈多高了。我起床后，打开门，看到车道上停着一辆样子奇特的厢式车。车厢是封闭的，侧面描着好多各种各样的飞鸟的图画，很好看。在一群鸟的图画中间，印着一行字：North America Birdsman。意思是：北美鸟人。我正惊奇着，只觉得屋外的鸟叫声格外悦耳。我打开了屋外的玻璃门，看到门口塔松的树顶上站着一只红嘴鸟，异常兴奋地鸣叫着。然后，在地面上也响起一串短促的鸟叫声，回应着树上的鸟。然后树上的那只又是来了一大段鸣唱。我看不见地上那只鸟，因为它被那辆陌生的车子挡住了。我走了出来，绕过了车子，看到一个人坐在草地上仰头看着塔松的树顶，鸟叫声是从他嘴里发出的。

“哈罗。你好吗？”我向他打招呼。

“还不太坏。”那人回答着，眼睛还看着树顶上的鸟。

“我想，你就是北美鸟人吧？”我说。

“对，你说的没错。”他说着，站了起来。这时我发现这个人的样子非常像一只鸟，准确地说，像一只乌鸦。他大概是中东那边的人，个子不高，身体紧瘦，穿着一身黑衣。他的头也小小的，两只圆点状的眼睛像鸟一样长在额头的两侧，鼻子尖尖的，像乌鸦的喙一样。我不知这是他本身具备了鸟的特征还是我的想象所致。他作了自我介绍。他叫优素福，是卫生部雇用的Contractor（合同项目承包者），专门负责调查北约克区的飞鸟死亡的事务。在进入我家后园之前，他向我问了一些情况，并记录在他手里一个巨大破旧的笔记本上。我发现他那页记录上，已画了一张我家房子的铅笔素描，大概是他和鸟对话时间里画下的。

然后我们进入后园去找那只死鸟。前天我妻子碰到了这只鸟后，我就用铁铲把它弄到西边的角落，弄了一些树叶盖住了它。我扒拉开了树叶，没费什么劲就找到了那东西。很奇怪，这只鸟前天看起来有点腐烂的样子，可在树叶下埋了两天，反而显得很新鲜的样子。鸟人优素福手上戴了一双乳胶手套，把鸟捡起来，放在手里把玩。那鸟好似只要吹一口气，就能飞起来似的。他说这是一只加州花冠黑喜鹊，大概有四岁了，冬天时这种鸟在加利福尼亚，春天之后开始飞到了北边来。然后他把鸟放在一只透明的密封塑胶袋子里，在上面用记号笔写上了采集地点和编号什么的。

“你觉得这只鸟会带有West Nile的病毒吗？”我试探着问他。

“我不知道。”他说，“卫生部的实验室会查出结果的。”

“可这只鸟为何会死了呢？”我说。

“鸟类死亡的原因有很多，就像是人为什么会死亡也有很多原因。不过鸟死的原因会单纯一些，至少没有谋杀。我整天都在和死鸟打交道。在我的车厢里，你可以见到各种死鸟。那上面有个冰柜，里面有死天鹅、大雁、鹌鹑、黑头鸥、灰色苍鹭。”

“你能告诉我通常鸟是怎么死的呢？小时候我看着树上和山上有那么多的鸟，可我从来没有看见一只死鸟，除了被人打死的之外。”

我问道。

“这是个好问题。鸟通常死在人到达不了的地方。我知道一个海鸥的墓地，那是在离多伦多两百多公里的莱斯湖的一个湖湾，那里背靠着大片的树林，人迹罕至。我看到那些飞不动的老海鸥都会来到这里等死。至于大部分的鸟类在将死的时候会飞到密林里，它们死了之后尸体会被其他动物或昆虫吃掉的。一只鸟死在你家花园的就是不正常的死。”

“如果这鸟有西尼罗病毒，触摸到它会被感染吗？”我问。

“我不知道，也许会，也许不会。我不是一个病毒学家，我只是个Birdsman（鸟人）。”他说。

“你见过西尼罗症的患者吗？”我问。

“你说什么？”他转头望着我，他分得很开的眼睛和尖尖的脸型真的很像一只鸟。他回答我：“我见过太多了。在我的家乡尼罗河畔，很多人都带有西尼罗病毒。我年轻时还在埃及，有一次一个英国的研究小组给我的村子所有人化验了血，结果有一半的人身上都有西尼罗病毒，包括我，也是西尼罗病毒感染者。可是，我们都还平安地活着。”

鸟人优素福收集好死鸟之后，还没有走的意思。他问我可不可以坐在园子里吃他的午餐？我虽然不是很乐意，也不好意思拒绝。他从车里拿出一个锡制的雕花饭盒，里面有一些面饼，这种面饼我在开罗街头看到过。鸟人优素福一边撕食着面饼，一边还在说着尼罗河的事。他说古埃及人相信人死了之后，灵魂会变成一只鸟飞到天上，所以我们所看到的许多鸟身上其实有人的灵魂。既然鸟的身上有西尼罗病毒，那么人身上感染病毒就不是奇怪的事。尼罗河边的人一直和西尼罗病毒相安共存，但是对于外来者就不会是这样。最明显的例子就是公元前323年，正当壮年的亚历山大大帝死在了巴比伦，当时他才三十二岁。亚历山大大帝是古马其顿王国的国王，他在征服了埃及之后来到巴比伦，巴比伦城内有大批的乌鸦莫名其妙地死亡，就像去年纽约州大量乌鸦死亡一样。从那天开始亚历山大大帝连续几天高烧不退，最后变得神志混乱痛苦死去。现在很多人都相信亚历山大大帝是死于西尼罗病毒。

我对于他说的事情将信将疑，不过觉得还是有点根据。也许是尼罗河畔的原住民身上有一种抗原体，能够在感染了病毒的同时不会发病。但是有一点我不理解，既然这是一种古老的疾病，为什么到近几年才开始爆发呢？

鸟人优素福无法回答这个问题，但是他说起了另外一件事情。他说北美前年的冬天几乎没下过什么像样的雪，天气奇暖，结果北边森林里的棕熊因温度太高无法冬眠，醒来爬出树洞又找不到东西吃，结果跑进人的居住地伤了好几个人。冬季气温偏高还使得很多本来会被冻死的昆虫存活了下来，造成树林到处闹虫害。虫子多了吸引了更多的鸟类，而鸟类又把西尼罗病毒到处传播开来。优素福指着园中的大树说，这树上也长满了绿色长毛虫。

我抬起头来，并没有看见什么，因为树枝比较高。优素福递给我一个望远镜，那是他用来观鸟的。我举起一看，看见在一条树枝上爬行着许多长着绿毛的虫子，其密度十分惊人。

“真的是这样！这是怎么一回事，我怎么一点不知道？”我惊讶地说。

“本地的电视上不是每天在说这事吗？还有报纸。”优素福说。

我有点惭愧，因为英文节目看得不大懂。我平时几乎都是看卫星电视中国大陆的中央第四套节目，每天还能看到李瑞英、罗京他们亲切的脸孔。本地的频道除了偶尔看看本地的气象，就是NBA的篮球比赛。

“你们这个区域情况还好些，在密西沙加那边情况十分糟糕。那些虫子已经开始吐丝，纷纷降落到地面，好多人家的屋顶和车道上都布满了虫子，一脚踩下去都是黏稠的汁液。如果这样下去，城市里大概会有五成的树木被虫子咬死了。”

“你说树上的虫子都会爬到地面上来吗？”我大惊失色。

“这是肯定的。不过我知道市政厅正在筹备一个计划，准备用飞机在空中喷杀虫剂。议员们正在讨论准备叫联邦政府提供五百万加元的灭虫费用。”

“这真是不可思议，在居民区怎么可以用飞机喷药呢？那不仅是杀了虫子，也许连人都杀掉了。”

鸟人优素福这时准备爬到树上布置几个捕鸟笼，抓几只活鸟标本用作化验。他上了树，爬得很高，很快被树叶挡住了。我坐在树下，张望着树枝间若隐若现的优素福。我现在已知道鸟人的身世：他年轻时是尼罗河边一个捕鸟人，他们家世世代代做着这件营生。后来他来到了北美，曾受雇于纽约机场在跑道边驱赶飞鸟，他用的是一组麻榫鹰。机场后来换了用机器发出的超高频声波驱鸟，他重新成为了自由的捕鸟人。那天鸟人在我家后园的大树上待了很久。起先我觉得他工作很认真，后来，我发现他可能是在和飞来飞去的鸟儿们玩耍。他一直待在树冠上，差点像鸟儿一样飞上了天空。

我的妻子，一直站在屋内的窗户边，注视着鸟人优素福的一举一动。

## 七

我发现，我妻子最近老是会站在玻璃窗内，不声不响注视着外边的景物，而且她注意的事情是我无法觉察到的。自从前天她摸到了那只黑色的死鸟之后，她好像也获得一种鸟一样的特殊的感觉。那天夜里我睡得正香，突然被她推醒了。她说你醒醒，我看见了隔壁的那个斯沃尼夫人了！我还有点睡意蒙眬的，说你嚷什么？半夜三更的是不是在做梦啊？她把我拉起来，到了玻璃窗前，让我贴着窗户看外边的夜色。从我这个角度看下去，正是斯沃尼夫人家的前花园。在白天的时候，花园里的那棵巨大的伞状树上开满了绯红的花。这花有点像日本樱花，但是比樱花更加浓郁。树下的园艺花草都很别致，经常有路人在这里拍照取景。那个时候我有点纳闷，这段时间她家好像变得很冷清，好像没什么人住里面，不知是谁在照料着这些花草？我揉着惺忪的睡眼，仔细看着外面。这个时候我真的看到花园里有人影在晃动。我渐渐看见了一个人，是个剪着短发的妇女。她正用一个小耙子在给花坞里的花儿松土，还一边浇水呢！我看得很清楚，不会是在做梦。她所处的地方临着街路，有路灯柠檬黄的光线照耀过来，可不知为何我总是无法看清她的面容。我不敢肯定她是斯沃尼夫人，我从来没见过她，现在也看不清容貌。有一点可以肯定，我曾注意过进出她家房子的好些个中年妇女，她不是她们中的一个，因为她的身影举动显得那样高雅又神秘。我发现自己显得有点激动，急于想看清她的面容，甚至还有一种冲动想跑到屋外的夜色里帮她浇水，这样我就可以看到她是不是湖边那个白种妇人。我在窗边看了她大概有两分钟，她徜徉在花园里，时隐时现，像照相底片上的影子虚幻不真实，然后她消失了。我有点怅然若失，因为还没看见她的真面目。不过我想她真要是回到家了，也许会来访问我们家的。如果她不来，那么我应该还会看见她，至少像今天一样在夜色里。我告诉妻子斯沃尼夫人回到了家应该是好事，表明了即使感染了西尼罗症，也不很可怕。她不是痊愈回家了吗？我妻子说她并不这样想，为什么隔壁家的女人在半夜里给花浇水呢？小时候她外婆说过天黑以后就不可以给花浇水，因为这样做会使人变得很瘦的。

第二天是周一，我陪妻子一早去家庭医生的诊所做检查。我们的家庭医生诊所还是一年前住的出租公寓附近的那一间，因为那个姓许的医生是台湾人，会说国语。尽管我们事先已有预约，但还是要等候很长时间。候诊的人中除了几个华人还有东欧人、波斯人、印度人和黑人。那个秘书是个香港移民，和我们熟悉，对我们有时很热情，有时会冷若冰霜。她的特征是后脑扁平，我们不知她的名字，所以我和妻子背后都叫她“扁头”。我们预约的时间已经过了很多，但“扁头”说我们前面还有五个病人。加拿大的医疗制度实行全民公费医疗。普通的小病去看家庭医生，家庭医生认为你需要看专科医生了，你才能去排队等专科医生的预约。我们在十点钟左右见到了许医生，把情况告诉了他。许医生和我们也很熟，他说要给我妻子做一个全面的化验。他抽了她五六个试管的血，其间不经意地问我是不是愿意也化验一下血。我有很长时间没检查过身体，觉得他的提议很不错。于是我到外面房间“扁头”那里拿来我的病历，挽起袖子让许医生抽了好几瓶的血。抽完了血，许医生又开了X光拍片、超声波、心电图等等常规的检验单子，让我们去附近的一个医疗检验中心做检查。我们做好所有项目以后，问什么时候会知道结果，检验中心的人回答要两周时间。一周做化验，一周做报告单，然后送到家庭医生办公室。我们问是否可在一周后等检验结果出来我们自己来取报告单，这样可以早点知道结果。那个检验人员惊诧地看了我一眼，说这个绝对不行，我们只能从家庭医生那里知道结果。

做好了检验，已是中午时分。我们就近找了家麦当劳快餐店吃点东西充饥。我发现我妻子的神色开始不对。她说要等两个星期实在太久，会不会错过了治疗时间？我安慰她说：你绝对不会有病。这么多的人告诉你西尼罗症是血液传染，而不是接触传染。而且你的样子非常健康，一个汉堡包加一份薯条很轻松吃下了，怎么可能有病呢？她说自己其实一点也不想吃，是为了增加体力才尽力去吃的。要是她吃不下东西了，那情况就严重了。从这天开始，我让她不要上班，在家歇着。我这样做其实犯下了一个错误，不应该让她一个人待在家里，让她有充分时间去胡思乱想。

周三的黄昏，吃过了饭，我准备和妻子一起出去散步。刚要出门，看见邻居斯沃尼家门口陆续来了很多的车子。先是我看到了有一辆大号的GMC Safari旅行车，背上驮着两条独木舟，接着看到一些车拖着水上冲浪摩托，还有一辆卡车后面拖着一条大游艇。如果这个时候我要是看到有一辆车子拖着一架水上飞机也不会奇怪。我在去年秋天看见过邻居家的车上驮过独木舟，也看到过一条游艇在车道上过夜，但是从没看到像今天这么多的车和水上运动设备。这些车并没有停在他们家的车道上，而是都停在马路边，有许许多多的人下来进入他们家房子。我想起，他们家里好像很久没什么人进出了，斯沃尼的老公和两个儿子也很久没有见到。今天这么多人来到了他家看起来很不寻常。我告诉我妻子，也许斯沃尼一家一直在大湖边的度假屋里待着，陪斯沃尼养病。现在她的病治好了，他们一家都回来了，连游艇独木舟都带回来了。我妻子说那为什么会有那么多人呢？我说这大概是他们的朋友来为斯沃尼夫人康复回家开庆贺派对。

就在这个时候，我发现不同寻常的景象，有一辆黑色的轿车开过来了，车上装饰着洁白的百合花。黑色的轿车直接开进了斯沃尼家的车道，停了下来。我惊愕地看到斯沃尼的丈夫和两个儿子从车上下来，他们都穿着很庄重的黑色西装。我看到他们很多次，每次他们都是穿着宽松的便服，从来没像今天这样穿得认真。他们的神色很沉重，不过看到我们时还是客气地问候致意。

“好久不见，你们都好吗？”我走了过去，问道。

“是呀，我们好久没回来了，我们都在湖边，陪着我母亲。”斯沃尼夫人的儿子汤姆说。

“斯沃尼夫人好吗？是不是她也已经回来了？”我说。

“不，她没有回来。我的母亲去世了。”汤姆说。

“什么？这是真的吗？”我难以置信地说。

“是真的，她在一周前去世了。从去年夏天开始，她的病情似乎在慢慢好转，可最近突然情况恶化了。她和西尼罗症战斗了很久，最后还是没有赢它。她去世后，我们把她送回了她的家乡新泽西州。你知道，她是一个美国人。”斯沃尼夫人的丈夫马克说。

“我很悲痛听到这消息。她是个好人。”我说，心里突然觉得空了。很奇怪，几天前的夜里我和妻子看到了一个妇人在她家花园种花，以为她是斯沃尼夫人，可那个时候她已经去世了。

那个晚上我一直想着斯沃尼夫人。我一闭上眼睛，脑子里就会出现她昏睡的样子，殷红的血从她鼻腔里不停地淌出。我现在无法把斯沃尼和湖边的妇人区分开来。有一个念头从我心里滋生了：我得重新去一次阿岗昆的那个湖畔，去看一看湖边的妇人。她是不是还在那里，她还在流鼻血吗？

## 八

家庭医生诊所的秘书“扁头”告诉我们要等两个星期才能收到检验报告单。起初我以为两个星期很快就会过去的，但我很快发现，这两个星期将会过得极其沉重。我妻子现在的状态十分不好，邻居斯沃尼夫人的去世加深了她的惊恐。她的身上出现了很多的症状，先是感到手指关节酸痛，皮肤有烧灼的感觉，很快又感到胸闷得透不过气，伴有剧烈的疼痛。她现在安静不下来，得不停地走动，头几天只是在屋内走，后来觉得在屋子里喘不过气，便跑到马路上走了。起先我还去上班，让妻子独自在家休息。其实我要是带她一起上班，让她做点事情分分心，也许会好得多。那几天我虽然在工作，可总是不放心，不时会打电话回家问她情况。有时打电话回家没有人接，我就知道她一定出去在路上走了。她对我说在室外不停地走，感觉会放松一些。几天以后的早上，我上班不久，她就打电话过来，说自己心跳得受不了，让我赶紧回家来。我看到妻子的情况确实不对头，头发变得没有光泽，几天之内白了一大片，像干草一样枯涩。她的脸色变得土黄，眼神无光。她告诉我自己在路上来回走的时候，邻居家那个种郁金香的老头儿一直盯着她看。她走到路的尽头了，老头儿还在看着她。我说你这个样子是不大对劲，头发也没梳理，衣服纽扣也错了上下排，谁见了都觉得怪怪的。我告诉她不要紧张，她不可能会得病。为了说服她，我和女儿整天在互联网上查她的病症。我们把她的症状输入电脑，出来的结果根本不是什么西尼罗症，而是更年期的反应。还有一种可能是焦虑症，是因为受了惊吓的原因，造成了植物神经紊乱。但是，她不相信我们的说法。如果我们坚持这么说，她就会生气，症状会加重。

为了陪她渡过难关，我不再去上班。我在公司门口挂上了因为度假暂时关门的牌子，虽然这样每天会损失几千美金的销售收入。我整天陪着她，她觉得胸闷时我给她做后背按摩，她紧张时我得不停地和她讲话，让她精神放松。她的脾气变得很像一个四岁的孩子，时好时坏。我陪她到外边散步，这是她最重要的一个自我调节项目。我和她在周围的林荫路上走路时，她会显得很高兴，症状会减轻许多。我们结婚十多年了，除了婚前一段日子之外，结婚后几乎没有这样亲密地结伴走过路。她一边走路一边说很多很多的话，止她都止不住。她说前一天遇见邻居那个姓甄的台湾人。以前从来没有和他说过话，昨天他在门口除草，主动和她打招呼。他说前一天夜里有人往他的院子里扔了好几条鱼，问她有没有遇到同样的情况。她说台湾人一定乱说，鱼怎么可能乱扔呢？真好笑！她又说路口拐角那个带雕花铁栏的花园主人是个印度人。她一直讨厌他花园里种了很多花但种得乱七八糟，还开满了蒲公英。前天她经过印度人花园前时看到印度人在花园里拔草，和她一样用手拔。印度人说自己是做餐馆生意的，平时太忙，喜欢种花又没有时间，所以花园会这样零乱。我妻子说现在她决定原谅他了。她还带我到后边一条小道上看一座新翻建的房子。翻建后的房子前面墙体上贴着花岗岩，这正是她最喜欢的石头。她说我们以后把房子也推倒重建。她心里都有图纸了，那样我们房子的面积还可以增加一倍。我们经过另一家同样翻修过的房子。那座房子的墙体抹了灰浆，抬出来的一层楼像个小帽子一样。我妻子对这个房子嗤之以鼻。

我们每天会走到三条街之隔的God Stone（神石）大公园。那里有一大片的草地和一大片的树林。草地上有两个足球场。傍晚时分有很多人在踢足球。有一支队是些韩国年轻人，他们有自己的队服，还有漂亮的女孩子在一边助阵。和他们对阵的是一群黑人的孩子。我通常会坐在长椅上看他们踢球，有时也会看着那些遛狗的人，看着一些来探望子女的中国老年人在树下打太极拳。我妻子开始做自编的体操。她的第一节是双手十个指头叉在一起，手心向上往高处举，然后做深呼吸、下蹲或起立。第二节是自编的瑜伽功，两臂前伸，一只腿抬起向后，样子像飞机一样。第三节是倒退着走，没走几步她的步子就同手同脚了。她做得极为认真，下午的烈日照在她脸上，脸庞被晒成古铜色，出现了蝴蝶斑。汗水挂满了她的脸，她全然不觉。她的这种认真让我感动，女人有时会是很坚强的，我知道她其实在全力以赴与疾病战斗，尽管这种疾病不一定存在。

在回家的路上，我得加倍小心，因为这个时候她的情绪会变得十分沮丧。她说自己很怕回家。她以前最喜欢待在家里，不喜欢外出。现在都变了。以前她看电视连续剧不要命，能看到深夜，可现在一看到电视剧她就马上让我关掉。但我们总还得回家。走在回家的路上，天开始暗淡下来。我得不停地说话让她开心。在经过一个路口时，我看到有一家人家的园子里有一束树枝伸出了木墙，上面结着一些红色的果子，看起来像是山楂似的。我伸手摘了几个给她看，说这是什么果子呢？我说我来尝尝这是什么味道，说着就咬了一口。这果子味道极为酸涩，让我龇牙咧嘴。我妻子当场就变了脸色，指责我为什么这样乱咬东西，要是中了毒怎么办？照平常，她大概责怪我几句就会算了，但现在我发现她的眼神过于亢奋，嘴角带着白沫。我抓住她的肩膀，让她平息下来。我感到她背部的肌肉绷得紧紧的。一种恐惧的感觉袭上我心头，看来情况越来越严重了。

## 九

鸟人优素福又来了。我开了门，看见他那辆画满了飞鸟的厢式车停在我家的车道上。他看见了我远远打招呼，说从那只死鸟的化验结果中发现了西尼罗病毒。还有，他在我家后院大枫树上布下的捕鸟笼捕到的鸟里，有一只北美蓝鸟和红衣主教鸟带有西尼罗病毒活体。而且，卫生部已经得知邻家的斯沃尼夫人的死讯，她是北美今年第五十一个致死病人。卫生部把这一带列为高危地区，从明天开始要进行大面积的消毒灭蚊处理。他的手里拿着一大捆的印刷品，自己在路边的电线杆上张贴着。那上面画着一些鸟的图画，告诉人们发现了死鸟要报告卫生部来收集调查，不要私自处置；不要在黄昏时分裸露皮肤待在室外，以防蚊子叮咬；如在室外活动最好在身体上搽上避蚊剂。鸟人把我带到后园，指着一些积着水的旧花盆之类的东西，告诉我这些水里会长蚊子的幼虫。我端起一个花盆，仔细看，真的看见一些红色的线状幼虫体在蠕动。他还让我去看树枝上的绿毛虫，它们的体型看起来比上回看到时大多了。鸟人告诉我，市政厅已经租用了飞机，明天要开始在空中喷药杀虫了。

所以在第二天，我让妻子不要外出活动，待在家里。上午九点钟左右，听到有飞机在附近超低空飞行，大概是喷药杀绿毛虫的。中午时分，有大批穿着白色防护衣的人进入这个地区，看起来像是电影里的3K党人一样恐怖。我看见在后园里有两个消毒人员进来了，他们的背上背着电动的喷雾器，把白色的水雾到处乱喷。其中一个人看见了站在窗内的我，向我举起两个指头作出“V”的手势。尽管我已将门窗紧闭，只使用空调机换气，屋内还是充满了浓重的药水味道。

大概是近黄昏的时分，家庭医生的秘书“扁头”打来了电话，说明天上午许医生要见我。我问她是不是检验结果出来了？她说是的，具体要问许医生，她无可奉告，说着就挂了电话。“扁头”的电话绝不是好消息。通常如果检验没问题的话，得两个礼拜拿到报告单。如果有问题，时间会加快，中途家庭医生会给你下通知。验血的时间到今天才过了七天，所以肯定是有事了。我的心咯噔一下沉了下来。我真不明白我妻子的运气怎么会这么差，仅仅摸到一只死鸟就感染上了病毒。但现在我无法再对她说没事了。我妻子变得很安静，脸色发白，身体好像缩小了好多。我安慰她不要太紧张，究竟发生什么事情现在还不知道，等明天见到许医生再说。就算是有了问题也不能害怕，害怕只能把问题搞得更加麻烦。

现在想起来，那天晚上是我记忆里最为不舒服的夜晚。我躺在床上，脑子里一片白光，头痛欲裂。我感觉到在我的屋顶上和屋檐边到处都栖息着飞鸟，飞鸟在窃窃私语，它们显得兴高采烈。飞鸟飞舞在我的房间里，它们钻进了我的被子，钻进我的脑子！我睡在一个臭烘烘的鸟巢里面。 后来我梦见了后园雪地上的动物脚印，有一只动物在园中来回地走。那是一只猫科动物，全身漆黑，露着凶猛的獠牙。我听到妻子在哭泣，不是在梦里，她真的在哭。她说自己好害怕，她想要回中国去。我说好吧，我们明天就去买飞机票回国去。可是我这么说她又说不行，因为中国没有西尼罗症，不会治这种病。那我说先别想这些事，还是明天见了许医生以后再作计议。

第二天一早我和妻子到了家庭医生诊所。我们先得找“扁头”登记。“扁头”忙得不可开交。她的头上戴着电话耳机，由于头太扁，头的两侧太窄，耳机滑到了一边。好不容易轮到了我们，“扁头”对我说：许医生要见你，不是你太太。我当时的头更加大了，我的理解是我妻子的问题一定很严重了，医生怕她会受不了刺激，先把情况告诉家属。我妻子的想法和我一样，她对我说事到如今她也不怕了，还是让她早点知道详情为好。然后我妻子紧紧握住我的手，如入刑场一样走进许医生的工作室。许医生看见了我妻子，说：“你的血检报告已经出来了，没有问题，一切正常，很健康。”然后许医生转头对我说：“你的血检报告西尼罗病毒呈阳性反应，说明已感染了西尼罗症，得立即接受专门的治疗。”

听到许医生这么说，我当时的第一反应是想哈哈大笑。怎么可能？搞了半天竟然是我感染了西尼罗病毒！我庆幸我妻子没有事了。要是她的血检有点问题，她今天的精神非崩溃不可。

## 十

就这样，我糊里糊涂地成为了西尼罗病毒的感染者。卫生部对我的病例给以特别的关注，因为我是从亚洲来的移民中首例感染者。我成了一个研究课题，被安排住进了北约克总医院，受到严格监护，每隔三个小时会有一个护士来给我测量体温、血压、血糖含量、脉搏等等。而每天早上，都会有一个戴着口罩的医生领着一群同样带口罩的人来看我，问很多问题，之后就会开始抽我的血化验。我记得几乎每个早上我都会被抽走好几瓶血，以致后来的几天我一看到抽血的护士就想拔腿逃跑。这个时候我想起三十多年前我家一只可怜的鸡。那时中国流行注射鸡血，我母亲多病，每天让我去抓我家唯一的那只鸡抽血给她注射。我记得我去抓它时，那只鸡会拼着死命逃跑，最后被我抓住了，它恐惧的样子让我至今忘不了。而现在，护士来给我抽血时，我会感觉到自己就成了当年的那只心怀恐惧的鸡。

现在我相信自己感染西尼罗病毒的途径是因为在花园里种花时受到蚊子的叮咬。这种蚊子叫嗜鸟蚊，最喜欢吸鸟类的血，如果看到一个光着膀子臭汗满身的人体它们当然也不放过来叮几口。蚊子在吸血之前，会先排出一些抗凝血的血清注入被吸血者的体内，就是这样，我的身体里被注入鸟类的血清。想起来这真是一个奇妙的事情，我身上的血液中竟然有飞鸟的血清！我不知这是哪一种鸟的血清，我不希望会是那种吵吵闹闹的麻雀，也不希望会是难看又不吉利的乌鸦，猫头鹰和美国秃鹫也不怎么好。如果是天鹅、灰头雁、火烈鸟、信天翁的血清我心里会好受些。有几天我一直想着这个问题，我会感到皮肤奇痒，好像有许多细细的绒状羽毛将会长出来。我不知这是不是西尼罗病毒引起的一种幻想症状。

然而一周后关于蚊子传染病毒给我的结论被医生推翻了。一共有三个病毒学专家医生参加了我的病例分析。他们从我的血清培养分离结果中发现我身上的病毒基因已经产生变异，从变异轨迹来看，病毒已经在我身上潜伏两年多时间，而不是今年夏天被蚊子咬过后感染的。医生十分关切我身上的病毒感染源头，所以极其详细地查询了我在两年前夏天那段时间的活动情况。医生要我回忆这段时间所接触到的人、所去过的地方、所经历过的有导致感染病毒可能性的事情。我向医生说明了前年夏天我除了读成人英语补习班，就是到处闲逛、打球、钓鱼、去图书馆和博物馆。我不可避免地说起了因为Group of Seven（七人小组）的风景画引发的去北部大湖钓鱼看风景的事。我说了那边有很多水鸟、丛林、芦苇塘。我的心里涌起了对湖边妇人的强烈的思念，但是我却没有说出她来。我只是忍不住问了医生一句："西尼罗症患者会流鼻血吗？"医生回答了我的问题，说这是有可能的。部分西尼罗症患者的白血球会处于很低状态，某些时候毛细血管会大面积破裂，造成鼻腔出血。接着医生马上问我："是不是那段时间你和鼻腔出血的人接触过？或者你有什么异常的情况要说明？"我说没有什么，只是随便问问而已。我不知怎么的不想把这段经历告诉给别人，但是医生显然从我的身体语言方面看出我隐瞒了什么事情。医生说一个病人有义务向医生坦陈病史的详情，尤其是有关一场很可能会导致人类大灾难的致命的传染病。这种情况如同一个案件的目击者有义务向司法作出客观的证词，拒绝作证或者作伪证都会导致严重的后果。但我还是支支吾吾不愿说这事，我觉得这只是个很私人的问题，而且我觉得如果把我的病史和湖边的妇人联系在一起，怕今后会对我妻子解释不清楚。

过了两天，护士跟我说我今天要接受一项全息脑部记忆测验。我没听说过有这种测验，北约克医院里现有的超声波、CT、核磁共振等等所有的项目我都做过了。后来我知道这项测验不在本医院做，要去多伦多大学新建成的医学心理分析总实验室。我坐上了一部带有警报器的救护车，由穿着制服的救护人员和医生护送着。一小时后车子进入郊区一个环境优雅的园区，在一个庞大的建筑物内部停下。我进入了实验室，这是一个充满幻想的房间，看起来像是在银河系某个星际航天站之中。这里的护士一定是经过专门挑选，年轻漂亮，让人会全身放松下来。我被带上了一台机器，全身被接上了很多的电极，尤其是头部的电极最为集中。然后我被注射了一针药水。一种带金属味的热波浪在全身荡漾开来。在由许多声音组合在一起的蜂鸣声中，我的座椅被推向前。我马上感到一阵浓重的睡意，然后什么也不知道了。

当我重新有所知觉的时候，我发现自己在飞翔，周围有很多的大鸟和我一起在飞翔，但我看不见前方，周围是浓重的云雾。我飞了很久，然后随着鸟群飞出了云雾。我看见了湖水，看见了森林。盘旋了一会儿，我似乎看见了湖畔的度假屋和木头的栈桥。我好像是受到一种外力的控制，飘向了那个房子。我看见了湖边的妇人，她显得那样虚弱又美丽动人，她身上某个地方出着血。我和她在一起的时候，始终感受到有一种身体的愉悦。我现在记忆里只有那种愉悦的一点痕迹，无法复述当时详细的细节，因为细节记忆的磁道已经被医生抹去了。在结束这个最新的测验之后，我明白了在实验的过程中，我的梦境其实是控制在实验室医生的屏幕上。医生让我飞翔在梦境的全景里，在他看出我梦里的意愿时，只要把鼠标一点，我就会从高空的盘旋状态中飞向湖畔的度假屋，就像一枚导弹一样。这真是一个可怕的实验，他看清了我梦境的一切！我相信我和湖边妇人会面时留下的那种愉悦里一定会有很多令人脸红的画面，一切的图像都已经记录在他的磁盘里了。而他在结束实验时抹掉了我梦里的记忆，只根据他的需要留下一点痕迹作为给我的提示。果然在实验之后医生和我谈话时，指出了我前年夏天在阿岗昆湖畔钓鱼时发生过不寻常的事。经过了测验，我觉得没有必要再藏着掖着什么事情了。我把自己能记起来的事情都说了。而且也说出了自己对感染病毒的途径可能性的想法。当我为湖边妇人止血时，我的手指上有被鱼线割开的创口，是否在那时受到了感染？医生没有回答什么，只是把我的话记录在案。医生说他们会去寻找那个湖边的妇人，去查明她是不是我身上的西尼罗病毒的源头。我显得情绪激动，我对医生说，希望他们在找到湖边妇人的时候不要打搅她的生活。

半个月后，我离开了北约克医院，被安排到了阿岗昆地区一个康复中心作休养治疗。这个地方坐落在森林里面，面对着冒着雾气的湖湾。医生告诉我，我属于西尼罗病毒的隐性感染者，目前没有发病迹象。也许以后也不会发病，但是也许会发病。我不需吃药，不需打针，因为这种病毒没有任何一种药物可以对付，主要靠自己的免疫能力来抵抗。当然，森林里清新的空气、充足的阳光和适当的体育活动会对恢复健康有很大帮助。医生没有向我透露他们是否找到湖边的妇人的情况，但我觉得医生把我安排在阿岗昆的湖边，让我回到事情发生的源头地点，好像这是一种心理的暗示疗法。

我没有生病的感觉，除了体温略微偏高零点三度之外，没有明显的临床症状。我每天的事情就是去健身房健身，去图书馆看书，还有在森林里漫步。我最喜欢的事还是独自在湖里划独木舟。阿岗昆湖面积很大，方圆有几百公里，湖上有上千座的小岛，据说是冰川后期的地质运动造成的。我整天在湖上划着独木舟，逐渐对周围的地理位置有了了解。我试图沿着湖岸去寻找那个度假屋，却始终想不起准确的位置。有一天，我终于看到了一座水边的房子很像我记忆里的那一座，但是我却没有看见我在上面钓过鱼的木头栈桥。那座水边的房子好像是被废弃了似的，有许多许多白色的水鸟栖息在屋子上，还有许多白色的水鸟正降落在屋子上。那天湖上笼罩着浓重的白雾，雾气中鸟儿像纸片一样、像飞舞的雪花一样飘落下来停在屋子上。此时我的心里无比忧伤，我继续划着船靠近水边的屋子。白色的水鸟还在纷纷飘落，有一些水鸟落在了我的独木舟，还有几只停在了我的肩膀上。

# 女孩和三文鱼

## 一

傍晚时分，红杉路208号，这座意大利风格的双层房子外边的枫树上，系上了第一条黄丝带。

这座房子已经被警方严格控制。住在地下室的房客都被搬迁了，连房子的主人，杰西卡的父母林毅、李雪枫也被安置到警方提供的附近一个汽车旅馆里。大规模的搜寻活动正在进行，美国华盛顿州西雅图警察局派了两架直升飞机在空中扫描。地面上，几百个警员在附近的街区挨家挨户查问。警方在方圆几公里的范围内进行了地毯式的搜查。除了警察，还有几百名以白人、黑人和亚洲人组成的志愿者。他们排成横队，像梳子一样梳过周围的几块茂密的树林，连密林里的小河河底都有潜水员查过。这个案件，从一开始就呈现出宏大的气势。

马道林警官，是在案发的当天中午到达现场的。马道林原是香港的资深刑事警察，只是他太太投资的几处房产在亚洲金融风暴里亏了大钱，对香港失去了信心，才移民到了美国。他最初做过楼房的保安，银行的看门人。后来因为西雅图的华人日益增多，警方需要一些华语警察，马道林才有机会重操旧业。他在唐人街当了一年的巡警，办了几件漂亮的案子，后来就升到了西雅图警察局的重案组。

马道林看过现场后，有一种不可置信的感觉。从现场来看，女孩杰西卡确实是在夜间被人掳走。但是在案发时间，杰西卡的父母就睡在一壁之隔的主卧室里。而在地下楼层的出租房里还有六个房客。诱拐者就是在这么多人的身边把杰西卡带走的。这事离奇得就像是魔术家大卫·科波菲尔的魔幻表演，当着观众的面，把一个人从舞台上变得无影无踪。

从室外的现场来看，诱拐者确实是从后花园进入的。在后花园的一个通气窗边，案犯拉过一台室外割草机当垫脚，用螺丝刀挖开一块玻璃，钻进了窗洞。那个窗洞很小，说明案犯的身材比较瘦。至于案犯是否留下了指纹和DNA方面的资料，有警察局的技术部人员专门处理，马道林目前还不知具体情况。

在这天早上七点半左右，杰西卡的妈妈李雪枫推开杰西卡的房间，发现她已不在。李雪枫认为杰西卡已经去了学校。最近的日子，杰西卡越来越懂事了。她常常会早起，会自己刷牙洗脸，会自己热牛奶面包，会自己到一街之隔的小学去上学。李雪枫在八点钟开车离开家去办公室上班。两年前，她和丈夫一起开办了这家投资理财兼留学移民中介公司。十分钟后杰西卡的爸爸林毅也开车离家，他要去四百公里外的波特兰大见一个刚到埠的客户。大约在九点三十五分时，李雪枫的手机响了，她一看是个陌生的号码，区号是309，不是西雅图市内的号码。她按了通话键，说：“哈罗。”但对方没回音。她又说了声："Hello，what can I help you ？"对方还是一声不响，但能感觉到那人的存在，似乎还能听到那人吸气的声音。李雪枫把电话挂了。她开始有点心神不宁，还产生了去看看杰西卡的想法。她到了学校，隔着窗户就看到杰西卡的座位空在那里。老师对她说："杰西卡今天没来过，学校正想给你打电话询问杰西卡为何不来呢。"

"你们给我打过电话吗？"李雪枫问老师。

"还没有打，正在找你的号码呢。"

李雪枫只觉得脚骨发软。她马上打电话让半路上的老公回来，说杰西卡不见了。她回到家，进入杰西卡的房间。这时她发现杰西卡的衬衣衬裤、毛线衣、牛仔裤还有袜子都还在房间里。这就是说，杰西卡离开房间时，只穿着睡觉时穿的小背心和短裤。杰西卡唯一带走的一件东西是一只维尼熊玩具。平常她都是搂着小熊睡觉，现在它也不见了。李雪枫只觉得身上所有的毛发都竖了起来。她找遍了所有房间，包括地下室的出租房，也不见杰西卡的踪影。上午十点二十分，李雪枫的手机再次响了。她看到的是另一个号码，是陌生的605区号的。李雪枫的声音颤抖了，她在极其恐慌的情况下就只会用母语四川话说了："喂，你是谁……"但是这个电话是她老公林毅在从波特兰大回西雅图路上的一个加油站打来的，问杰西卡有没有找到。

十一点，警方接到李雪枫报警。

半个小时后，马道林就和西雅图警察局重案组的同僚赶到现场。马道林在组里只是个普通警探，组长是道格拉斯警官。他是个资深警察，和现任西雅图警察局长莫里欧有袍泽之情。

重案组为何会在案发的第一时间到达现场，是因为北美地区近来不断有女童被绑架遇害。去年秋天，加拿大多伦多市九岁女童张东岳遭绑架失踪，在过了六个多月后，张东岳的尸体在一个冰雪覆盖的树林里被发现。警方后来抓住了罪犯陈敏。陈敏供认是想勒索二万五千元加币作为假结婚费用，他是在张东岳挣扎叫喊时想捂住她的嘴失手将她闷死的。而在本地西雅图，夏天时一个八岁的白人女孩琼斯在放学回家的途中失踪了。两天后在西雅图岛的海滨发现了她被肢解的尸体，尸检表明她是被性侵犯后杀死并分尸的。罪犯很快被抓到，是个在网络上沉湎于儿童性虐待游戏的恋童癖。这个恶魔犯下的罪行使得西雅图这个一直被美国人评为最适宜儿童居住的城市颤抖了好久。警方受到议会和舆论前所未有的批评。而现在，仅仅两个月后，又有儿童失踪了。

现在，道格拉斯、马道林开始了和李雪枫的谈话。

“你能确定杰西卡是被人绑走的吗？会不会有人和你开一个恶作剧的玩笑呢？”

“是吗？不会吧？”李雪枫睁大了眼睛，努力去想这种可能性。但她的眼神马上黯淡下去，她知道没有人开这种玩笑。

“那么最近有没有什么可疑的人来过你家，或者在你家周围出现过？”

“好像没有吧，我们家很少有客人来的。”

“你生意上的客户和杰西卡有接触吗？”

“杰西卡有时会去我办公室，一些客户见过她。”

“楼下地下室里住的是些什么人？”

“是些学生，附近有座专科学校。”

“你做租房广告吗？在什么地方做？”

“以前我自己去学校贴，现在都是在网络上做。”

“你在广告上的联系电话就是你的手机号码吗？”

“是的。”

“就是说，你的客户和房客都知道你的手机号码？”

“是的。”

## 二

案发当天早上打给李雪枫的电话查出是在距西雅图一百五十公里的加西沙区域打来的。那是一部室外公用电话，处于壳牌加油站和STARBUCKS咖啡店之间。

马道林到达这两个地方时，早已有警员把电话用黄色警戒线围住，技术人员还在继续找有用的线索。部分警员在和这两个地方的工作人员谈话。马道林在那个咖啡店的外边，注意到这个地方是个小山坡。从这里望去，可以看到闪闪发亮的加西沙河。在河的两岸，是一大片丛林。西雅图的秋天是一年中最色彩斑斓的季节，除了枫叶变成了红色外，各种灌木都变成黄色、紫色，还有金色的覆盆子、黑色的蓝莓和黑莓。这些颜色好像已溶解在空气中，加上反差强烈的蓝天白云，随便从哪个角度看都像是一幅印象画派的杰作。马道林有点发呆似的看着这片风景，他突然想起前些日子报纸上曾报道过加西沙河边的丛林里有一种叫“卡由迪”的野生动物出没，还咬伤了几个游人的小腿。马道林不知道“卡由迪”是什么动物，后来查了字典，知道了这是一种胡狼。原来这片树林就在这里啊！他想着。这时，另一个景象引起了他的兴趣。他看到了在闪亮的河边停着好多汽车，河边有好些人排在那里，甚至还能看见有些人站在河中间。他们在干什么？马道林想，于是就叫上助手，徒步走向河边。

现在他看到了，河边的人在钓鱼。这个时候是三文鱼从大海洄游到河流产卵的季节，在加西沙这段呈阶梯状的清澈水面上，上下落差有几十米，其中有好几道近两米高的瀑布。三文鱼排着密集的队形逆着激流缓缓而上，其中一些会突然加快速度箭一样射出去，跳上瀑布。在狭窄的河段，水面上挤满了三文鱼粉红色的鱼背，像开锅的饺子似的。河边不时有人喊着：Fish on！（鱼上钩了！）他们的鱼竿弯得像张弓，他们得使出最大力气和三十多磅的三文鱼角力。好些人钓上了鱼，只是傻笑着把鱼抱在手里，摆开姿势照个相，然后又把鱼扔回去，所以河面上漂满了死鱼。还有的鱼被钓上来，钓者只剖开肚子取走鱼子。被开膛的鱼发出臭味，吸引了大群的海鸥和乌鸦来啄食。

马道林在河岸上观察了一会儿。这么壮观的三文鱼洄游和屠杀场面令他印象深刻。他没有到达河谷底，他不想因为一个警察出现在这里让渔人受惊。他看到了钓鱼的人里有一些华人，有一些印度人，很少有黑人，比例最多的还是白人。

还有什么事情在吸引着马道林。他发现眼前这片景色好像见过。他从工作包里取出一叠刚拿到手的杰西卡的照片拷贝件。他一张一张看过来，在一张杰西卡笑得最开心的照片上他看到了背景是河流和树木。马道林把照片举在手里，移动着，对照着景物。他停住了。现在他看到了，照片上的背景就是这段河流。

马道林回到了公路上，进入那个STARBUCKS咖啡店。他要了一杯哥伦比亚黑咖啡，透过玻璃窗望着五十米左右的那个橙色的电话亭。上午九点三十五分李雪枫接到的神秘电话，就是从这里打出的。马道林现在还不能解释：为什么这个打电话的人在打通电话后不出声？为什么杰西卡以前会在附近的河边拍过照片？假设这个人就是绑架杰西卡的人，那么他打电话的时候杰西卡是不是和他在一起呢？马道林联想着案发现场的情况，在一个不很大的楼层里杰西卡无声无息被带出屋子而没有惊动父母本身就不可思议，特别奇怪的是，尽管杰西卡被带走时只穿着睡觉时的内衣，但还是带上了她的玩具熊。如果她处于惊吓中或者在挣扎，是不可能带走小熊的。她只能在一种相对平静，或者半梦半醒的状态中才有可能抱着小熊离开。按照这样的推理，杰西卡似乎和这个半夜里把她带走的人有一点默契。而且从现场情况看，没有一点挣扎反抗的迹象。这个时候咖啡店坐着很多人，他们在此眺望着加西沙河流域色彩如莫奈的画作一样美丽的秋色。马道林突然产生了这样一个想法，上午九点半时分杰西卡和那个打电话的人会不会就坐在这里的某一张桌子前喝咖啡呢？也许杰西卡喝的是一杯热巧克力，或者是一杯意大利卡普吉诺。小女孩通常喜欢喝这些，就像现在坐在离他两张桌子远的背朝他的那个黑头发的女孩子。马道林受这个奇怪念头的驱使，突然冲那个黑头发女孩的背影喊：

“杰西卡！”

马道林喊的声音不很高，但是坐在店里的客人几乎都听到了，一起转过头来看着他，包括那个黑头发的女孩。女孩是个眼睛碧蓝脸上长着雀斑的白人，有点吃惊地看着马道林。马道林向她挤挤眼，站起来走到她旁边，俯下身低声说：“对不起，我认错人了。”然后就走出了咖啡店。在柜台里卖咖啡的那个印度姑娘侧脸忍不住一笑。她和店里的其他人已经告诉来调查的警察好多次，今天上午没有华裔的小女孩进过店门。

## 三

刘依娟最初看见这张照片是在早晨去学校的地铁上。当时坐在她旁边的一个黑人妇女手里有份《西雅图邮报》。那黑人一边看着，一边不停地惊叹：“哦，我的上帝！”依娟的眼睛瞄了她的报纸一下，就看到了这张照片。她一眼就认出这是她以前的房东的女儿杰西卡。但是边上的标题让她大吃一惊。“华裔女孩神秘失踪……”她正要多看点内容，黑人妇女却把报纸一卷站了起来。她到站下车了。

这天上午上的是统计分析概论，是几百人一起上的大课。那个犹太人教授在讲些什么依娟一点也听不进去。杰西卡怎么会失踪呢？她也许是回家走错了路吧，说不定现在已经到家了。一下课，依娟就快步出了校门。不远处就是唐人街Gastown Ave。她买了一份快餐便当，又买了一份中文报纸《星岛日报》，她看到一版就有杰西卡被放大的照片。依娟带着快餐和报纸快速赶到她兼职工作的办公室。从年初开始，依娟每天要为亚洲经济论坛的尼尔森先生做几个小时的文秘工作。

“你今天吃的是什么？是不是星洲炒粉？”依娟刚坐下，才打开饭盒，坐在里边办公室的尼尔森就闻到了香味。

“你又说错了，今天是干炒牛河。”依娟回答。她一边吃，一边打开报纸。在报纸的第二版，有一段详细的报道：

> 西雅图警方昨日下午发布警报，寻找一名当天早晨在自己家中离奇失踪的十岁华裔女孩杰西卡。警方怀疑这名华裔女孩可能被诱拐或遭绑架，已通知性犯罪侦破小组追查此案。
>
> 失踪的杰西卡与她的父母生活在一起。证据显示，房屋曾被侵入，警方认为这是一起诱拐案。一位警官说：“调查者相信她在午夜某时被诱拐。”目前为止，警方还不能确定她失踪时所穿的衣服，也没有透露他们所掌握的证据。女孩的父母被安置在另一个地点，警方随时向他们通告这一案件的最新消息。另外，电视所拍摄的画面清晰显示，一间房屋的玻璃被移动。据西雅图城市电视WP24报导，“看起来这间房屋在夜间被进入。”侦探道格拉斯警官对记者谨慎地说。“我们没有证据显示房间内有暴力行为。”但调查者确认这不像是离家出走。

根据报纸的描述，依娟开始努力去回忆那座房子，心里马上有一种不愉快的黑暗感觉。她已经对这座房子印象模糊，只是记得这是一座外表漂亮，环境优美的屋子。她怎么也想不出报道里说的被移动玻璃的窗户是什么样子的。她当时是住在地下室，四壁没有一个窗，所以对窗子没有一点印象，但这些都不要紧。她只是吃惊，为什么有人要半夜钻进屋里，诱拐杰西卡呢？

这天接下来的时间，依娟就没时间去想了。尼尔森给了她一大堆文件，要立即打成邮件发出去。尼尔森正在筹备一个亚洲经济讨论会，下个月他要邀请香港政务司司长梁爱诗作一次演讲。依娟作为西雅图大学的经济系国际留学生，能接触到这些事情，觉得很有意思的。

这天依娟干好所有的活儿回到住处已是天黑。她现在住在Beach Front街一个高层公寓大厦里。大厦的电梯像个玻璃做的篮子，建在大厦的墙外。依娟走进电梯，按动了六十七层的按钮，电梯立即像火箭一样腾空而起。就几秒钟时间，依娟就升到几百米高空，俯视着灯火璀璨的西雅图半岛。依娟非常喜欢这种空中楼阁的感觉。在进入房间后，她也喜欢把窗帘拉开，站在玻璃墙前，欣赏着这个如银河一样闪亮的城市。在她的正面方向，是一排排同样高的通体闪亮的大厦；稍远处，是西雅图海湾，这里是富豪们的水上飞行俱乐部。有一个晚上，依娟站在玻璃墙前，看着各种各样的水上飞机忽起忽落，那情景好像是电影《星球大战》似的。她正在换衣服，看得入了神，竟忘了穿上衣服，裸露着上身面对满城灯火。没过多久，有一份英文传真过来了。大概意思是：我用天文望远镜搜索夜空，发现你如仙女星座飘在天上。你的上体美丽之极，却让我对我所没看到的部分想入非非。

依娟这下知道了，在西雅图高楼大厦的窗户里，原来架有许多高倍望远镜。在她观看夜色中的城市时，她也成了被人观看的对象。她曾听说美国有很多以观望为乐的俱乐部，有观鸟的观鲸的，有观飞机起落的。那些专门看飞机起落的人据说还持有执照，他们的观望技术高得能通过看飞机起落的姿态看出一架飞机是否在偷运毒品。这样看来，有观望女人身体的爱好者也就不奇怪了。依娟只是不懂，那些人是怎么知道她的传真号码的。她想那些人大概也是很专业的窥视者了，他们会根据她的窗口位置确定她的房间号码，然后很容易的在电话黄页上找到她的传真号。这个发现使她在玻璃墙前有了一种特别的兴奋。在心情好的时候，她会有意泻出一些春光，让那些苦苦守在望远镜后的窥视者兴奋一下。

但是今天依娟觉得有点心神不宁。她给自己倒了一杯红酒，喝了一口却咳嗽了，把酒洒到了沙发的报纸上。她看到酒刚好洒在了第一版的杰西卡的照片上，报纸马上皱了起来，可杰西卡还是很甜地笑着看着她。“怎么会呢？谁会这么做呢？这可怜的孩子。”

现在她又想起那个没有窗户的地下室，不愉快的感觉跟着又来了。她开始拨电话，拨给周沸冰。对方还是没有开机。上一次她是在一周前拨的，那次没找到他倒也无所谓，可今天她很想和他说说她的前房东女儿失踪的事。他去哪里了呢？会不会在网上呢？依娟打开电脑，刚进入系统，这时有人按门铃。她感到奇怪，如果是熟人，他们来之前都会先打电话过来。如果是那些推销员，他们最多按两次门铃，如果不见开门就会离去。但是这会儿的按铃人有点奇怪，按一下，间隔三秒钟再按一次。好像知道她就在屋里，一定要她开门。

依娟只好站起来。她贴着门镜孔一看，是警察。

进来的警察有三个。两个男的，一个女的。一个男的看起来像是华人。

“你是刘依娟小姐吧？”那个看起来像华人的警察用香港口音很重的国语问道。

“是的，我是。”

“我的名字叫马道林，普通话讲得不太好。”

“没关系的，你说英语也可以。”依娟说。

“知道我们为什么来这里吗？”

“不知道。”依娟说。她下意识地看了一下沙发上的报纸。报纸打开的部分正是杰西卡的照片。警察的眼睛也看到了这里，而且还露出一点微笑。这种微笑让依娟感到不快。

警察说明了来意。他们说从案件的现场来看，入屋诱拐杰西卡的人应该是对这屋子熟悉的人。所以，警方要对所有在红杉路208号杰西卡家租住过的房客都作一次调查。

“你的第一名字，你的家庭名字？”问话正式开始了。他们发现依娟英语流利，就用英语谈话了。

“依娟·刘。”

“你是从哪里来的？”

“中国青岛。”

“你是什么时候住在红杉路208号的？”

“大概是一年半前吧？”

“为什么你选择住在这里？”

“也不为什么，那时我在附近的Silverstar学院读书，比较方便一些吧。”

“你是怎么找到这个房子的呢？”

“这个……好像是在报纸上看到的广告。”依娟没把握地说着。突然她的意识里很清楚地浮现出杰西卡的母亲李雪枫的形象。“对了，是那女房东自己跑到学校里去贴的广告。”

“你在那里住了多久？”

“半年多吧。”

“你住在那里觉得愉快吗？房东和你的关系好吗？”

“还好吧，挺好的。”依娟说，但说这话时她的语气很不确定。她觉得警察问这些问题很没有意思。这时她注意到在门外还有一些警察。有两个警察进来了，其中一个人竟然手里牵着一条大狼狗。他牵着狗在屋里走了一圈儿，那狗的爪子东抓西扒，依娟看到狗嘴里流出的唾液都滴到地毯上了。

“那么，后来你为什么要搬走呢？”

“我转了学校，就搬到这里了。”

“前天晚上，也就是杰西卡失踪的那个晚上，你在哪里呢？”

“前天晚上？让我想想，我没有出去，我一直在家里。”

警察的盘问结束了。看来就是例行公事，什么问题也就点到为止。在结束之前，警察印了依娟的指模，还让她张嘴用棉花棒取走她的一点唾液做DNA测试。

警察一走，依娟突然觉得心情极为沮丧，她甚至委屈地流下了泪。她从没经历过这样的事。警察怎么可以把她当犯人一样打指印，还要她张开嘴像个白痴一样取DNA样板。更让她不能接受的是，警察怎么可以带一条大狼狗进她屋子呢？她觉得今天倒霉透了。

依娟在洗手间一次又一次地洗手。她的手指全是打指印涂上的黑色油墨。过了一会儿，她的心情略为平静，就回到了电脑前。一进入EMS，她发现好久没见的周沸冰在网上。她试着呼叫了他好几次，不见反应。她能想象得到，周沸冰这会儿一定是在打电子Game。依娟脑子里出现他典型的习惯：一手抱着一只大可口可乐瓶子，一手是一大包薯片，一整天就坐在电脑前。想到这些时，依娟感到非常失望。她好长时间没和他联系了，他还是老样子。

不知过了多久，周沸冰总算有了反应。他回了一行字：

“我刚才睡着了，不好意思。”

一看见他回话了，依娟马上有点心疼的感觉。

“你怎么样？干吗累成这样？读书很忙吗？”

“还好啦。”

“你的托福考过关了没有？”

“不考了，过不了的。”

“那你在忙些什么？”

“还是老样子。喂，你有什么事吗？我一会儿要下了。”

“你在忙些什么？”依娟的情绪又低落了下来，“喂！你看到新闻了吗？我以前的那个房东的女儿杰西卡失踪了，好像是被人绑架的。”

“我不知道。我没看报纸，也没看电视。”

“你不记得那女孩吗？和你挺熟的。”

“我不怎么记得了，忘了。”

依娟觉得周沸冰有点心不在焉。本来她还想说些警察来调查的事的，现在她没了说话的兴趣。

“不好意思，我得下了。我得出去。”周沸冰说。

“这么晚了还去哪儿？”

“去干活儿。”

依娟突然觉得非常生气。她知道周沸冰说的干活儿是什么事。他是去做接送按摩小姐的事。唐人街的按摩小姐自己不开车，都是找些熟悉的私家车接送。

“沸冰，今晚你不要去可以吗？我的心情很郁闷，你来陪陪我好吗？”

“不，我已经和人说好了，不能不去。过些日子再来看你吧，我走了。”

依娟眼巴巴看着他的名字从屏上消失，气得脸色发白。他至少也得安慰她几句话吧。她觉得沸冰一定是和那些按摩女混上了，要不然他不会这样冷漠的。嫉妒的火在她心里烧起。她现在就要到唐人街去，亲手将他捉拿。只要看到他那辆银色的丰田车，就能找到他。她开始穿衣服，其坚毅的神色犹如披甲上阵的武士。然后走出门，进入那透明的电梯从半空降下来。她坐了两站车，就到了唐人街附近的书院街。这条街有着文雅的名字，却是西雅图藏污纳垢的地方。这里游荡着吸毒者、酒鬼、娼妓。美国政府机构在下午五点之后都关门了，可这里却有几个政府部门还在开门服务。在街西有个毒品注射所。在这个国家贩卖毒品犯罪，使用毒品却不算犯法。在纽约州那边，毒品使用者喜欢用吸食的方式，而在靠太平洋的洛杉矶、西雅图一带却流行注射。为了降低注射者使用不洁针筒和注射用水交叉传染艾滋病，政府开办了注射所，免费提供他们安全的注射用具，附带着还有热咖啡供应。依娟在经过这里时，看到那些等在门口的瘾君子萎靡不振，可从屋里出来的经过注射的人却神采飞扬。再往前走，看见前面排着长龙，这里又是一个政府的部门——戒酒屋。专家认为那些酒鬼之所以染上酒瘾是因为他们酒的来源时多时少。他们在没钱买酒时干憋着，有了钱买酒就会痛饮一番。如果每天有一定的酒的来源，他们的酒瘾就会大大降低，可以控制自己的饮酒量了。市政府采纳了这个说法，用纳税人的钱办了这事。依娟尽管心里烦恼，还是好奇地站在这里贴着窗玻璃看了一阵子。她看见柜台后边站着两个肥胖的黑人妇女，根据领取酒的人的要求，用一个量杯将他们所要的品种的酒倒入他们的杯中。一个白人老头儿一口把酒吞入肚子，伸出空杯还要。胖黑人毫无表情地又给他倒了半杯。柜台后的架子上有很多不同的酒，啤酒、红葡萄酒、白葡萄酒、茴香酒、朗姆酒、白兰地、威士忌。依娟尖着眼睛想看看有没有她家乡引以为豪的青岛啤酒，可惜看不到。但有一瓶酒看起来超像北京二锅头。

当依娟走到俗称红灯区的犹太街时，发现自己的气已经消得差不多了。她显得提心吊胆了，把所有的扣子扣紧。她边走边搜寻周沸冰的车，却没看见。犹太街不很长，她走了个来回，还是没见到他的车。倒是有不少寻欢客过来关心她。“我可以带你走吗？”“你需要多少钱？”依娟在这里极其难堪地等了近一个小时，也没见周沸冰的车子过来。她知道沸冰一定没说实话，他一定是和什么按摩女鬼混去了。她的心里难过极了。这个时候她看到在距她不远处停着一辆马车，赶车人和老马都在打盹。这种马车属仿古的交通工具，多是些俄国人在经营。依娟忽然触景生情，觉得自己好可怜，像是那个被抛弃的俄国女人安娜·卡列尼娜。她前些时候刚看了《安娜·卡列尼娜》的缩写本，如今的女生能看几本古典名著的缩写本就可算是博览群书了。

## 四

十一点了，马道林开车回家。尽管已是夜间，16车道横跨西雅图的601高速公路依然是车潮滚滚。马道林看到，那些横架在公路上方的电子指示牌现在都闪着一段话：“Amber alert, 10 years old girl missing, call 911 with info.”（琥珀警报，十岁女孩失踪，发现者请拨911）601高速公路的日流量达二十万辆车，至少有超过二十万人会看到这个警报，然而琥珀警报是由美国联邦警察机构发布的特殊警报，涵盖了全国所有的公路网，所以几乎所有的美国居民会在最短的时间内知道这件事。马道林把着方向盘缓缓前行，只觉得眼皮和心情一样沉重，好几次他都觉得眼前模糊了。杰西卡失踪已有一天半了，目前为止还是没有下落。作案人除了在最初时间在加西沙河边地区打出那个没有声音的电话后，就不再有一点响动。警方除了对杰西卡住家附近进行大规模搜寻外，还对加西沙河区域的树林也进行了拉网式的搜寻，没有发现一点线索。根据李雪枫提供的部分和杰西卡有过接触的客户和租客名单，马道林和另外五个小组连日来都在寻找名单上的人员，并和他们中的部分人谈了话。对这些对象的监视还在继续之中。

马道林回到家，一边吃饭一边翻着《星岛日报》。尽管他的英语阅读报纸没问题，他还是习惯读中文报纸。报上好几版都是失踪女童的事，马道林看了几则就觉得没什么价值。然后他打开了电视，看到了警察局正在举行新闻发布会。他看到莫里欧局长在报告案情调查进展，话说得慷慨激昂，实质上没有透漏一点风声。然后他意外看到了李雪枫、林毅夫妇也到了现场。杰西卡的父母看起来相当悲伤疲惫。面对各媒体李雪枫泣泪宣读了一封给绑架者的信，她读道："我不知你或者你们为什么要绑架杰西卡，但是有一条可以肯定，你们没有理由恨杰西卡，你们也不会恨杰西卡的。看看她的眼睛吧，她是那样天真无邪，她是那样无辜无助。请放她回来吧！如果你们索要赎金，就打电话来吧，我们愿意用所有的一切，换回女儿的生命和自由。"李雪枫在发言过程中多次泣不成声，她特别强调的是：请求绑架者不要虐待杰西卡。她们一家从来没有做过伤害人的事。

她为什么要说这些话呢？她好像感到生活中存在着仇恨，好像还受到了某种压力，是来自内心还是外界的舆论？他想起这几天的调查，一些她的客户和在她家地下室住过的人在被问及相互关系如何时，都好像有话要说，可这个时候又不愿多说。马道林突然想起李雪枫说过的那个登租房广告的网站——西雅图中文之星网。他放下报纸，在Google上搜索到了这个网址。

他在广告的板块上浏览了一下，转到了新闻，马上看到了“寻找失踪女孩杰西卡的专题”。由于是民间的网站，这里的小道新闻很多，每个人都可以在上面贴文章。马道林看到了一个帖子。

悲剧的起源

悲剧已经临头，你们在电视上哭诉：我们从没伤害过任何人。这个时候说这样的话有多苍白！因为你们已经付出了沉重的代价。我看不出这个案子有多少偶然性，相反从媒体对你们家况的报道我深感发生这样或类似这样的事件对你们来说是迟早的，是必然的。因为你们把钱看得太重，而在对于钱的获得过程中你们无视了其他。

你们和中国大陆那些努力往上爬的中产阶级人士一样，缺少的就是反省。你们总是提防着人家的侵占，对自己的行为却总有宽恕理由。不过我相信，现在你们一定明白了这个世界上实在是有太多的东西比钱更重要！反省自己是痛苦的但又是必须的，与其对绑架者诉说你们失去女儿的痛苦，不如传达给他们你们对自己的忏悔，也许这样才能真正打动他们。 祝小杰西卡早日平安返家。

马道林看完了这个帖子，本来已昏昏欲睡的脑子变得清醒了。

这个人是谁？为什么会这样痛恨杰西卡的父母呢？他真的是个旁观者或是个当事人？要是能和这个人取得联系一定会很有意思的。但他无法找到这个人，因为法律不许警方通过网络寻找自由言论者。马道林想：明天得让李雪枫看看这个帖子，尽管这会刺痛她。不，她一定早已看到了。

现在，马道林又和李雪枫对面而坐。李雪枫形容憔悴，眼圈乌黑，但从她紧闭着的嘴唇可以看出她的坚毅。她没有垮掉，为了女儿，她得挺着。

“林太太，你们在这些年里是否和什么人结下仇恨？”

“我不知道是不是有人在仇恨我们，但是我们从来没有伤害人，我们总是善待每一个人。”李雪枫说。马道林看到她的双膝紧紧并拢，这种身体语言表明她在紧张地防守。

“我们相信这一点。出于调查的需要，我们不能排除绑架者是出于报复的动机。我们注意到在西雅图中文之星网站上一些帖子，好像对你家很有成见。不知你有没有看到。”

“我没有看到过，不过我能想象那些东西写的是什么。”

“你和你的客户有过经济纠纷吗？”

“在前几年的北美股市大崩盘中，有些客户损失很重。曾经有些客户要我赔偿，可这是股市的风险，我怎么控制得了？”

“这倒也是。”马道林想起自己在香港房市上的亏损，似乎很有同感。

“和出租房的租客关系也很难处理。你知道，这些学生租客都出自富裕家庭，从小娇生惯养，刚刚出国，做的还都是中国国内那一套。所以我有时得管管他们，教教他们。这样他们就觉得不舒服。”

“你能说些具体的吗？”

“比方说，在美国是禁止在室内抽烟的，我在租房合同上都写明了。可到了半夜，还经常有人在偷着抽烟。你知道，屋内的暖气管都是相通的，楼下一抽烟，烟就往上面跑，我能不管吗？”

“这不能不管。”

“你看过这样洗衣服的吗？他把衣服和球鞋都一起丢进洗衣机，把烘干的温度和时间都开到最大限度。结果鞋子也烤化了，洗衣机也损坏了。”

“他们以前可能从来没洗过衣服。不懂。”

“我们一家的衣服都是我用手洗，洗好了放在后院晒干，从来不用洗衣机烘干机。现在电费煤气费多贵呀！”李雪枫说着这些事时显得有些激动。她接着说：“你知道，西雅图的房子都是木头结构的，最怕火。可有几个租客总是开着电炉烧东西，人却跑到房间里去。好几次锅里的东西烧成了炭，油烟滚滚。更可怕的是，他们怕我知道，竟然把烟雾警报器的电池拿掉，这样就是着火了警报器也不会响。你说危险不危险。”

“那你怎么处理他们呢？”

“也就是教育他们几句罢了。你真不知道这些学生住客有多懒，垃圾放在下面都长虫了也不拿出倒掉。还有，他们总是把有机垃圾、可回收垃圾、普通垃圾都混在一起。在垃圾收集日，我们还得把这些垃圾重新分类。要不收垃圾的工人都会看不起我们中国人的。”

“你有没有什么明确的怀疑对象？他们或者是为了报复？或者是为了要勒索金钱？”

“我不知道。我真的想不通谁会做出这样的事。”李雪枫的眼泪流下来，“前天我已经把一些客户和房客名单给了你们。我所能想到的都在上面了。求求你们再仔细查下去吧。”

马道林现在把话题转到另一件事上。马道林取出杰西卡那张以河流为背景的照片，询问这是在哪里照的。李雪枫仔细看了照片，说这是去年九月在加西沙河边照的。马道林问你们去那里干什么呢，李雪枫说是去看三文鱼。马道林有点不解，只听说有人去钓鱼的，没听说去看鱼的。李雪枫解释说，她和丈夫都不喜欢户外活动，不会钓鱼。去年八月，杰西卡一直说想去看三文鱼，说这个时候在大海里的三文鱼要回到家乡来了。

“杰西卡怎么会知道三文鱼洄游呢？”

“杰西卡特别喜欢动物的。她除了喜欢家养的猫狗，还特别爱去动物园，看老虎、熊、狮子。”

“可动物园里不会有三文鱼的。”

“也许她从电视里看到，也许是学校里的课程。”

“租客里边有人常去钓鱼吗？”

“这个我们不知道。我们平常都忙，很少和租客谈这些事。那是他们个人的事。”

“也许杰西卡和那些租客认识，他们告诉她钓三文鱼的事？”

“没有，我们不容许杰西卡和他们来往。”

“那么是谁告诉你们加西沙河这个地方可以看三文鱼的呢？”

李雪枫迟疑了一下。“是我先生的朋友吧。杰西卡一直说加西沙河有个地方可以看三文鱼，后来我先生问过一个爱钓鱼的朋友，他告诉了我们具体地点。”

“今年你们去过那里吗？”

“还没有，上个星期杰西卡还一直要我们去看三文鱼，后来我们因为忙没去成。”

## 五

又是一天夜幕降临的时候，依娟又是站在玻璃幕墙内，俯视着银河似的闪亮的西雅图。她在想着：周沸冰现在是在哪盏灯下呢？好些天了，依娟还在生气，没有和他联系，而他也没来电话，也没邮件。依娟一直找不到他在网上的踪迹。不过这样她反倒不觉生气了，因为周沸冰以前也经常会这样失踪一阵子。他有时会说去远处钓鱼了，有时说去登山了，有时说去农场做工收马铃薯了，甚至有一次说去北极了。

两年前，依娟刚认识周沸冰时，他才十七周岁。那回大家到维多利亚岛度周末，经过大赌场时，大家都进去小赌一把开开心，只有周沸冰不到十八周岁，被堵在门外。等大家出来时，找不到人了。找了好久，才发现原来他就在附近一个电子游戏厅里玩电游。只见他一手拿着包薯片，臂弯里夹着个大可乐瓶，五个手指在操纵盘上跳来跳去，神勇无比。旁边围了好些白人孩子，对他屏幕上打出的超高分数目瞪口呆。

那时依娟和他是在一个班级。Silverstar专科学校不大，是专门为外国留学生设的大学预科。依娟比他大一岁，所以老觉得他是个小孩。周沸冰的成绩不怎么好，尤其是英语，与托福的达标分数相距甚远。如果你考不过托福，你就上不了正式的大学，只能在College（专科学院）里混。但是周沸冰的电脑天赋却非常高，简直够得上了骇客的级别。

有好长一段时间，依娟就像一个姐姐一样关照着他。那时他和他人合租一个公寓。他睡客厅，另一个人睡正房里。依娟第一次去他住处时，看到屋里堆满了比萨饼的硬纸盒。每天晚上，周沸冰一个电话打到比萨店，叫送一个比萨过来。这就是他一天的主食。其他的时间他就坐在电脑前，一边吃薯片，一边喝可乐。他这样做不是因为缺钱。据依娟所知，他家境还不错，父亲是个远洋海轮的大副，母亲则是个电视剧演员。他们会定期向他户头汇来所需的费用。

周沸冰还有个习惯，晚上睡觉时从不脱衣服，穿着西装打着领带就钻进被窝睡。不过他在早上醒来时会认真地洗个澡，还会给头发抹上发胶。所以他的形象还是十分光鲜整洁的。

周沸冰特别喜欢钓鱼。他说过西雅图真正吸引他的东西是这里丰富的野生鱼类。依娟和他第一次的身体接触就是在钓鱼的过程中。那回他们去的是距市区三百公里的劳伦斯河的拦河大坝。从上游河段倾泻而下的水流中带来大量被水冲昏的小鱼，所以会有很多大鱼汇集在这里觅食。在岸上的美国野生资源保护部立的宣传牌上可以看到，这里有北美梭鱼，一种带状的有着一排锯齿的凶猛鱼类；有Cat fish，像中国的鲶鱼，但有几十磅重；还有大嘴鲈鱼和小嘴鲈鱼；眼睛像宝石一样的碧古鱼。那时三文鱼还没洄游，那天他们钓的主要是彩虹鳟鱼和湖白鱼。

他们在日落之前到达了这个与加拿大交界的拦河大坝上。这个时候河上的风景如画。从大坝上看去，劳伦斯河一直延伸到加拿大的不列颠哥伦比亚省。两岸是墨绿色的山毛榉树，天空湛蓝，飘满了晚霞。好些大小不一的游艇正缓缓驶来，通过大坝的提升水仓上到上游，游艇上全是些皮肤晒得黝黑的白人男女。游艇上挂的是美国星条旗和加拿大的枫叶旗。

“我以后也会有一艘游艇的。” 周沸冰说着，用力抛出了一条鱼线。

“你现在就可以拥有，我看到我家附近有个人在卖一艘旧小艇，才五百加币。”

“我要的不是这种。我要的是一艘大船，就像那艘。” 周沸冰指着泊在不远处的那艘豪华游艇，那上面有两个卧室，还有厨房、客厅、健身房。“我要一直待在水上，一直向北方开进，在北极追逐鲸鱼。”

“小心，那里可有大白熊的。”

“不会，我会有因纽特人保护。”

“那倒不坏，讨个从来不刷牙的因纽特女人当老婆。”

太阳下山后，他们钓到了第一条鱼。那是一条湖白鱼，很沉。周沸冰已经用了二十磅的鱼线，还是不能把鱼提到十几米高的坝上。他有一个特殊的工具，是用自行车的钢圈在边上拴上网，成了一个桶状的网兜。依娟把着绳子把这网兜放到水面，周沸冰就把鱼提进去。他们把网兜拉上来，好大一条鱼。他们俩一起，一个抓鱼头一个抓鱼尾把鱼放进冰桶里。

鱼线又下去了。现在月亮升上了河面，到处发着柠檬色柔光。

“你以后就不要刷牙了，做个因纽特女人帮我打鱼。”

“最好连澡都不要洗，脚也不洗。臭死你。”依娟说。现在他们靠在大坝的护栏上，月色如银，河流涌向远方。依娟感到周沸冰的手揽过她的腰肢。入夜了，有了寒气。他的手让她感到有点舒适的温暖。他的手起先有点僵硬，几分钟后活动了起来，就像海里的八爪章鱼，伸开软爪慢慢爬动。依娟感到这只有趣的章鱼先是往下爬，在她的下腰腿侧停了一下，又迟疑地转移到了她的臀部上方。不久后，它好像认准了目标，开始小心翼翼地往上爬，中间它停了几下。最后是加快了速度，伸开了脚爪扣住了她的胸脯。

“你以为我是一个不刷牙的因纽特女人吗？”依娟感到呼吸急促，但是很愉快。

“不，你是一条大鱼。”

“什么鱼？”

周沸冰贴着她的耳朵说了一个鱼名字，由于水声很大，依娟听不大清楚。她大声喊着：“你是说我是一条大鲈鱼吗？”

“不，你是一条大乳鱼。”

依娟忍不住笑起来。周沸冰这样的话马上使得她春潮汹涌。

在这个迷人的晚上，他们合作钓上了很多条大鱼。在鱼上钩的间隙，他们就搂在一起亲吻，抚摸。依娟后来回到家时，发现身体的前胸和腿部沾满了鱼鳞片。鱼鳞借着鱼身上的黏液黏合在她皮肤上，使得她突然有了一种两栖动物的感觉。当她在洗澡时，温水流过她满是鱼腥的身体，她就感到自己像一条鱼一样地鲜活，兴奋。

回到依娟的住家已是天亮。周沸冰送她回到地下室房间，依娟就抱住他没让他走。在夜色下的劳伦斯河上开始的情欲现在泛滥了。依娟在床上像一条鱼似的有力地扭动，她好像是被施了魔法，一直摆脱不了自己是鱼的幻觉。她的意识里充满了这样的想象，那是她最近在Discovery的野生动物节目看到的一组镜头。一条雌性鲨鱼一次会和许多条雄性鲨鱼交配，在和下一条雄鱼交配之前，雌鲨要拼命扭动身体，把体内上一条鱼射进的精液排出去，结果海水里漂着一团团乳白色的鱼精，看起来像白云缭绕。这样的想象使得依娟异常地亢奋快活。

然而就在他们沉浸在海底的极乐世界时，突然听到有人在叫喊。是女房东。

“是谁把车停在车道上？快把车挪一下，我的车要出来了。”

这真是极为扫兴的事。依娟只得穿上睡衣，把门打开一条缝，对着女房东说：

“对不起，我马上会把车子开走的。”依娟说着。她看到女房东的眼睛越过了她的头，看着屋子里边的床。这房间很小，周沸冰无处藏身，只能待在床上。他像一只鸵鸟把头钻进了被子里边。

这件事已经过去一年多了，但是依娟现在还是能清晰地回忆起女房东当时愠怒的目光。今天下午，她在电视上看到了女房东极其凄惨地对着镜头诉说：我们从来没有伤害过人，我们总是善待每一个人。依娟还是在她的眼神里感到了那种愠怒依然存在。

## 六

马道林一早到了办公室，警长道格拉斯让他看《西雅图邮报》一张杰西卡画的画。这是杰西卡在学校的一张作业。学校已经把所有杰西卡的东西交给警方，但他们忘了这张画，因为它在前些日子给送到一个艺术中心展览了。媒体赶在警方之前拿到了这张画。

那是一幅画在三合板上的油画，意象非常奇特。画的是夜色，基调很暗。画的下方有一高一低两座平房，共有三个黄色的窗口，右上角有一轮有光晕的黄色月亮。在黄色的窗前有一棵树，仔细看还能发现低处也有一棵。它们的枝干没有叶子，像章鱼触须似的在不祥的夜空里飘动。在屋顶上方的夜空中，飘浮着两个人状的物体。你能看出物体很放松地张开的手臂，能看出头发飘动的头部，但是看不出人的面容和性别。而令马道林惊奇的是，他看到这两个人形物体的下肢都呈现着鱼尾状。

“Shit！这简直就像是现代派大师画的画，夏加尔的画，达利的画。一个十岁的女孩怎么会有这样的想象力呢？”道格拉斯嚷着。

“她可是四岁开始学画，三岁开始弹钢琴的。她的钢琴弹得像肖邦一样好。”马道林说。

“是这样的，这孩子真的像个天使。”道格拉斯说，“她家邻居——那个退休的技师瓦特告诉我，有一天黄昏杰西卡踩着遍地黄叶独自走回家，手里提着装长笛的箱子。在经过他的车库时，杰西卡说想看看他家的猫。退休的技师说，猫出去玩了，只要你一吹长笛，猫就会跑回来。杰西卡就真的把笛子装起来，站在那里吹呀吹起来。”

“可惜她现在没有带笛子 ，我们要是听到笛子声，就能找到她了。”马道林说。

“可怜的孩子，她被掳走时连衣服都没穿好。”道格拉斯说。

“不过她还是带上了她心爱的维尼熊，总算有个玩具陪着她。”

“马，你能看懂这画的意思吗？”

“我在看，我现在说不出这画是什么意思。”

“你不觉得这两个飘浮在夜色中的人是杰西卡的一个梦幻吗？”

“我只是个警察，不是心理专家。”马道林说。

“这样的梦幻证明她有预感。显而易见，在她被掳走之前，发生过什么我们所不知道的事。”道格拉斯按着自己的思路继续下去。

“为什么这画里又出现鱼的形象呢？在这个案子里，有好几个事情都联系到了鱼。案发当天李雪枫接到的电话，就是在一个能闻到三文鱼腥味的地方打出的。”

“案犯为何要跑到那里去呢？为什么他打了电话又一声不响？如果是勒索赎金，通常作案者会尽快让人质家属知道的。”道格拉斯说。

“这个人没按常规出牌。”马道林说。他现在突然很想抽根香烟。五年前他在香港时每天要抽两包烟，到了美国后才好不容易把烟戒掉。这些天，由于心理压力太大，他又在口袋里放了包烟，他已经抽了五根了。在美国办公室内是不可抽烟的，他只能跑到自己的警车里。他最习惯在警车里思考，在香港时也一样，觉得思想能特别集中。

马道林点了一根烟，深深吸了一口。他能感觉到尼古丁很快溶进了血液，一种舒坦的感觉徐徐向全身扩张，在短时间内眼前会一阵发黑。这就是老烟民在戒烟后重新抽烟的感觉。马道林打开了车载电脑，在“收藏”上点了一下，直接就进到了“西雅图中文之星”网站。杰西卡的案件就像是一个黑暗的迷宫，在这个网站他似乎能看到远处有烛光出现，至少是有人擦亮了几根火柴。他看到了一个新的帖子：

当那个睡梦中的女孩在不祥的夜色中被人带走的同时，成千上万条三文鱼正沿着洄游路线在水底逆流而上。我们无法知道被夜行人带走之前杰西卡的梦境里是否有三文鱼游过，但我相信她被拐过程中一直处于没有恐惧的睡眠中，她一定被一条魔毯裹上了，连衣服都没穿，连怀里的玩具熊也没放下。就这样，她安详地闭着眼，跟着那神秘的夜行人消失在夜色里，就像那些洄游的三文鱼在漆黑的水底箭一样地奔向生命的起点……

这个帖子看来是对报上刚印出的杰西卡的画的反应。报纸刚印出几个小时，马上引起反应，说明关注这个案件的人看来很多。还有一个帖子这样写道：

在童话中美丽的公主被巫婆掳走时，她在树上留下了记号，勇敢的骑士按照她的记号找到了她。而聪明的杰西卡在被掳走之前就提前做下了解密符号。解开这个符号，她就会获救。就像猜出了斯芬克斯的谜，斯芬克斯就倒地而死。

作为一个警察，马道林不喜欢这种不知所云的寓言式的文字，但是他确实从中发现一些和自己不谋而合的想法。杰西卡对鱼的强烈印象究竟是从哪里来的呢？这件事连她的母亲都说不清楚。现在从这张画来看，对于鱼的印象已深刻地进入了她的意识深处。儿童画总是会把儿童心里所想和所怕的东西表现出来。那么到底是谁把这个鱼的意象传给了她呢？现在杰西卡的案子已经成了北美家喻户晓的大案，大批的专家介入，各有说法，但马道林凭直觉认为，这个案子可能就是一个喜欢钓鱼的新手干的。很难说清他的作案动机是勒索还是报复还是性侵犯，可能连作案者自己都不很明确。一周来马道林和同僚调查了李雪枫的部分客户（这些客户和李雪枫有一些债务纠纷）和所有能找到的租客（特别是几个钓过鱼的男学生），核对了指纹资料，这些人都被排除了有作案嫌疑。那些找不到的租客好些已在案发之前回到中国或者去了第三国。尽管如此，加拿大警方还是通过国际刑警组织在追踪他们近来的活动。

## 七

依娟原来以为自己已经忘了这件事，但她现在知道，她没有忘记。在她看见电视上的李雪枫时，她觉得自己还是会怒气上升。

那个夏天依娟和周沸冰坠入爱河后，几乎每天都在一起。那时是暑假，依娟除了下午要上两小时托福冲刺班，有的是空闲。他们有时去钓鱼，有时逛商场，有时待在家里。周沸冰和人合住，依娟不喜欢去他那里，所以都是周沸冰在这边。白天，女房东上班去了，周沸冰可以没有顾忌，自由自在地在这儿出入。杰西卡独自在楼上待腻了，也会偷偷跑下来一起玩。她说她妈不让她和楼下的房客接触，她在她妈妈上班回来前会回到楼上去。

晚上的时候，周沸冰有时会继续留在依娟这里。不过那得小心别让房东看到。依娟让他在房子里不要大声说话，还把他脱在门外的鞋子也拿了进去。然后依娟到厨房做饭。她做了一锅米饭，炒了一盘鸡蛋，一盘青菜，还有一大碗红烧肉，最近，她和沸冰都食量惊人。在她正要将饭菜端回房间好好受用时，她看到女房东从楼梯上走下来。

“菜做得很丰盛嘛！又来人了？”房东问道。

“一个朋友在这儿。”

“是不是上次那个？”

“你问这干吗？这和你有什么关系？”

“当然有关系。我租给你的房间是按单身的价格。要是多一个人住，水费会增加，电费也会增加。”

“我的朋友只是偶尔来一次。”

“那也不行，晚上就是不能在这儿过夜。”

依娟现在还能记起那顿饭后来吃得那样难受。周沸冰被吓住了，他吃饭时已心神不宁，说他还是走了算了。依娟说就是不走，看她怎么样。沸冰虽然不再说走，但显得神不守舍坐立不安。依娟对沸冰这么胆小觉得很失望，她不知道为什么沸冰这么怕这个女人。这天晚上不到十点，依娟就让沸冰走了。她送他出去。在走回屋子时，她看到女房东站在窗内向外张望。

依娟决定要搬家，她开始在网上找房子。过了几天，是她的生日。她和沸冰在外边吃了饭，还喝了点酒。离开饭店后，他们还不想分开。依娟不愿意去沸冰那边，那里乱得像个狗窝，还有合住人在那里。所以他们只好又回到依娟的住处。依娟已经决定搬家，无所畏惧。不过虽然这样想，依娟在开门从楼梯走下时，还是踮着脚尖，尽量不弄出声响。

他们进屋后，关起门，互相对视了好久，捂着嘴笑起来。他们这会儿觉得是通过敌人铁丝网封锁线似的。可是还没等他们的笑容消失，一阵敲门声响起了。

“对不起，请开一下门。”女房东在门外叫着。

依娟把门打开了。她不是因为怕她而开门，而是她觉得怒火中烧，想对着她大声嚷几句。她说：“你干吗老缠着我，你烦不烦啊！”

“我前天已经警告过你，不许带人到这里过夜，你怎么又带人进来。”

“今天是我生日，朋友来陪我有什么不对？”

“我不管，今天你绝对不能留人在房子里过夜。”

“我就是要留。我已给你交过房租，我有权让我的朋友进我的房间。我也有权不让你进我的房间。现在请你离开，我要关门了。”依娟说着就要把门关上，但是女房东把门推住了，她的身材不小，力气也大。

“你要是这样说，我现在就要你搬走。你不遵守租房条约，我有权把你赶出去。”女房东被依娟冒犯得七窍生烟。她一把推开门，要进房间里把依娟的东西扔出来。依娟冲过来要推她出去。她喊着：“你这个肥女人，滚出去！”

依娟脸上重重挨了一巴掌，还没等她反应过来，又一个反手巴掌打在她另一侧的脸上。她的眼前直冒金星，她被打蒙了。这是她第一次被人打耳光，原来耳光的滋味是如此难受。这个时候男房东已经下来了，赶紧拉住他太太，说：“好了好了，我们上去我们上去。”他连拖带拉地把暴怒中的妻子拉回到楼上。

依娟还呆呆地站在那里，一抹嘴边，嘴角都流血了。而最令她吃惊的是，周沸冰在整个过程中居然一动不动。在她被打了两个耳光后，他既没有冲上去替她报仇，也没有上来保护她使她避免再次受到伤害。他就这么木鸡一样站在一边，脸色发白，嘴唇发抖。他被吓坏了。依娟当时就想打电话叫警察，可是沸冰拼命拦住她，说事情闹大了不好。他最怕警察盘问，也许他未经房东同意进入房间真的是不合法的。说着，他丢下嘴边还在流血的依娟，慌慌张张地就走了。依娟真不明白一个大男孩怎么会这么怯懦，她感到非常非常地受伤。

现在依娟想起这件事，心里还是十分难受。这个夏季结束后，依娟以良好的成绩进入了西雅图大学经济系，而周沸冰因托福成绩过不了关，只能转入一个专科学校就读。依娟在进入新学校之前搬了房子，住到了西雅图海滨的公寓。是周沸冰帮她把东西搬到新居。

“这下我们远了。”周沸冰那天显得有点沮丧。

“是有点远了，可你有车，怕什么。”

“不只是距离。你现在是名牌大学学生，我什么都不是。”

“这有什么，你只要把托福考过去，下学期我们就可以在一起了。”

“托福太难了。”

“难什么？从现在开始你只要不打电子游戏，不钓鱼，把时间都放在读书上，一定能过。”

“我也想这样，可总是做不到。”

依娟在新学期开始后，由于学业繁忙，与周沸冰见面的时间骤减。因见面时间的间隔较长，她能觉察到每次见面周沸冰都有变化。起先是觉得沸冰的身体开始健壮起来，有了喉结，唇边也长出了胡须，胸肌腹肌都凸显出来了。

后来她发现，周沸冰对户外活动的热衷还在升级。他现在经常外出远行露营。他在车上装上渔具和帐篷，一路上钓鱼过去，这样的行程有时要超过五千公里，历时一个多星期。他在秋天时进入了加拿大，去了安大略省的阿岗昆森林保护区，这里还生活着几千只野狼。他把野狼的嚎叫录音放给依娟听，听得她毛骨悚然。她问道：野狼怎么没吃了你？周沸冰说不会的，这些野狼已学会和人共处。每年秋天都有很多人从世界各地专门到这里与狼共嚎。在有月光的晚上，人群在指定的地点开始学狼嚎叫，狼群就会回应。然后就是人和狼的嚎叫声此起彼伏。

不久之后，依娟发现他开始有了一些不良行为，比如他常去Casino（赌场），去脱衣舞俱乐部和按摩院。不过据他自己解释，他去这些地方是工作。他为那些舞女、按摩女接送。那一类职业的女子通常自己不开车的，周沸冰根据她们的要求，有时接她们上钟，有时送她们去上门服务。依娟问他，好多事情都可以做，为什么要做这个听起来很脏的事呢？周沸冰说他倒没觉得她们有脏的感觉，和她们在一起挺愉快的。她们要是生意好，就会多给他车钱。要是没生意，车钱也掏不出，周沸冰也不会向她们要。

去年冬天，他北上去了北极圈内的阿拉斯加看北极光，还在一个因纽特人的村子里不取报酬帮他们打了半个月的鱼。他离开时，因纽特人送了他一些熏香油，说这是用抹香鲸的卵巢提炼出来的。

现在这个礼物就摆在依娟面前。熏香油装在一个鹦鹉螺贝壳做成的瓶子里，熏香炉用布满细孔的海硝石做成，样子像个怀孕的动物。

依娟在这个石器的顶端凹处倒了点熏香油，然后将石器镂空的肚子里的蜡烛点燃。蜡烛的火焰舔着上方的石头，将熏香油加热挥发。依娟不知道自己今天为什么把熏香炉点燃了。当这种独特的香气在房间里弥漫时，情欲就在她身上激荡了，这香气就像是空气中有很多双手在抚摸着她的身体。现在，她又情不自禁地把玻璃墙的帘幕拉开了，从六十七层高楼上望去的西雅图夜色总是让她觉得自己是在星际旅行。当她凝视着如银河般灿烂的城市灯光时，她会觉得自己是在一个飞行的物体里，有时还会觉得有小流星从身边飞掠而过。在对面那些闪亮的星体上，她看到有许多天文望远镜对着她的窗口，镜头后是那些长着犄角眼睛像灯泡的外星族。他们一定会被她的身体迷住的。那熏香炉的温度高了，香气浓郁，依娟觉得浑身发热，她把内衣都解开了。她揉着自己的前胸，在她刚到西雅图时，她的胸脯还是平平的。在和周沸冰的亲热过程中，它才变得丰满肥硕。现在依娟明白了，刚才她对那些半人半马的外星族的幻想都是假象，她现在真正渴望的是周沸冰。她已经好久没和他亲热过了。

一切就像阿拉伯的神话一样，当依娟点燃了神奇的香炉时，那香炉的主人就会感应到召唤。依娟听到手机响了，是周沸冰打来的。他说自己就在附近，是不是可以到这里来？依娟说你一分钟也不要停。

在周沸冰跨进门的一刹那，依娟就感到他变了个模样。不是一般的变化，是一种脱胎换骨的转变。他看起来又黑又瘦，可眼睛炯炯发亮，好像是一个历尽艰辛长途朝圣回来的信徒。他说那个晚上突然有个按摩女要他开车送她去三千公里以外的卡尔加利雪山冰川应招，那里有个五星级的古堡酒店。在那个自然保护区里，不设手机信号站，所以没办法给她打电话。依娟对他说的事情的可信度并不感兴趣，他在这个时候能来到她身边，她就感到满足至极。

在接下去的时间里，依娟惊讶地感到周沸冰的骨骼和肌肉竟然变得如此坚硬。他在她的身上强有力地扭动，毫不留情地挤压她。依娟呻吟着，她又感到了那种鱼腥味，她觉得自己身上又长出鱼鳞。依娟终于找回了和周沸冰的最初感觉。这种感觉在她搬出杰西卡家的地下室后就消失了。依娟后来虽然还会和沸冰做爱，但常常觉得索然无味。沸冰有时会出现障碍，有时会心不在焉。而现在，他又变成了一条雄性的鲨鱼在和她交配，在撕咬着她。她的周围是海水，海水里全是白云般的鲨鱼精液。这个意象突然提醒了依娟他还没戴上安全套，今天不是安全期，她会怀孕的。她抚摸着沸冰坚硬的背肌，说："让我给你戴上一个可爱的小帽子吧。"沸冰还在用力地扭动。她又说了一次，沸冰还是没反应。她的眼睛被沸冰的肩膀挡住了，看不见他的脸。她用力挪了一下，这样沸冰的脸就出现在她的视线中。她吃惊地看到沸冰的眼睛这时竟然是望着窗外的夜空。他的眼神显得亢奋而空洞，这个时候在他的意识深处一定不是面对着依娟，而是另一个对象。

## 八

杰西卡的失踪案件现在成了北美媒体最关注的事情。儿童失踪的事其实发生很多，杰西卡的案件之所以会引起媒体的高度关注大概是因为事情的离奇，还有杰西卡的照片上天使般的笑容，还有她的绘画天才。从某种角度讲，新闻媒体有时也需要这样的能牵动人心的案件，来演绎人类罪恶和无辜的冲突。政治也会介入，华盛顿州的反对党借此攻击执政党的治安情况不良，而执政的一方则想以尽快破案来争取选民的信任。后来商业利益也参加了进去。美国一家著名的电视反犯罪节目《MOST WANTED百万悬赏》派出了庞大的摄制车队，跟踪着案件。这档节目收视率极高，小公司的广告根本就排不进去。

现在警方每天会收到大量的线索。有人报告在香港看到了杰西卡，也有人说她出现在洛杉矶，甚至还有人说她被带到了泰国。所有的线索都说她还活着。在万圣节前夕，杰西卡的父母收到一份从Hotmail网站发出的邮件，发件人称杰西卡在他手里，索取三十万美金的赎金。这个消息使得杰西卡家人极为振奋，警方却十分怀疑。警方以杰西卡父母名义告诉那个网上的勒索者他们愿意付赎金，但要他提供杰西卡在他手里的证据。具体要求是要一段杰西卡的录像。对方不久真的发来一段录像，不过谁都能看出这段录像是电脑制作的假货。警方相信这个人大概是个想乘机发财的低能无耻之徒，与杰西卡案无关。

马道林现在在这个案件中所起的作用越来越小了。起初，警方还普遍认为此案与杰西卡父母的客户或者和地下室租客有关系，把破案的希望寄托在对这些人员的调查上。在经过一番侦查后，找不到一个可疑的对象。于是，警察总长莫里欧回到了西方人的破案思维上。他现在倾向于相信这是一宗儿童色情诱拐案件。他把警力放到了调查全国范围所有有儿童色情底案的对象，还下令检查杰西卡失踪当天的附近一条高速公路的摄像记录，将那天所有经过的几十万辆车进行排队摸底。马道林现在的任务是在翻看那几天机场候机楼的摄像记录，不过他觉得，不能停止对与杰西卡家庭有关的熟人尤其是所有在地下室住过的人员的深入调查。到现在为止，他没有查出疑犯，可是直觉告诉他，杰西卡在照片和那幅画中所作出的暗示，的确是指向他们的。

早于杰西卡失踪前近八个月，在美国的密歇根州发生过一起女童失踪案。一个富有家庭的美丽女孩伊丽莎白·斯玛特深夜时分在家中被人掳走。伊丽莎白比杰西卡大几岁，会弹昂贵的竖琴。在她失踪后，她的照片和录像片段在北美的媒体上一直播放刊载。美国强大的侦查力量查了九个月，包括李昌钰博士都参与了，还是没有一点着落。九月份的一天，距密歇根州千里之远的德州一个食品超市的女店员看到了一个包着头巾的女孩跟着一个留长头发的男人和另一个女人来买食品。女店员觉得女孩很像警察在找的到处有照片的伊丽莎白，就问她："你是伊丽莎白·斯玛特吗？"女孩却摇头否认。女店员以为自己看错了。那女孩连续三天来这里买东西，女店员越看越像，就报告了警察。警察在附近的一辆车里找到了女孩和那男人还有另一个妇女，结果发现她就是伊丽莎白·斯玛特。那个诱拐者男人曾在她家做过油漆工作和修理屋顶，熟悉她家情况。他是个有一夫多妻倾向的恋童癖。伊丽莎白在失踪九个月后被解救回来成了美国英雄，布什总统在白宫专门接见了她和她的家人。伊丽莎白的回归给了一片黑暗的杰西卡案件添了好些光明。人们开始相信杰西卡一定也还活在某个地方。杰西卡父母和警方一再放出要求诱拐者放回杰西卡的请求，答应会给诱拐者一笔四十万美金的赎金。还有一家世界有名的童装公司私自开出五百万美金的赎金价码给诱拐者，条件是释放杰西卡时，得让她穿着他们公司品牌的服装。

然后是迷信的力量也介入了进来。一个在北美地区地位崇高的印第安人占卜预言大师，声称他已经在水晶球里看见了杰西卡会在万圣节回来。由于这个预言迎合大家的愿望，很多人都愿意信以为真。警察总长莫里欧甚至向绑架者建议，给杰西卡戴上面具，在万圣节的化装游行时放人。这样他在放了杰西卡后，就可以走掉，没人会认出他，警察也不找他麻烦。结果在万圣节游行那一天，参加的人比往年多了两倍，大街上满是戴了面具的骷髅或恶魔（其中不少是便衣警察），大家都期待着天使一样的少女杰西卡会突然从那些古怪的面具后变出来。

北美的万圣节其实是一个孩子的节日。当天黑下去之后，各家各户都会点亮用镂空的南瓜做成的鬼脸灯，而兴高采烈的孩子们会穿上各种各样的鬼怪衣服，戴上面具，成群结队走上街头挨家敲门。他们会念一句咒语“Trick or treat”（中文意思是招待或者捣蛋）。每家每户已经备好了糖果，分给这些上门来讨食的小鬼。这个风俗其实有点类似中国人打发小鬼散财消灾的意味。

下午五点半钟，马道林下班回到了家。他已买了比往年多得多的糖果。天一黑，他就提着装满巧克力糖的木桶站在门后。当听到有孩子在外边念道“Trick or treat” 时，他就会把门打开，抓起大把的糖往那些戴着面具的孩子的糖袋里塞。他看着他们的面具，好像能透过面具看到他们的脸。他低声问道：你是杰西卡吗？但所有的孩子都是摇着头离开的。

一直到了十点多钟，所有的讨糖孩子都走散了，门口的街路上已冷冷清清，马道林还站在门内，从门窗里张望着外边。这个时候他才发现自己是多么挂念着杰西卡，泪水都差点蒙上了眼睛。他总觉得杰西卡还活在什么地方，在某个地方和其他孩子一样戴着面具念着Trick or treat的咒语敲门讨糖。他怎么也想不到，这个时候杰西卡已经应验了她心里的那个梦魇，像一条鱼一样，沉睡着漂流在冰冷的海水里。

九

杰西卡的尸体是如何被发现的，当时现场的情况如何，警方守口如瓶。西雅图的市民是从当日的《西雅图日报》资深记者保罗·密切尔的独家专访中，看到了这一出人意料的发现过程。

在每年的万圣节之后，天气转寒，这个叫威尔逊的男人就会结束他的观鲸船的旅游生意，回到位于温哥华和西雅图之间的海湾中的一个小岛过冬。在岛上，他和他的妻子过着天堂一样宁静的日子。这天早上，他带着他的狗在海边巡视，现在他每天的工作就是到海边观察一下有没有鲸鱼在沙滩上搁浅。他有气喘病的太太这时在屋里做茶。突然，他听到他的狗在激动地狂吠，可他并没有在海滩上看见东西。“当时我想回屋里去，我想我的太太这时已经做好茶了。可我的狗还不想走，冲着海水拼命叫着。这时我发现了远处的那块小礁石边上有个红色的物体。”威尔逊对记者这么说。

威尔逊回到家里，喝了一杯加奶的英国红茶，但他觉得有点心神不宁。“我还挂念着海上那个红色的物体，它看起来不像个渔网上的塑料浮球。我总觉得我应该把这件事弄清楚。”于是他去了船坞，把小船开了出来。在他还离那红色物体几十米时，他就看清楚这是一具小小的尸体。这个尸体脸朝下浮在水面，穿着绣着卡通画的牛仔裤，身上的红色防寒夹克内空气鼓得像件救生衣似的，所以会浮在水面。“我在海上过了大半辈子，从来没见过尸体。也不知道她就是失踪多日的华人少女杰西卡。不过我想我不能让海流把尸体带走，所以就在尸体的腰上拴了条绳子，把她拖回到海滩上。然后我就回到船坞，打911电话报警。”

第一批警察是坐直升机过来的。在他们到达不久，即有大批警察带着重型刑事勘探设备乘船而来。经过牙医纪录的核对，尸体确定无疑是杰西卡。不过尸体是漂流在海上，所以警方难以确认弃尸的现场在何处。这个海岛距离西雅图已有近四百公里，而且没有公共交通，在此找到杰西卡实在出于警方和公众的意料之外。

马道林在得到消息的第一时间随同重案组警探一起来到现场。现场中心现在搭起了一个巨大的帐篷，里边聚集了警方的多名技术专家。还有大批警察在海岛上带着警犬搜索。

警方在岛上没有找到任何线索，确认这里不是案发第一现场。经过海洋专家的分析，认为尸体可能是随着海流漂来的。至于是从什么地方漂来难以确定。马道林专门请教了这位海洋潜流专家，问尸体有没有可能会是从加西沙河漂出来？专家的回答是有可能的。在秋天时加西沙流域下过好几场大雨，内河水位高涨，所以水流湍急地流向了海洋。

马道林现在感到最有价值的发现是杰西卡身上穿的红色夹克衫和卡通牛仔裤。这套衣服是绑架者给杰西卡的。夹克和裤子是同一个牌子“萍果牌”。这种牌子属于中档货，西雅图至少有五百家商店出售这种服装，但是警方还是企图通过衣服上的批号，寻找当时售出它们的商店，从而找到可能的线索。对于马道林来说这套服装强烈地支持了他原先的判断，即杰西卡对绑架事件有预感，和绑架者有某种默契。现在他相信绑架者是个杰西卡认识的人。从李雪枫所说的杰西卡在被绑架前还想去看三文鱼，还有她的那幅画中奇特的意象，以及她在加西沙河边的照片等等事情来看，杰西卡当时一定是处于一种很奇特的梦想之中。马道林想：在绑架者带走杰西卡之后，他也许就给她穿上了事先买好的衣服。然后开车直达一百多公里外的加西沙河边。绑架者在这里打出了给杰西卡母亲的电话，这个时候杰西卡在哪里呢？咖啡店里的人说没有看到华裔女孩进来，那么这个时候杰西卡也许在车上，也许是在河边看三文鱼？她这个时候大概不会太害怕吧？可能以为晚上就可以回家呢。那么绑架者为什么要在这里打出一个不说话的电话呢？他到底想说什么？是要赎金？还是要恐吓对方？可是他为什么不说话？这件事情马道林想了两个多月，他的结论是绑架者害怕了，或者是犹豫了。他一直认为作案者只是个新手。大多数绑架罪行不是由职业的老手犯下的，而经常是由那些怨气冲天、犯罪技巧又相当有限的人做下的。这些人在一时冲动犯下大错后不知所措，出于害怕他们往往会错误地处置人质，而一个十岁女童的生命就像一朵脆弱的玻璃花，一碰就碎。

现在，马道林觉得警方应该把撒得过大的网收起来，集中再细查与杰西卡一家有过交往的华人。

## 十

依娟看到杰西卡遗骸被发现的消息马上就失声大哭。对于杰西卡的失踪她总是没有真实的感觉，除了最初感到有点震惊，后来就好像是在看一场电视剧，不断被新出现的情节所吸引。她想不到事情的结局会是这样残酷——一个活蹦乱跳的小姑娘竟然会成为浮尸在冰冷的海上漂流了几个月。过了数天，依娟在报上看到了一则消息，杰西卡的葬礼将在下周六在圣凯瑟琳大教堂举行。她不知为何突然产生冲动，决定去参加杰西卡的葬礼。

圣凯瑟琳大教堂位于西雅图列治文山高地，有四百多年的历史，比美国国家的历史还长。这个殿堂级的教堂举行过国家元首和一些世界级名人的葬礼仪式。这回是他们主动提出免费为杰西卡举行葬礼，足见杰西卡的案件在西雅图的关注程度之高。本来这里最大的佛教寺院佛光山要为杰西卡举行大型超度道场，只是杰西卡的父母在移民美国后，信奉了基督教，他们只得作罢。

依娟在那个早上到达教堂外面后，看到川流不息的人流，看到停车场上气派不凡的名车，才知自己是这么渺小。这天来参加葬礼仪式的有华盛顿州州长和十几个部长，有省议会议长、反对党领袖、众多的议员，中国领事馆的总领事和大批官员，还有中国大陆移民的各种各样的协会、同乡会之类的组织代表。香港和台湾的民间团体在杰西卡的案件中一直表现突出，他们的参政意识比大陆移民强，已有一些人成为议员。一个来自台湾的女省议员两个多月来一直陪着伤心的李雪枫，频频在媒体上出现，获得很高知名度。她在第二年的全国选举里击败对手，成为国家议员，步进了白宫旁边的国会山。

依娟进入教堂时里边已站满了人，她只能站在后边。几乎所有的人都穿着黑衣，只有她穿着条黄色的滑雪衫。她是第一次参加这样的事，不懂穿着的规矩，旁边的人都好奇地看着她，使她很不自在。她听到了那巨大的管风琴在奏响，童声合唱团唱起了赞美诗歌。她看到阳光从那些古老而巨大的绘画玻璃的窗子里射进来，高不可攀的穹顶上许多背上长翅膀的小天使在盘旋，仔细看，才知那是画的。然后她听到有人在用英语朗诵一篇东西，接着是一个人在弹钢琴，还有个男声在唱歌。依娟距离太远了，看不清那个弹钢琴的是不是自弹自唱。教堂里边到处是白色的鲜花，到处是燃烧的蜡烛。空气中过浓的香味使得依娟浑身发热，有点透不过气来。不知什么时候起，她感到密密麻麻站着的人开始流动起来。这个时候她感到好像有人把一只手搭在她肩上，推着她慢慢向前走。管风琴又响了，伴随着一阵低沉的钟声。依娟觉得更热了，汗水从脸上流下顺着脖子流进前胸。现在她穿过了由一张张迷惑不解的面孔组成的夹道，跟随着与遗体告别的队伍步步接近停放杰西卡灵柩的教堂前方。突然她听到一阵银铃似的笑声，那笑声分明是杰西卡的，在她的耳边笑个不停。她看见了杰西卡灵柩停放在前方鲜花簇拥的灵台上。一束不知从哪里来的白色光打在这个小小的紫色棺木上，人群绕着她走了过去。这时依娟看到了杰西卡的父母站在拐角处，对着人群鞠躬致谢。除了前些日子在电视上看过他们一次，依娟有两年多没有见过他们。依娟看到李雪枫的脸色憔悴，浮肿的眼睛耷拉着没有一点精神。依娟心里涌起了深深的同情，她甚至为自己在两年前冒犯了她而觉得内疚了。这时，她看到李雪枫耷拉着的眼睑抬了起来，对准了她。那眼睛起先是漠然的，但突然之间这瞳孔分明有了反应，一下子张得好大，死死盯住她，琢磨着她，好似要把她活剥生吞了下去。依娟奇怪地感觉到李雪枫的眼睛里不是上次那种愠怒，而是一种深不见底的恐惧和仇恨。依娟根本无法和她的目光对视，她沉下了头快步走了过去。

依娟逃跑似的离开了圣凯瑟琳大教堂，脸色苍白回到了家。打开电视，几个主要频道都还在现场转播杰西卡的葬礼。她把电视关了。她进入了“西雅图中文之星”网站，不假思索就打了一段文字贴了上去。她要把刚才见到李雪枫的感觉告诉人们，这个满身都是仇恨的女人不值得同情。

## 十一

第一次见到杰西卡的母亲时，我喊了一声阿姨好，她没有表情地说了一句：叫我林太太！她说洗澡时间不能超过二十分钟，干衣机只有下雨天才可以用，平时要拿到外面晒。做饭时她经常下来检阅，不准我们煲汤。地下室常年黑暗，所以我出去经常不关灯。有一天她叫我上去，她像个教导主任似的坐着（我站着）拿了张电费单一拍说：你自己看看！！天哪，日光灯能费多少电？我补了她二十元。我们刚来不懂，一开始入住就一次性缴纳六个月房租加上三个月的定金，如果中途退房定金不退。我的大概书房大小的地下室房间要四百二十元。我同学租的同样的房子才要三百元。后来住满了，我就搬了！不过，杰西卡是个好孩子，有时还趁她父母不在时拿她画的画给我看，很有礼貌的！真是悲剧。

马道林盯着这则帖子看了好久。在杰西卡的尸体被找到后，他在这个中文网站上已看到了好几个这类的帖子。

有一则新的帖子出现在论坛上。标题是：“我又被她打了耳光！”

在两年前，我因为一个朋友的来访被这个女人打了两个耳光。我非常后悔当时没有叫警察。如果我报警了，警察一定会禁止她再出租房子。这样杰西卡也许就不会被人绑走了。人不可以活在仇恨里，在杰西卡遇害后我决定原谅她了，还去参加杰西卡的葬礼，但她居然对我怒目圆睁，像看一个怪物似的看着我。我宁愿再被她打一次，也不想见到她如此仇恨的目光。

马道林一动不动地看着屏幕，好像在钓鱼时看到鱼浮子在轻轻抖动，他一出声鱼就跑掉了。

这个帖子说的情况是他没有掌握的，是他第一次看到的在那个地下室里发生过的真正的冲突。而且，一半的事情就发生在几小时前。他不知道写帖子的是哪个租客，看来是个女的。现在，他必须和李雪枫再谈一次。

“当她向我这边走来时，我只是觉得这个人好面熟，没认出她是谁。”李雪枫面对着马道林。她的脸色绯红，情绪激动。“但是我觉得心里非常地难受，我死死地盯着她，我认出了她。”

“你在两年前是打过这个叫刘依娟的女租客的耳光吗？”

“是她先动手推我的。她老是带一个男的过夜。”

“那个男的是不是在你给我们的名单里？”

“没有，他不是租客。我不知道他的名字。”

“那你今天看到刘依娟时为何这样难受呢？”

“我也说不清。我当时就是觉得极其仇恨，说不出的恨。”李雪枫说着，嘴唇发青，浑身颤抖起来。她突然号啕大哭起来。她的丈夫抱住她肩膀，劝她冷静下来。事实上，李雪枫正处在四十度的高烧中。

“林太太，你现在需要休息了。谢谢你提供的情况，这对我们很有用。”马道林这么说。

次日，马道林和他的小组再次进入了依娟所住的公寓。

“时间真的好快，距我们上次到这里已有五个月之久了。”马道林尽量让自己显得温和些，不要吓着这个大陆女生。他发现刘依娟和李雪枫一样脸色绯红，有发烧的症状。

“杰西卡的父母对你能参加杰西卡的葬礼表示感谢。”

“你们就是为了这个而来吗？”

“哦，是的。当然，警察经常还会问一些令人不愉快的问题。”

“你想问我什么呢？”

“听说你那时有个男友经常来看你。”

“那又怎么样？谁没有朋友呢？”

“这没错。你的那位朋友还好吗？”马道林说。他觉得眼前这个女生的心理一直处于防备状态。

“他挺好的，不过我好久没见他了。”

“为什么？他很忙吗？”

“也不知他在做些什么，也不知现在他在哪儿。”

“年轻人一定是爱玩啦！他有什么爱好？比如说，打篮球、跳舞、唱卡拉OK？”

“他就会钓鱼，钓很多鱼。”

“是吗？我也喜欢钓鱼。我最爱钓三文鱼。我相信他一定没钓过这种鱼。”马道林只觉得心跳快起来。

“你说错了，他简直是这方面的专家。”

“很有意思。他现在在哪里？还在西雅图读书吗？”

“行踪不定，有时突然来了，有时又找不到他。”

“你可以把他的姓名、地址和电话号码告诉我们吗？”

“这个……好像不大好吧？也许他不喜欢这样。”

“我们需要和他谈一谈，了解一些情况。”

“是关于什么方面的事？是钓鱼的事吗？”

“一些关于三文鱼的问题，当然，我说过，警察可能会问一些别的事情。”

依娟迟疑地看着他们。她从他们的神色看出他们并不是钓鱼协会的钓鱼迷。依娟觉得有些害怕。她说：“对不起，我不能把他的信息告诉你们。他与你们调查的事无关。”

“刘小姐，我们必须和他谈一次话。你知道，我们必须要查清事实。请你帮助我们。”

“真的，我不能告诉你们。这是他的个人隐私。”

“不对，你有义务把你所知道的情况向警察报告。如果你不说，根据美国的法律，你马上会被检控犯有妨碍调查的罪名。”

## 十二

现在，马道林见到了周沸冰。他看到的这个青年人显得帅气，个子约一米八十，平头，头发用发胶做过。他的鼻梁笔直，薄薄的嘴唇透着坚毅的神色。让马道林感到意外的是，他的房间整理得很干净，床单平整，桌子上的书籍都放成了一条线。马道林以前访问过的那些留学生都比较邋遢。

“你有很好的爱整洁习惯。你一直都这样吗？”马道林说，开始了与沸冰的谈话。

“不，我以前不会做事，后来慢慢学会的。”

“是刘依娟教会你做这些事吗？”

“不，这不关她的事。我们现在联系不多。”

“以前你常去刘依娟的住家吗？我是说那个在红杉路的住家。”

“去过几次吧，那有一年多了。”

“你见过杰西卡吗？”

“见过几次吧。她有时会跑到地下室，让我看她画的画。”

“她画了些什么东西呢？”

“也记不清了，好像有大熊，有猫。她喜欢猫的，有一回她的猫爬到后院的树上不下来，她喊我上树去把它逮下来。”

“是呀，杰西卡最喜欢猫了。”马道林的声音忧郁，“杰西卡家的邻居退休的技师瓦特告诉我们，说每天杰西卡都会提着长笛的小箱子经过他的车库。她喜欢他家的那只猫，每次都要看。瓦特就说，你得把笛子拿出来吹一段，猫听到就会来了。她就真的在那里吹起来。她在那边吹呀吹呀，小猫来了，松鼠来了，野兔也来了。花园里的花都提前开了。”

“我知道这件事。”沸冰低声说着，“很多人都想念杰西卡。”

“你也想念她吗？”

“在电视里或在报纸上看到她相片时，我会想起她的，和大家一样。”

周沸冰微笑了起来，那笑容里有真诚的天真。马道林看到他平放的脚往后收起，一只脚跟搓着另一只。

“听说你很喜欢钓鱼的，是吗？”马道林转了个话题。

“一点点啦。”

“现在是春天了，可以开始钓鱼了吧？”马道林说。

"不，北边所有的湖还结着冰，有的湖底都还冻着呢。"

"那就再向北一点，那里的冰厚，钻个洞可以冰钓。"

"那可太冷了。我以前试过一次，可能是我的帐篷不够保暖，冷死我了。"

"那你喜欢钓什么鱼呢？"

"我还是比较喜欢钓北美梭鱼，那鱼是鱼类中的猛兽，特别有力量。我以前用蚂蟥做钓饵，后来改用小活鱼，在浅水的区域，你能看见那梭鱼就像梭镖一样射过来咬钩。"

马道林的钓鱼经验有限，但今天却对钓鱼表现出极高的兴趣。

"我有一回和家人去钓鱼，钓了一条很大的鲈鱼。可后来渔政人员来检查鱼笼，说我钓这条鱼是违规的，要放回去，还要罚款两百美元。"

"哈哈，那是你不知鲈鱼开钓的时间。鲈鱼的开钓时间是四月份第一个星期天。在美国水域，你每天可以带走三条钓到的鲈鱼，在加拿大水域，你只能带走两条。鱼的长度要超过三十公分。而且，你只能带走雄鱼。"周沸冰现在说得有点眉飞色舞了。

"这真是奇怪的规定，谁能认出雌鱼雄鱼呢？"

"还有更有意思的规定呢。在加西沙的上游一个经过城镇的河段，那里的规定是只能用没有倒刺的鱼钩，而且钓上来的鱼要头朝下放回水里去。"

"这就有点像中国商代的姜太公，直钩钓鱼……"马道林把后边这句咽了下去，怕引起他戒心。可这孩子分明不知这个中国典故，没有反应。

“三文鱼是什么时候开钓的？”

“八月的第一个周末，但在AN铁路以西要推迟两周才可以钓。”

“你喜欢钓三文鱼吗？”

“以前喜欢过，现在我不会再去钓这种鱼了。”

“为什么呢？三文鱼可是大鱼呀！”

“其实我们去钓的三文鱼，是一种将要死去的鱼。”

“怎么会呢？你可以详细给我们说说吗？”

“你知道，三文鱼是一种高纬度的冷水鱼类，有着十分奇特的生命循环。它们在离大洋几百几千公里远的淡水河流或湖泊孵化，生长一两年后游向了大海。在太平洋和大西洋的咸水中生活数年后长大成熟，然后又被深藏其身体内一种神秘基因催动，千里迢迢游回原栖息地。从大洋一进入淡水域，三文鱼便停止进食，凭着身体脂肪中储存的能量，成群结队逆流而上，用十几天的时间克服洄游路上种种艰难险阻，洄游几百公里甚至数千公里到达自己的出生地。在那些它们生活过的清澈溪水的砂砾河床上，产下成千上万的鱼子，然后就会死在故乡的河湾或溪流中，它们的尸体漂浮在河面上，等到鱼卵孵化出小鱼，小鱼会吃它们的尸肉长大。这就是三文鱼奇迹般的生命循环。”

“你说的很对。在去年的秋季，我曾在加西沙河的下游，看到了大批的三文鱼尸体漂浮在河湾。”

“那只是一小部分。”

“你对加西沙河很熟悉。你以前常去那里吧？”马道林直视着周沸冰的眼睛，他看到了对方眼睛的瞳仁其实有点褐色。

“不，我没有去过那里。我以前是去林茨河钓三文鱼的。”

“你知道，我们发现杰西卡案件和加西沙河有密切联系。”马道林现在开始咄咄逼人。

“是的，报纸上都说了。”

“这个作案的人对于加西沙河流了如指掌。在他绑走杰西卡后，就在加西沙河边给杰西卡的母亲打过一个电话。”

“你们为什么不去加西沙河边抓他呢？”周沸冰说。

“你说的对，我们最后会在河边抓到他。”马道林说着，再次直视着周沸冰。他看到周沸冰的视线回避了过去。马道林接着说：

“你应该知道我们为什么来。我们需要你提供你所知道的情况。”

“我和这件事无关，我不是那个地下室的租客。”

“但是你多次进入过这个地方，你和杰西卡还有过交往。”

“我已经忘记了这件事了。”

“不，有些事情是不能忘记的。你得慢慢地去把它们想起来。另外，我们还有点例行公事要做，请你提供指纹和DNA资料。当然，根据美国的法律，这是志愿的。”

“既然是志愿的，那我可以不提供吗？”

“你可以这样选择。我们不能强迫你。但是，如果需要，警方会采用一些侦查手段。”马道林平静地说，“打个比方吧，几个月前那个琼斯的案子，当警方要求住在邻近的一个男人志愿提供DNA资料，被他拒绝了。后来，警方在他丢弃的垃圾里找到一个空啤酒罐，那上面有他的DNA资料，证明了他就是罪犯。”

“那我还是志愿提供吧，免得你们去翻我的垃圾。”沸冰倒是很平静的，“不过，我以前去过好多次杰西卡的家，也许会有一些指纹留在那里。希望你们不会搞错了。”

## 十三

“你看，我们走了多么长的弯路。”警察局长莫里欧晃着他的大秃脑袋，“一个男学生做的案子被我们无限夸大了。就像一个蚊子的投影，被放大成了一架鬼怪式战斗机。”

周沸冰的指纹对照报告已经出来。他的食指和拇指的指纹和杰西卡失踪现场完全吻合。

“我们实际上在一开始，就只是和他擦肩而过。我们在第一时间就根据李雪枫提供的名单找过刘依娟，但是周沸冰这个人没有进入我们的视线，李雪枫没有说起这个人，刘依娟也没说。如果在当时我们就控制周沸冰，那时杰西卡也许还活着。”道格拉斯说。

“很奇怪，李雪枫怎么会忽略这么重要的对象呢？”莫里欧局长说。

“有几个原因。”马道林说，“从一开始，我们在调查中就注意到一些人对杰西卡母亲有微词，这些责难很快出现在网站上。所以在第一次新闻发布会上，李雪枫一再表白没有伤害过一个人。这种情况下，如果她提出刘依娟的男友，就会牵出打耳光的事。公众如得知这事，会认为是她的行为招致了报复，从而她得为女儿的悲剧背起责任。我相信这件事像刀子一样插在她的心头，从她把刘依娟放在调查名单的第一个就可以看出这一点。但她有一种侥幸的心理，以为警察已经有了刘依娟的名字，就可以查清一切。从这几天我们和她的细谈中还发现她的另一种侥幸心理，那就是她觉得那个男学生特别怯懦怕事，根本不像个会做出绑架事情的人。然而在杰西卡的葬礼上，她一看到刘依娟时就爆发出的那种仇恨，说明她的心底还是有一种直觉。这种直觉无时无刻不在折磨着她。”

“她犯了一个可怕的错误，可怜的女人。但不要再责怪她了。”道格拉斯说。

“周沸冰的背景情况怎么样？有没有案底？”警察局长问。

“在警方的记录里有这么一件事。”道格拉斯说：在前年的三文鱼洄游季节，有人向警方报告说一个中国人在加西沙河边违章用带鱼线的弓箭捕射三文鱼。警方在河边找到这个年轻人，看到他手里确实有一把自制的弓箭。年轻人说他看过钓鱼法规，用弓箭捕鱼是合法的。警察告诉他这个特权只属于印第安族原住民。警察没收了他的弓箭。由于他还没捕到鱼，警察没处罚他，只记录了他的驾照资料。他的名字就是周沸冰。

“一个很有想象力的孩子。”莫里欧局长往本子上记着什么，一边咕哝着，“他吸毒吗？赌博吗？”

“从他自愿提供的唾液样本来看，他不吸毒。我们查过华盛顿州所有赌场的登记，发现周沸冰去过多次，但每次只买几百加元的筹码，不算大的赌博。”道格拉斯说。

“他的财务情况怎么样？”

“不怎么好。从他开在道明银行的户头来看，从去年开始，从中国汇过来的钱在减少。很奇怪的是，他不时会往户头里存进一些数目不大的现金。”马道林说，“他好像有点什么事情在做。”

“那么，你们觉得他的作案动机是什么呢？”警察局长问道。

“现在还不清楚，这得等拘捕他以后才会知道。”道格拉斯说。

“凭你现在的两个指纹你什么人也拘捕不了。”莫里欧摇着脑袋说，“几年前有个案子，警方和检察官依据在汽车上找到受害人的一根头发，认定是这辆车的主人阿伦奸杀了他家邻居的一个女童。法庭采信了控方的指控和证据，将阿伦定罪。但数年后通过 DNA比对证实这是一起冤案，因他家和女孩家都使用当地的一个洗衣房，才导致女孩的毛发随着衣物进入他的汽车。如果我们以指纹指控周沸冰，他可以说这指纹是以前他来看女友时留下的。”

“是的，在我要他志愿提供指纹时，他就这么说过。”马道林说。

“可是我们在对周沸冰的汽车秘密检查时已发现杰西卡的DNA证据。”道格拉斯说。

“这也有问题。周沸冰不是说过杰西卡要他帮她找猫吗？这样他就可以说杰西卡也许进过他的车子。”莫里欧拿出一根烟，但是没点上火。和马道林一样，莫里欧也是个烟民，不过他从来没戒过。室内不能抽烟，他也得跑到门口去抽一根，不管天有多冷也得这样。“听着，如果是一般的案件，也许你们取得的证据已足够定罪，但是杰西卡的案是个全球关注的案件。你知道，越是恶性的案件越会招来大牌的律师。我敢打赌，杰西卡案件的嫌疑人到时一定会有名牌的大律师为他免费辩护。律师从这个大案子所获得的知名度日后会为他挣来巨大利益。在我所经历过的凶杀案中，至少有六宗案子明明知道嫌疑人是杀人者，但拿不到确实的证据，只好等他在杀下一个人时才有机会抓住他。所以说，我们必须找到让陪审团信服的定罪证据。在这之前，别想着抓人。”

“我知道你又要我们重施旧技了，二十四小时监控。”道格拉斯咕哝着。

“你算是说对了。马，我们一起去抽一根吧。”警察总长迫不及待地跑了出去。

## 十四

Internet监视记录，1月7日

伤心的鱼：你又去哪儿了？怎么一点音讯都没有？真是急死人了！莫非你又送什么按摩女去天涯海角了？

北极企鹅：没有，我什么地方都没有去。

伤心的鱼：那怎么打电话你老关机，上网也找不到你。

北极企鹅：我在做一个实验，没有手机电脑我也能活下去。

伤心的鱼：我都担心死了，你还开玩笑。那你怎么今天又上网了？

北极企鹅：我现在在网吧。

伤心的鱼：为什么去网吧？你家里有电脑为何不用？你以前从来

不去网吧的。

北极企鹅：我也说不清，反正我不想用家里的电脑。

伤心的鱼：你不会有事吧？真的没事吧？喂，有没有警察找过你啊？

北极企鹅：什么警察？警察找我干吗？

伤心的鱼：没有就好，没有就好。我就怕他们找你麻烦。

北极企鹅：我想再去一次阿拉斯加，我极想念那个北极圈里的因纽特人的村落。

伤心的鱼：那你就去吧。你最近好像不开心，去那里会好起来的。

北极企鹅：我可能还要去一个更远的地方，要很长很长时间。

伤心的鱼：那我陪你一起去好了，我也想去一次远方。

北极企鹅：不，你去不了那个地方。那是个很没意思很苦的地方。

伤心的鱼：你又胡思乱想了。你有时就像个小孩子似的。

北极企鹅：你总是像个姐姐。做爱的时候也像个姐姐。

伤心的鱼：羞羞脸！那我就做你姐姐，不和你做那个了。

北极企鹅：不，我都要。和你在一起的时候，我会觉得好温暖。但我不敢靠你太近。

伤心的鱼：为什么会这样？

北极企鹅：说不清。有些事情你无法预料。我说件小时候的事好吗？

伤心的鱼：好呀！你从来没向我说小时候的事。

北极企鹅：我七八岁的时候，有一回在草丛里捉到一只特别威猛的蟋蟀。我把它养在一只玻璃罩里，还放了点辣椒作食物。起初，这蟋蟀还十分光鲜，整天叫个不停，但两天过后，它就憔悴了。第三天早晨，我看到它断了一条腿，仔细看，这腿是蟋蟀自己啃断的。

伤心的鱼：听起来怪恐怖的。

北极企鹅：我最近老做梦梦见这件事。我变成了那只蟋蟀，好多人在玻璃罩外看着我。我想爬出那个玻璃罩，可我四肢麻木，一点力气都没有。

伤心的鱼：你怎么会想这些呢？你是不是病了？

北极企鹅：没有。我还想说一件事。

伤心的鱼：你不要说好吗？今天你说的事怪怪的。

北极企鹅：不！这事我一直不能原谅自己。那天当那个女房东打你时，我没有保护你，就像一个胆小鬼加傻瓜一样站在一边。我现在要向你正式道歉。

伤心的鱼：不要说这些。那年你还小啊。

北极企鹅：我已经不小了，都会做爱了，还小吗？但你知道吗？发生在昏暗的小房间里的争吵、叫喊和厮打是我最怕的事。

伤心的鱼：为什么呢？

北极企鹅：那是我童年的噩梦。你知道，我爸爸在远洋船上，长年不回家。我妈也总是在外地拍戏，所以我从生下不久就寄养在他人家里。小学一年级时我被寄养在一个老师家。其实，我很不喜欢这个女老师，更怕她的那个鼻子像老鹰的老公。他们家的房子很小，就一个小房间，我和他们睡在一起。我经常在半夜里被女老师和她老公的争吵声惊醒。他们在灯光下，尖叫着嘶喊着，有时还会厮打在一起。

伤心的鱼：我从来没听你说过这些。

北极企鹅：有一个深夜，我看见老师的老公掐着女老师的喉咙把她按在墙壁上。我看到女老师被掐死了，有好多血从她嘴里流出，她的眼球鼓出眼眶外边，好像在看着我，向我求救。我躲在被子里，吓得大小便都出来了。可是我在第二天早上，却看到女老师并没死，还会教我们读拼音。

伤心的鱼：真的好恐怖！你小时候的心理创伤太深了。

北极企鹅：从小学开始我就变得很神经质，有时很冲动，有时很胆怯。只是和你认识后，我才觉得自己慢慢快活起来了。可我在你受到伤害时，太让你失望了。

伤心的鱼：不要想太多了。今晚你来我这里好吗？你的情绪很不好，我来做你床上的姐姐，让你开心起来。

北极企鹅：我真的很想和你在一起。可我现在不敢靠你太近。

伤心的鱼：你这么说让我伤心，我想流泪。

北极企鹅：别这样。有些事情我们都无法避免。

公用电话监听记录，1月15日

妈妈：沸冰，你总算给妈打电话了。妈妈打了三天的电话，你一直是关机，把妈急死了。

周沸冰：没什么事，我都好好的。以后你不要打，我会打给你的。

妈妈：上周给你汇的三千美元生活费收到了吧？还有一万美元的学费妈一时还没凑齐，妈妈现在有点老了，找剧组出演角色的机会越来越难，所以收入少多了，但妈会想办法的。

周沸冰：妈妈，那钱暂时不要汇。可能我用不着。

妈妈：你在说什么？到底出什么事了？

周沸冰：是的，妈妈，我遇到麻烦了。你记得我上次跟你说的我这里有个华人女孩子被绑架的事吗？现在，警察开始怀疑是我干的。他们在调查我。

妈妈：这怎么可能？他们怎么可以随便怀疑人呢？儿子，你真的做过什么坏的事吗？

周沸冰：不，不是我干的！真的不是我干的！

妈妈：那到底是怎么回事呢？

周沸冰：你就不要问了。妈，这件事你不要告诉姥姥，但我想请你把这事告诉爸爸。

妈妈：你爸现在在海上，你要我怎么跟他说呢？

周沸冰：告诉他我还是想他的。虽然他一直在外，可他以前回来时还总是陪我玩。我记得我和他每人一包薯片，一瓶可乐，一起打电子游戏。我现在还保持着这个习惯。

妈妈：我会告诉他的，孩子。

周沸冰：我还想说，他现在也慢慢老了，长年在海上漂流也太辛苦，最好还是回陆上吧。还有你，妈妈，不要再拍戏了。你是无法和章子怡周迅她们比的。我想你们以后最好住在一起，不要东奔西跑了。我不知以后怎么样，我想你们要自己照顾自己。

妈妈：沸冰，你怎么说起这些话，妈觉得害怕。要不你先回国吧，这样妈会担心死的。

周沸冰：我要是现在走，他们更加会怀疑我，也许我就出不了境。就算我回到中国，他们也会通过中国的警察搞我。我听说中国警察会打人的，还有死刑。

妈妈：你这么说我的心都乱了。（抽泣声）妈真是后悔，不该让你到美国去留学。

周沸冰：不，妈妈，你让我到美国来是对我做的最好的一件事。我在这里过得真的很有意思。我知道你们为了我，用去了所有的钱，现在已经开始借钱，但我以后会挣很多钱给你的。我现在就已经开始挣点小钱了。妈妈，我真想能留在这里，以后让你也移民过来。你知道，这里的天空有多么的蓝，这里的枫树有多么红，这里的草叶每天像洗过似的干净。这里的汽车会让行人，陌生人相遇会微笑打招呼的。

妈妈：孩子，你今天说话怎么像个大人了。

周沸冰：我事实上已经是个大人了。你知道我现在在干什么吗？妈妈，我又准备考托福了。

妈妈：是吗？妈妈做梦都梦见你考过了托福。

2月27日 汽车窃听记录

女乘客：好久没见你了，小帅哥。

周沸冰：我前些时间拼托福考试，没出来开车。

女乘客：你还真的认真读书了？考及格了吗？

周沸冰：还不知道，得等一个礼拜才有结果。

女乘客：我还欠你一百多块车钱呢。可今天我又没带钱。

周沸冰：你总是不带钱的。

女乘客：我不带钱是怕被黑人抢了。不过我还是带了十块钱，如果黑人抢我，我就给他十块钱，要不他们会打我的。

周沸冰：你现在要去哪儿？

女乘客：去女皇路3080号太阳大厦。有人打电话给我要上门按摩。其实嘛，就是打飞机呗。那给我打电话的人口齿都不清了，一架老飞机。

周沸冰：二战时期的老飞机……也许是越战时的。

女乘客：你知道，近来生意一直不好。从“911”以后生意就一直不好。

周沸冰：你做了这么久了？“911”以前就开始做啦？

女乘客：这倒不是。是我的朋友阿华告诉我的。你见过她吗？

周沸冰：没有，但我听说过她的事。

女乘客：她死得很惨。她是被一群变态狂活活弄死的，当时她已吸食很多海洛因。

周沸冰：我说，你以后最好不要做这行当的事。还是做平安的事为好。

女乘客：我也知道。可我需要钱呀！打工挣不到钱的。哎！你是留学生，干吗也沾这个行业的边呢？你也缺钱吗？

周沸冰：是的。我也想挣点钱。可能还有原因，我和你们这些人在一起，觉得蛮开心的。

女乘客：可你从来没碰过我们。你要是愿意，我今天夜里可以陪你，就当我还了你车钱好了。

周沸冰：不，我们是兄弟姐妹。车钱你不还也没关系。

女乘客：小帅哥，我真的有点喜欢你了。

周沸冰：不要这样，过些日子，我可能就不在这里了。

女乘客：你要去哪里？我要跟你走。

周沸冰：那是个很不好的地方，你去不了的。哎，到了，就是这楼。这里是个老飞机博物馆。

女乘客：那我上去了。你等着我啊，二十分钟我就会搞定。然后我就请你去吃夜宵。

周沸冰：好吧好吧，我等你啦。每次都是你请客，我埋单的。

Internet监视记录 3月3日

伤心的鱼：祝贺你通过了托福考试。你总是会做出些一惊一乍的事，这回是让我惊喜。

北极企鹅：我也想不到这回竟然考过了。

伤心的鱼：上回你说梦见被罩在玻璃罩下，原来是在强迫自己安心读书啊。

北极企鹅：我也说不清的。不过在我不上网不用手机后，我的思想特别集中，以前记不住的语法单词这回都记住了。

伤心的鱼：你自己也许不知道，你是聪慧过人。你只是把心思都放在打电子游戏，放在钓鱼上面了。你只要用功几个月，托福就考出了高分，真为你高兴。你把这消息告诉你妈了吗？她一定高兴极了！

北极企鹅：没有，我懒得说。其实我并没觉得考过托福有多开心。我有时通过一些高难度的游戏方程的挑战会觉得比考过托福开心得多。

伤心的鱼：你怎么会这样想？你又开始颓了。

北极企鹅：你看过那本日本人写的书吗？

伤心的鱼：什么人的书？简写本吗？

北极企鹅： 村上春树的《挪威的森林》。这书一开始就借一个叫直子的女孩的口说草原上有一种隐蔽的深井，这种深井藏在美丽的草叶和野花下面，你无法觉察它的存在。你要是走得很开心，一不注意，就踩到了黑井，掉了进去。你要是一下子摔断了脖子就死去还算好，可经常是会卡在狭窄的井道里，望着头顶上一块硬币大的天。你将慢慢死去，而你的旁边已有蜘蛛蝎子在张望着你……

伤心的鱼：看你在说些什么，你又悲观了，老是有那么多的幻觉。多雪的冬天过去了，现在到处都开满了花。你也该变得愉快些了。

北极企鹅：我现在最想的是，去北边钓一次北美梭鱼。

伤心的鱼：除了钓鱼之外，你得考虑选一个好的大学了。托福过关后，好多大学你都可以进了，你想选什么样的专业呢？

北极企鹅：我想选地理，极地专业。我真的愿意远离人群，在极地生活。

伤心的鱼：以前你说过这话只是个梦想，这回听起来有梦想成真的感觉。我们都有点沧桑了。

北极企鹅：我只是说说而已，这是个实现不了的梦想。不过能想想也是好的。

## 十五

4月26号，马道林等候的日子来了。他在这天凌晨就到了局里。这天是四月份最后一个周末，法定的梭鱼开钓日子。

“Kid窗口的灯光亮起，看来他已经起身。”监视周沸冰的探员发来消息，现在是黎明前的四点钟。Kid是跟踪目标周沸冰的代号，它的中文意思是“孩子”。

四点半钟时，监视探员看到了周沸冰的车开出公寓楼地下停车场。“Kid出发了，沿着雪松大道东去。”

“继续跟踪，注意不要被目标发现。”马道林说。他有点奇怪，这回周沸冰应该是上905高速公路了，怎么会在雪松大道上呢？

侦查员在距离一千米左右用雷达锁住目标，所以目标难以发现被跟踪。现在，目标拐进了路边一排屋子前的停车点，那里是个二十四小时营业的钓饵店。“Kid进了钓饵店。”探员报告。马道林这才明白周沸冰没上高速的原因。“有情况，Kid进去时是空手的，现在出来背了一个背包。”探员说。

“明白了。”马道林回答，他马上让后面一辆警车到这个钓饵店查明情况。十分钟后他就知道了，钓饵店有寄存渔具的业务，这个钓鱼工具包是顾客在去年十月底寄存在这儿的。马道林知道，这回莫里欧局长的耐心有回报了。

从钓饵店出来后，周沸冰上了905号高速公路，把巡航车速锁定在一百二十公里。他的脸上毫无表情，只是冷漠地看着前方。前方是无尽的黑暗，但已有微红的朝霞泛起。在这种高速运动中，周沸冰觉得心里最安静，他把城市抛开了，把黑夜抛开了，把人群抛开了，把烦恼也抛开了。他根本没想到除了一辆车在远距离用雷达跟踪他外，天上的一颗卫星也已锁定了他的车子。有一百多个警察为了他今天的早起忙作一团。马道林现在是在空中的一架直升飞机上，手里端着个热腾腾的咖啡纸杯，慢悠悠地随着905公路飞行。他看看机窗外晨星寥落的天空，又想起杰西卡那幅画里半人半鱼的物体，他甚至觉得那两个物体就在直升机边上飞行着。

在太阳升起之前，周沸冰到达了目的地，那是在林茨河上游的森林公园里。湖水还相当地冷，而空气的温度已转暖和，所以水面上有一层乳白色的水雾。周沸冰坐在一座伸向湖中的木头钓鱼栈桥上，突然觉得雾气越来越浓，像棉花似的把他裹住，让他觉得窒息。过了一会儿，雾气慢慢退去了，现在太阳浮出水面，照得整个湖面金光闪闪。这个时候水面已有鱼儿跃动，经过一个冬天的休眠，梭鱼现在的胃口极大，咬起钩来会非常凶狠。不过周沸冰这时并没有摆开渔具，他就这么呆呆坐着。他看到在距他几十米的一个树桩上，停着一只巨大的灰鸬鹚。这只大鸟用一只又长又细的腿支撑着身体，眼睛一动不动地斜视着这边。周沸冰和它对视了一阵，忽然觉得一阵心慌，觉得这大鸟像是被警察训练过的卧底似的。在视线可及的远处的水面上，有一艘白色的大游艇泊在那里。

马道林现在已经在这艘白色的游艇上，这船是水上特警分队按莫里欧的指示提早两天开到这里的。根据马道林的判断，周沸冰在四月份的最后一个星期六很有可能会到林茨河钓鱼，因为这天是梭鱼的开钓时间。现在看来，他的这个判断准确无误。经过一个冬天的不走运，现在运气似乎好了起来。马道林的另一个判断是他认为周沸冰在作案后一定留有什么物件。在他被警方取走指纹和DNA资料后，他会把留着的证据抛弃或销毁。最初，马道林的人几乎是半公开地监视着他，狠狠给他施加精神压力，这个时候他根本不敢去处理物证。然后马道林又慢慢放松了监视，使他产生危险已过的感觉，让他以轻松点的心情走进他以为再也等不到的梭鱼开钓日。马道林相信如果周沸冰按时去钓鱼，就会在这个时候把物证带出来抛弃。从今天早些时候探员的报告来看，他寄存在钓饵店的工具包里很可能有什么东西。现在，从望远镜里马道林看到周沸冰一动不动坐着。他把望远镜的焦距调大了，看到了周沸冰现在是泪流满面。

“他终于流泪了！”马道林想。这三个多月来，周沸冰每天二十四小时所有活动几乎都在马道林的眼底下，好像他生活在一个玻璃房里。

现在，他看到了周沸冰从工具袋里掏出一个东西，他一眼就认出这是杰西卡的玩具熊。杰西卡在被掳走时衣服都没穿，但是她抱走了维尼熊。他在杰西卡的很多照片上看到这个维尼熊在她怀里。

马道林睁大眼睛盯着目镜，边上一台远距离高清晰度摄像机也在同步工作。他看到周沸冰在玩具熊的脖子上拴了一串锡坠子，使劲把它扔出去。

马道林深深叹了口气。“这孩子的路走到头了。”他有点为周沸冰惋惜。

“喂，伙计，该你们的啦！”马道林对舱里的水上特警说。

周沸冰在水边和那只鸬鹚对峙了好久。最后那只大鸟好像被他看出了破绽，悻悻地张开巨翅飞走了。周沸冰松了一口气。接着，他迅速从包里取出玩具熊，拴上重物，用力把它扔向远处的水面。他看着水面上被维尼熊激起的涟漪慢慢扩大，又慢慢消失。他深深呼出了一口气，觉得心中轻松多了。

现在，他打开了钓鱼竿，安上了钓饵。他用的是三十磅的鱼线，足足可以钓上一米多长的梭鱼。

这一带的水深大约在三米左右，湖底长满了水草，是梭鱼理想的捕食之地。在中午时分阳光直射时，有时能看到水底的梭鱼箭一样地射过去。周沸冰在等待着梭鱼的来临。

过了一会儿，周沸冰觉得水底下有了动静，水面上喷出一串串气泡。看起来是大鱼游了过来，虽然鱼在水底，却在水面上搅起了几道水纹线。周沸冰的心怦怦跳动，轻轻摇动转线轴，等着鱼来咬钩。

鱼没咬钩，只是在附近的水底盘旋，不断喷着气泡。周沸冰从来没有见过鱼会喷出这么大的气泡，他都看傻了。有一瞬间，他看见水下这条鱼的影子，足有两米长。这么大的鱼他只在北极圈里的因纽特人村里看过，那是一种海豚。

现在，水下的大鱼不再游动，在不远处的水面下冒着气泡。

周沸冰觉得事情有点不对劲。他甚至觉得那水下的东西在注视着他。真的，他看到了水下有一双眼睛。

然后，这水下的怪物浮出水面。周沸冰看见了：这是个潜水的蛙人，蛙人的潜水帽上印有美国联邦警察的徽章。他的手里拿着维尼熊。

周沸冰发愣地看着蛙人，似乎对他突然搅乱了他的钓鱼计划很不高兴。这个时候，他非常想和妈妈说一句话。

他想对妈妈说：妈妈，这不是我干的！

谨以此文纪念世上失踪和遇害的儿童。

# 黑白电影里的城市

## 一

那是个夏天的早上，李松开着一辆老式的大型吉普车离开地拉那，前往南方海边城市吉诺卡斯特。吉普的副驾驶位置上坐着迪米特里·杨科，后排的座位和货箱里装载着五十箱上海第四制药厂生产的抗菌素注射针剂。山地的公路坑坑洼洼，车上的东西又很重，所以吉普车一直摇摇晃晃速度不快。在一些黑白战争影片里，人们经常看到一些吉普车像这个样子进入了敌人的埋伏圈。

迪米特里·杨科是个秃了头的老药剂师，当时的职务是阿尔巴尼亚国家药品检验局的副主任。前一天，杨科打电话要李松去他办公室见他。他告诉李松南方省份吉诺卡斯特出现流行性肺炎，急需大量的抗生素针剂。可是那里医院的库存已经用完，又没有经费去采购价格昂贵的欧美产的抗生素。迪米特里·杨科问李松是不是可以帮点忙，发送一部分青霉素针剂给吉诺卡斯特医院，货款过几个月等他们得到卫生部下拨的经费以后再还。李松那时在地拉那做药品生意已有三年，经常和杨科打交道，知道他是个老狐狸。他以前多次对李松说要帮助他把药品卖给地拉那国家总医院，事实上李松知道他和希腊的一家药品公司有合作，暗地里在打压李松进口的中国药品。可不管怎么样，人家是国家药品检验局的副领导，李松总得给点面子。再说吉诺卡斯特医院虽然远了一点，毕竟还是国家的医院，赊点账问题不会太大。所以李松说："好吧，我仓库里还有三十箱青霉素，先给你拿去用吧！药品怎么发送？他们什么时候来拿？"杨科说："事情紧急，明天你是否可以开车直接送过去？我要亲自跟着你的车子去一趟。"李松知道杨科是吉诺卡斯特人，心想莫非是他要回老家看老母亲，才编了个事儿让他开车送他回吉诺卡斯特去？他心里正嘀咕着，听得杨科说："你知道吉诺卡斯特医院的药房主任是谁吗？是伊丽达。这些药是要交给她的，伊丽达会在那里等着我们的。"就这句话，让李松不吭声了，心里愉快了起来。第二天装车的时候，他装了三十箱青霉素后，又加装了十箱庆大霉素、十箱先锋霉素。

吉诺卡斯特在阿尔巴尼亚的最南端，紧挨着希腊边境，离地拉那有三百多公里。车子开过都拉斯港口之后，公路边就能看到蓝得刺眼的亚得里亚海的海面。阿尔巴尼亚中部平原的风景非常漂亮。田野上有丰饶的庄稼，有许许多多的果树园，而平原尽头的山峦则呈现一片光秃秃的褐色，不时会出现一座中世纪的石头城堡。李松沉浸在扑面而来的景色中。他还是第一次自己开车去南部阿尔巴尼亚，可心里对一路上的景物却有一种亲切的熟悉感。在他的少年时期看过许多阿尔巴尼亚故事片，电影里的风景和人物已经成为他不可磨灭的记忆。李松心里一直还有一种甜甜的感觉，因为杨科说过伊丽达将会在那里等着他们。杨科一路上大部分时间都在睡着。他的大秃脑袋耷拉着，睡得很沉，好像回故乡的路途让他感到特别的放松。过了很久，杨科醒了过来，问李松几点了，李松说一点钟了。杨科说刚才自己一直在做梦，梦见了自己和早已去世的父亲还有很多祖先在一起。杨科说这个梦逼真极了，好像真的一样。他说着说着又睡过去了。

下午五点钟左右，迪米特里·杨科又醒过来了，这个时候吉普车靠着海边开行，空气里都能闻得出海洋的气味。车子又转进了一条山路，漫山遍野都是浓绿的橄榄树林。一条清澈又湍急的引水渠伴随着公路蜿蜒下山。杨科说这条引水渠是吉诺卡斯特的饮水水源。沿着公路从山上一下来，很快就到目的地了。果然，从山阴处转出来，就看到远方山谷中浮现出来的吉诺卡斯特城在夕阳照射下闪闪发光。也许是因为距离还比较远，这个城市看起来像海市蜃楼一样的虚幻。

吉诺卡斯特虽然已经可以看到了，可要开车进城里，却弯弯绕绕又走了好多路。一直到天完全黑了，李松才逼近了黑压压的城墙，终于看到城墙下的城门洞。没有城门，但是有一道路障，边上有几个背着冲锋枪的人在把守。李松看到一个人穿着警察的制服，还有一个却戴着德国鬼子的钢盔。戴钢盔的人举手让李松把车停了下来。李松把车窗放下来，那人伸过头来，一看见李松，吃了一惊，喊了起来：怎么是个中国人？

杨科下了车，和他们说了一通话，他们看起来还是很友好的。他们把拦路杆抬了起来，让车子进去，但是却让他们在城门口内的小操场上停一下，接受检查。他们说前些日子对面山上希腊边境那边一个极端民族主义的武装组织袭击了阿尔巴尼亚这边的村庄，所以最近这里戒备很严，进出车辆都要查。李松看到那个戴钢盔的人在打开吉普车后盖时摸着沉重的青霉素针剂的包装箱，说这么沉啊！里面不会是炸药吧？不过他明显是开玩笑，边上的人都笑嘻嘻的。检查过后，杨科问哪里可以打电话，警察说城门下边左侧那个咖啡店里有电话，在那里喝咖啡的话就可以免费打电话的。那个戴钢盔的人自告奋勇带他们去。他摘下钢盔后，原来也是个秃顶，头皮光滑程度和杨科差不多。

杨科的电话是打给伊丽达的，说已经到了，正在城门底下喝咖啡。伊丽达说自己马上来，让他们等她。李松在一边听到话筒里传出她的声音，只觉得阵阵激动。杨科和戴钢盔的人喝过一杯咖啡后，建议再来一杯葡萄烧酒。他们说得很投机，还要了好几个煮鸡蛋下酒。在两个秃头一起剥着和他们脑袋一样光滑的煮鸡蛋之际，李松独自走出了咖啡店，在外边的小广场踱着步子。李松看着操场上那条通向城里的路，想着过不了很久，伊丽达就会从这里出现了。

城门口的小操场不是很大，地面上铺着鹅卵石。这个时候月亮已经升起，照得小操场发出银色的亮光。他看见操场中央部分出现了一个赭色的五芒星图案，而在五芒星图案之上，还有一个人形的光影，呈现出一种非现实的景象。在地中海沿岸国家，五芒星是战争和死亡的象征，而这个神秘的月光人影又是怎么回事呢？李松穿过广场，因为对面有一棵高大的树引起了他的注意。那棵树亭亭如盖，树叶发出沙沙的响声。李松来到了树下，发现这是一棵阿尔巴尼亚常见的无花果树，只是这棵树特别的高大，而且很健壮。接着，李松看到树下有一座雕像，是一座少女的雕像，五芒星上的神秘人影就是因为她挡住了月光投射而成的。由于天黑，李松看不出这是大理石的还是青铜的。他在雕像前待了一会儿，眼睛的瞳孔慢慢张大了些。他能看见少女的头发被风吹起了，脸上带着坚毅的微笑，这个刹那间的印象立刻深深烙在了李松的心底了。尽管他不懂雕塑，也没看得很清楚雕像的细部，不过他相信这不是古希腊的女神，而是一个现代的雕像。

当李松从操场回到咖啡店的时候，看到伊丽达已经来了，和杨科以及那个戴钢盔的警察坐在一起。伊丽达看到李松进来，眼睛发出了光彩。李松能感觉到她久别重逢后的那种欢快和伤感。她微笑着，用英语和李松说：

“想不到你会来这里，你都还好吗？一路上开车很辛苦吧？”她和李松握手，但没有像亲热朋友那样拥抱他。

“我还不错，你怎么样？我们有半年多没见面了是吧？”李松说。

“有那么久吗，时间有那么快吗？”伊丽达说。

“要不是杨科说是你的药房急需药品，我不会自己开车把药送来的。”李松说。

“杨科真可爱，谢谢杨科。要不我不知还要过多久才能见到你呢。”伊丽达说。

他们在咖啡店里吃了一些东西，起身开车前往城里的旅馆。安排了李松住下后，杨科被他的一个亲戚接走了。伊丽达说她也得走了。这个城市很小，什么事全城很快都会知道，所以她这么晚了不能陪他了。她说明天白天再来和他见面。他可以多睡一会儿，因为路上很辛苦了。告别的时候，她飞快地在他的脸颊上吻了一下。

等他们都走了，李松才觉出这个旅馆有多么破败。旅馆的结构很高大，看起来没有什么客人来住，好多房间的玻璃窗都破了。他的房间里面有四张床铺，可上面都没有被褥。房间里没有洗手间。李松在走廊上找到一个木盆，端着木盆到楼下一个水池里打了一盆水擦脸洗脚。然后，他和衣躺在那张没有被褥的床上，可是越躺越觉得脑子很清醒，没有办法入睡。他起来走到阳台上，拖了一张椅子过去，点起了一根香烟。

这个旅馆所处的地形比较高。从这个阳台上望去的下方，应该就是城市了，但李松睁眼所见的只是几盏时隐时现的昏暗的灯火，因为这个时候起雾了。我现在是在哪里呢？是在一个陌生的阿尔巴尼亚城市里吗？李松自问着，这种时空迷失的感觉总是让他好奇。这个城市里住的是些什么人呢？他们是怎么生活的，他一点也不知道。他只知道伊丽达也在城内的某个屋子里，当然还有杨科。杨科现在一定在他老母亲的脚边听她讲他童年的故事吧？李松不会去多想杨科，他想的是伊丽达。过来的一路上他不时会兴奋，幻想着到了这里之后和伊丽达的相遇一定会很销魂的。可是他却被一个人抛在了这间破败的旅馆里。他看着雾气中偶尔显出的昏黄的灯光，心想伊丽达是在哪盏灯下呢，也许她的房间里灯关了，也许她睡觉了，她会在睡着之前想起我吗？哦，要是她偷偷跑出来，来到这个阳台下面，对我吹一声口哨那该多好！可这是不可能的，完全不可能。这个时候也许她的身边睡着她的新男友，一个满身长着黑毛的家伙，正在一次又一次地做爱呢。李松的呼吸急促起来，把烟掐灭了。

这个时候他觉得肚子有点饿了，因而产生到外面走一走的冲动。他穿起了衣服，走出了旅馆。在他面前的这条路，左边是下坡，右边是上坡。他选择了上坡的路。可是走了一段之后路没有了。前面是一条沿着石崖盘旋的石头台阶，借着月光，还能看得清光滑的石级。他小心翼翼地走上了石头台阶，现在他终于看见了城市的内部。有许多高低不一样的石头房子建在狭窄的路边。这里没有电线杆上的路灯，偶尔有店家门口点着一盏样式古老带灯罩的煤油灯，闪耀着中古时代的光芒。他在小街上走了一段，看着自己的影子慢慢地变长。前面有个老年人慢慢吞吞地走了过来。李松怕那个老人看见一个中国人会吃惊，就贴着墙的阴影快步走了过去。即便这样，他还是能感到那个老人在他走过去后，停下步子回过头来看着他。

他终于看见了一个小餐馆。这个餐馆做的烤鸡、芸豆汤同样有着中古时代的风味。那个戴着菊花帽藏在灯影里的老板娘极像是伦勃朗的一幅肖像人物。店里的青年侍者曾经在地拉那大学音乐系学吹长笛，不过这个晚上他好像显得对足球更有激情。当时正是一九九四年世界杯足球赛前夕。他一再问李松喜欢哪个队，哪个队会得冠军？李松用英语和他聊了这个城市的一些历史，也说了一些中国的事情。青年侍者说很多年以前这里有过一些中国人。有一次中国国家足球队来了，在这里和阿尔巴尼亚国家队一起集训了一年多时间。

李松脑子里还记挂着城门口那个无花果树下的少女雕像。李松问他知不知道那是谁？他想了想，好像没把握。他到柜台那边问了那个伦勃朗画像里的菊花帽老板娘，然后回来告诉李松这个雕像是纪念一个少女游击队员的。这是二战时期的事，当时德军占领了吉诺卡斯特。这个少女地下游击队员是负责和地拉那方面联系的机要员。由于叛徒的出卖，她被德军逮捕。德军用尽所有的办法审讯她，她始终没有泄露一点机密。最后，德军就是在那棵无花果树上，活活吊死了她。当时她才十八岁。那座雕像就是她的原形，像座上的题字是霍查写的。在阿尔巴尼亚劳动党垮台以后，霍查所有的东西都被销毁了。只有这座雕像上的字，人们没有动手抹去它。

当天晚上，躺在这个空空荡荡、又冷又湿的旅馆里，李松睡得很不踏实，脑子里老是晃着那个少女雕像，并且和伊丽达的形象交织在一起。她在他的不安的梦境里不是个石像，而是个一直在飞快跑动的战士。

经过一夜断断续续的梦境，李松在天刚刚发亮时就醒来了。他走到旅馆外边，城市从黑夜的面纱中显现出来了，他看到就在不远处有一座高高的石头城堡。这个时候晨光弥漫，一头白色的母牛不声不响地从他面前走过。李松朝着城堡的方向走了一段路，看到有一条通向城池的陡峭的通道。当他登上了城堡顶部，吉诺卡斯特城全部呈现在他的眼底下了。这是一个完全用白色石头建成的城市，坐落在一个巨大的环形山坡上。那些白色的房子屋顶有的是圆形的，有的带着尖顶，在晨光里闪闪发亮。李松呆呆地看着这个好似童话一样神奇的城市，心里抑制不住地有一种熟悉的感觉，好像自己多年以前在什么地方见过这个城市。真的，当他环视四周，发现这个城楼的城堞和近处一个带拱顶的亭廊都是那么的熟悉。这怎么可能呢？他坐了下来，出神地看着城市里每一个地标，一群鸽子飞了起来，连这群鸽子看起来也是那样的熟悉，他确实在某个时间见过这群绕着城市飞行的鸟类。

李松在城堡上待了一个多小时才回到旅馆。这个时候伊丽达已经在旅馆门口等着他了。昨天晚上见到她是在昏暗的灯光下，还有那么多的人在一起，所以她看起来很不真实。在这个阳光明媚的早晨，他看到她是那么富有生气。她的金色的短发、典型的希腊式脸蛋和眼睛，在几千年前的希腊古瓶里都已经画下来了。不过她的身材并不是很好，这一点李松早就很清楚。她的腿不够长，背部也不是很直，好像小时候营养不够，发育得不是很充分。但李松已经看习惯了，正因为这样她才是伊丽达。伊丽达穿了一件带黑点的白色的衬衣，花布的长裙。这套衣服她以前经常穿，所以当李松看到她穿着这样的衣服，心里马上产生了极其亲切的感觉，他相信伊丽达是为了他才穿起这套怀旧的服装的。伊丽达在这天早上见面时轻轻地拥抱了他一下，她的气息钻进了他的心里面。她总是用英语和李松说话，尽管李松已经会说一点基本的阿尔巴尼亚语了。

伊丽达带来一个盖着毛巾的篮子，里面有烤得松软的面包和放在热茶壶里的咖啡。伊丽达把一条餐布摊在一个茶几上，把面包和咖啡放在茶几上，让李松趁热吃了。

“是你做的吗？”李松喝了一口滚烫的咖啡，心里有一种说不出的幸福感觉。

“不，是我妈做的。”伊丽达说。

“是这样的啊。你妈还好吗？”李松说。他脑子里马上出现了一个头发斑白个子瘦小的阿尔巴尼亚妇人的形象。伊丽达在他的公司上班的时候，她的母亲会不时来看看女儿。李松相信她来的目的其实是要提醒他，不要碰她女儿。

“她很好。她知道你来了很高兴，说隔天要请你到家里来做客呢。”她说。

“是吗？她真是个好人。”李松说。

“你喜欢我们的城市吗？你这么早就起来在外面跑了。”伊丽达说。

“伊丽达，刚才我在城楼上看到了城市，好像我以前到过这个城市一样。那种感觉非常强烈。”李松说。

“是吗？那说明你喜欢上了这个城市。”伊丽达说。

“不是喜不喜欢的问题。我只是觉得这个感觉太逼真了。”

“也许，这是一种心灵的感应吧。有一现象叫Deja-vu（即视感），你会发现你所见到的事情事先在你意识里出现过的。”

“不知道，反正我觉得我是回到了一个我去过很多次的地方一样。”李松坚持着说。

吃好了早餐，伊丽达让李松开车出发，去接杨科，然后把车上的药品送给医院。

李松从停车场开出了车，在伊丽达指挥下把车缓慢地开进了城市。路非常狭窄，又是上下起伏，路面是石头铺成的，已经磨得很光滑。当吉普车拐进一条很长很长的下坡路时，李松心里那种熟悉的感觉又来了。这真是太奇怪了，李松无法阻止意识深处浮上来的这种感觉。他甚至还出现幻觉，发现前面有一辆德国纳粹的军车，路的两边有两排端着冲锋枪的德国鬼子一步步走来。李松看着路边那些用层层重叠的石片作为屋顶的房子，突然眼前出现一个意象：一个女游击队员在屋顶上飞奔，追踪她的子弹把她身边的石片打得飞溅起来，她像鹿一样踩着屋顶继续飞奔，李松只觉得心跳急促了起来。

“到了，停车吧。”伊丽达说。

“这是什么地方？”李松问。他显得神情紧张。

“这里是杨科的老家，我们得接他走。”伊丽达说。

李松把车停了下来，他看到路边的屋前有一口水井。不是像中国那样的水井，是一种用唧筒提压的封闭水井。一个老人用陶制的水瓮来打水，几只公鸡气势汹汹地走来，井边有几个妇女在绣花，李松知道有一种著名的阿尔巴尼亚十字绣花的针法。连这样的场景，李松也觉得是十分的熟悉。杨科从里面出来。他的气色不是很好，脸色灰白，腿瘸得比往常厉害了些。他说自己的腿越来越麻，脑里的血栓似乎很麻烦了。

带上了杨科之后，他们开车前往医院。医院在城市后面的山里，他们在一条砂石路上开了一阵，拐进了山洼，进入了一排带拱顶的建筑中。这里有一个开放的园地，种植着一大片特别茂盛的石榴树，石榴树的花正疯狂地开着，血红血红的。医院的屋舍外墙粉刷成白色，和石榴树的色彩形成强烈反差。车子进来时，李松看到有很多人等在门外，有穿白衣的人，有穿病员服的人，也有穿普通衣服的人。伊丽达说："瞧！这么多人等着你的药品，人们是多么喜欢你啊。"

"他们是什么人？"李松问。

"这里的医生、病人，更多的是病人家属。医院的药用完了，他们在等着药呢。"

李松受到了英雄般的欢迎。他的吉普车被打开了，车上的药品被众人搬下来。马上有药剂师把普鲁卡因青霉素的箱子打开，把针剂分配到病房。这些上海第四制药厂生产的抗菌素很快被蒸馏水稀释，注入到阿尔巴尼亚肺炎病人的体内，在血液里循环，与病菌战斗。

李松被伊丽达带到了药房里。伊丽达已到换衣室换上了雪白的护士服，头上用别针别着白帽，看起来光彩照人。杨科被一个医生拉去了，他在这里有很多老朋友，所以这个时候只有伊丽达和李松待在一起。伊丽达带着李松参观了药房，药房几乎是空的，很多东西都断档了。

"你看，我们有多么的困难，几乎什么药都没有了。"伊丽达说。

"没有药怎么治病呢？不是说有世界卫生组织在帮助你们吗？"李松说。

"说是这么说，可是我们这里到现在还没收到一点药品呢。"

"其实你还是待在地拉那好一点，那里至少不会这样缺药吧？而且这个医院有那么多肺病传染病人，你不觉得危险吗？"

“不，我想我回到这里是对的。你知道，我去过不少地方了，现在我还是喜欢回到自己家乡的医院做点事。”

“也许你是对的。这里的风景很好，不仅是城市，你看，远处的山峰，还有更远的海，连外面的石榴树花园也非常漂亮，它让我想起了一首希腊人写的关于石榴的诗歌了。”李松说。

“李，你知道吗？我快要结婚了，我有真正的未婚夫了。这一回，你可不会再骂我是Bitch了。”她微笑着说。

“伊丽达，我早就向你道过歉了，为什么还记恨呢？”李松说。Bitch的意思是母狗，即便在英语里也是一种最厉害的骂女人的话。那次是伊丽达自己告诉李松说早一天她又去见飞机场的那个修理技师了。在这之前，伊丽达曾对李松说过这个修飞机的技师是个变态的人，经常要伊丽达再找一个女人来三个人一起群交。伊丽达表示过自己不会再和他交往了，可她这天还是忍不住去看他了。李松问你和他做爱了吗？她说是的。李松愤然地骂了她一句：You are a bitch!（你是一只母狗！）自从他这样骂了她，她就伤心得再也不理会李松了。

“李，我没有记恨。其实我想，也许你说的是对的，我那时真是一只Bitch，太放纵了。可我现在不是了，我已经在筹备婚礼了。你可一定要送我一些礼物哦。”

“礼物我倒是带来了。不过告诉我那小子是谁？我可要和他决斗了。”李松用开玩笑的口气说。

“他是一个外科医生，是我们医院的。小心哦，你可打不过他，他手里有很锋利的手术刀的。”伊丽达说。

“伊丽达，你现在看起来真是太迷人了。我要是一个阿尔巴尼亚人的话，一定要娶你为妻的。”

“李，你又逗我开心了。不过，我还是从最深的内心感谢你为我做的一切。你对我真的很好，从来没有一个人像你这样对我好。”伊丽达说。这样的话她以前也说过，但这一次，李松觉得心里酸酸的。他知道自己并没有真的爱上伊丽达，但他还是无法中断对她的想念。

这个时候外面的树林里似乎有个白色的人影在晃动。伊丽达说：“我的未婚夫来了。”说着，一个瘦削、脸上胡渣发青的年轻人走进来了。李松对这个人的印象还不坏，只是觉得他是个十分嫉妒的人，他的眼睛看起来十分紧张。他和伊丽达说了一些话，还很可笑地给了她一个苹果，让人想起伊甸园创世纪的故事。然后就走了。

中午时分，杨科不知从哪里又出现了，身上带着浓重的烧酒气味。他说吉诺卡斯特的市长要在市政厅见李松。李松说他为什么要见我啊？伊丽达说反正也没事了，去见见他也无妨。

于是李松开了吉普车前往市政厅，车上坐着杨科、伊丽达。当车子进入了城内时，那种似曾相识的感觉又回到了李松的意识里。他几乎不用伊丽达指路就准确地穿过了好几条街路。

“伊丽达，这里转过一个弯，是不是有一个铺着石板的大广场了？”

“是呀，那就是市政厅广场了。你来过这里啊？”

“没有。我是第一次到吉诺卡斯特。可我好像来过这里一样，真是奇怪。”李松说。

车子转了个弯，进入了市政厅广场。李松脑子里那种熟悉的感觉愈加强烈了。他甚至能记得在广场左边有很多小贩在叫卖：卖糖卖糖卖巧克力糖！右边的台阶上有一支铜管乐队在吹奏一支乐曲。

进入了市政厅，穿过了长长的走廊，看到胖胖的市长坐在一张巨大的桌子后面。他叫斯坎德尔，胸前横系着一条表示权力的绶带。他紧紧拥抱了李松，说：

“我就相信中国同志是最可靠的朋友。我们现在需要抗菌素，毛泽东同志就赠送给我们了。”

李松听得头都大了，怎么这些药变成毛泽东同志赠送的了？他赶紧对伊丽达说：

“请告诉市长同志，毛泽东同志已经不在了，现在中国的领导人不喜欢送礼。这些药品不是赠送的，是我卖给你们医院的。等你们卫生部拨下了经费你们就要付钱给我的。”

伊丽达抿着嘴在笑。她把李松的话用阿语说给了市长听，市长听了直摇头。他说：“不，不！中国同志帮助我们的事情是从来不要付钱的。你看这个城里的输电设备是中国人建的，地下的自来水管是中国人给的，山上的电视塔也是中国人建的，我们从来没付过钱的。只是这些东西都老旧了，用了二十多年了。我正要找中国同志来帮助建设新的呢！”

这个说着梦话的市长倒是十分的热情，邀请李松参观吉诺卡斯特的历史展厅。由于劳动党倒台后阿尔巴尼亚所有产业都休克了，市政府没有了经费，工作人员都溜走了，只留下斯坎德尔一个人还待在市政厅里。他一手拿着鸡毛掸子，带着他们进入了尘封已久的展览室，一边用鸡毛掸子掸着灰尘，一边讲解着吉诺卡斯特的历史。这个城市最初是拜占庭时代一个土耳其帕夏的行宫，后来不断扩建，曾是巴尔干半岛十分辉煌的城堡。然后讲到了二战时期德军占领时代。李松看到了昨天晚上他在城门口看到的那个无花果树下的少女雕像照片，他觉得是那样亲切，他已经知道了那个少女的故事，她是被德国人吊死在头顶上那棵无花果树上的。接下去斯坎德尔先生说到了一部电影。他用鸡毛掸子的柄指着一张被装在玻璃镜框内的黑白电影海报，李松的心里像是被电猛击了一下。他看到了电影海报上的那个少女，那个让他永远无法忘怀的米拉！伊丽达用英语翻译这部电影的名字是《Never surrender》（绝不投降），但是不用她翻译，李松知道这部电影中文名字叫《宁死不屈》。斯坎德尔告诉李松，这个电影里的故事完全是真实的，米拉·格拉尼就是那个被吊死在无花果树下的女学生的真实名字，她死于一九四四年八月六号！二十五年后，她的故事被拍成了电影，拍摄的背景就是这座城市。现在李松心里很多的疑问已经串接了起来。原来那个树下的少女雕像就是《宁死不屈》里的米拉。哦，米拉！他在整个少年时期深深暗恋着的对象。那时他一次又一次看这个电影，像一条鱼一样潜游在电影的细节里面，对每个镜头每一句台词都熟透了，所以他到了这个城市会有曾经来过的那种熟悉的感觉。他看见玻璃陈列柜里有一把吉他，他认出就是电影里的那把吉他。泪花漫上了他的眼睛，李松的脑子里立即浮现出米拉露着肩膀换药的情景，他看见她长着一颗黑痣的脸，看见那个德国军官把一朵白花扔进了她背后的墓坑，看见她面带微笑走向了绞索……赶快上山吧勇士们，我们在春天加入游击队，敌人的末日即将来临，我们的战斗生活像诗篇……这个吉他伴奏的歌声如潮水一样在他耳边响起来。

## 二

卖糖！卖糖！卖巧克力糖！李松的脑子里一次又一次响着《宁死不屈》这句台词，但叫喊的不是电影里的人，而是一个小女童的声音。那是二十五年前的声音，他们小学班级学生去解放电影院看过学生场的《宁死不屈》之后，那个叫孙谦的女同学在班级里学着电影里的这句台词。李松的南方老家使用着一种古怪的瓯越蛮语，普通话还没在学校普及，所以这个女同学银铃般的普通话叫卖声让李松觉得奇妙而高贵，并对她产生了儿童版的爱慕之情。这个叫孙谦的女童不是本地人，她的父母在兰州防疫站工作，她只是寄养在外婆家里，所以她会说与众不同的标准普通话。李松现在还能回忆得起她十岁时的模样，她的脸又大又圆，很白，鼻子很平的，但是眼睛很亮。李松那个时候很愤慨班里的一些同学给她起了外号叫“兔子头”，可他心里也承认孙谦的确有点像一只小白兔。后来，在小学四年级的时候，孙谦离开了南方，回到了兰州父母身边。李松一直写信给她，她也有回信，一直到了十八岁那年，李松收到了她最后一封信，她说我们两个人之间儿童团时代的友谊应该结束了。这个时候孙谦还在兰州边上的永登县农村里插队，而李松则入伍了，刚好还在新兵连。那个晚上部队的操场上刚好在放电影，正是《宁死不屈》。

现在想起来，孙谦最后的那封信是在一九七七年收到的，竟然也过了十五六年了。孙谦后来的情况如何，他一点也不知道。他自己在部队里当了几年的兵，退伍回来在一个贸易公司从一个科员开始干到了经理。很多人梦寐以求的职务他没费很大劲儿就得到了，可他越来越觉得这种生活没劲儿。他在第二年辞了职，独自去了新西兰。在那里他剪了半年的羊毛，又飞到了捷克的布拉格，在那里做起了贸易。后来有一次为了追讨一笔债务，他开着一辆车沿欧洲75公路下来，经过斯洛文尼亚，经过贝尔格莱德，从黑山共和国进入了阿尔巴尼亚北部城市斯库台。然后他沿着水势湍急的德林河南下到了地拉那。

那是一九九一年的春天，在阿尔巴尼亚统治了几十年的劳动党垮台了，政局动荡，物质匮缺，到处是断壁残垣。李松在一个当地翻译的帮助下，根据那个债务人留下的地址去寻找那个人。他找到了那个地址，住在里面的人却告知他要找的那个人已经搬到另一个地方住了，并给了李松那人新的地址。可李松去了新地址，同样的事又会重复发生一次。在这个过程中，李松发现地拉那的城市内部是那么破败，很多住宅公寓都是粗制滥造的，红砖的外墙没有粉刷，水泥梁上露出了钢筋头。遍地的垃圾没人处理，大群无家可归的猫和狗徘徊其间。李松感到十分失望，脑子里那么美好的阿尔巴尼亚原来是这样的。几天过去了，他发现无望找到那个债务人，而且看来即使找到了也不会要到钱的。他决定离开这里，回布拉格去。

在最后一个傍晚，他走上街头，去喝一杯咖啡。这里是地拉那大学街，轴心线上有民族英雄斯坎德佩立马扬刀的铜像。他在前一天早上来过这里，只见行人零落，毫无意趣，但是这个黄昏的景象完全不同。他发现街路上尽是闲逛的人们。大部分是青年人，有很多漂亮的姑娘，她们看起来无所事事，脸上满是幸福而神秘的笑容。那是一种十分奇特的现象，在自然界也有这种现象，比如在一场大雨后会有很多蜻蜓飞来飞去；黄昏时在原野上会有大群的鸟欢乐地一起飞出来，在天上打着盘旋。这些人群看起来和漫舞的虫鸟类相似，纯粹是因为内心的喜悦和好奇来到黄昏的街头，漫无目的地闲逛。他们中有的会在路边的咖啡店坐下来喝一杯，有的就是不停地走着。地拉那有足够大的地方给黄昏的人们散步，从斯坎德佩广场到地拉那大学那一段路的路边布满了各种风情的咖啡店，而在南面那一大片街区，则是原来的统治者霍查的宅邸。那是一个巨大的花园，到处是欧洲夹竹桃的浓荫。浓荫下的夜色里布满了情欲满怀的人群。李松有点犹豫了，原来地拉那还有另外一番景象啊！他把离开这里的时间往后推了一天。

第二天黄昏，他又来到了大学街的那个露天咖啡店，在台子上搁了一包三五牌香烟，慢慢喝着浓黑的意大利咖啡。他怀着一种安静的心情慢慢注视着大街，有时看看来往的行人，好像在等待着一个约会。

大概八点钟的时候，有一个头发又长又黑的阿尔巴尼亚女人来到了他的桌边。她用纯正的伦敦英语说：

“对不起，你是日本人吗？”

“不，我是中国人。”李松说。他看到这个女人的眼睛也是黑色的。

“我可不可以抽你一根三五牌的香烟？”头发又黑又长的女人说。

“好的，没问题。”李松打开三五牌香烟的硬纸盒，递给她。李松发现这个女人并不是那种流落街头的落魄女子。他说：“如果你愿意的话，我很荣幸请你坐下来喝一杯咖啡，我有好几天没有和人说过话了。”

“好吧。”那女人坐了下来，显得慵懒，眼睛都没看李松。她沉醉在香烟的感觉里。她深深吸了一口，屏住气，微闭着眼睛，像是捕捉什么感觉，然后把烟轻轻地优雅地吐了出来。

“刚才我在你的桌子旁边走过来走过去，走了三次了。我一直被你的三五牌香烟所吸引。”她说。

“你身边没带香烟吗？”李松问。

“不，我带了。”她从口袋里掏出一包L&M牌香烟放在桌上，“有很多年的时间，我只抽三五牌香烟一个牌子，可是从去年开始，我再也搞不到这种香烟了。”

“是的，我看到这里买不到三五牌香烟。我的香烟是从布拉格带来的。”

“是的，这里买不到，其实以前也是买不到的。我可以再抽一根吗？”

“当然可以。”

“你知道，我是在英国读书时开始抽三五香烟的，后来我就一直抽这个牌子。我说过，这个牌子这里一直买不到的。阿尔巴尼亚有很长时间，市场上供应的都是东欧或者本国生产的东西，只有我们这些人能搞到西方的东西：香烟、威士忌、名牌服装、香水。”

“那看来你有点来历。”李松说。

“我的父亲是以前政府的Parliament（议会）主席，是国家重要领导人。”她说，她的眼睛被燃烧的烟头映得发亮。

议会主席？李松一想，阿尔巴尼亚议会相当于中国的人大常委会。那么她父亲的职位相当于朱德委员长，她就相当于朱德的女儿。李松一惊，屁股收紧了，腰板也挺直了些，遇见身份高的人他就会流露出恭敬来。

“我的父亲是有名的法托茨·皮察。他是恩维尔·霍查的战友，是最早的革命者，一个老游击队员。他已经死了五年了，他的老家有一座他的巨大的铜像纪念碑。”她说着。李松看着她的脸，觉得她不像是欧洲人，更像是小亚细亚人。除了她的头发又密又黑，她的眼睛也又大又黑，而且眼眶上有浓浓的黑圈儿。她的脸上已有皱纹，但是遮掩不住她神情中透露出的贵气，她无疑是一个过去时代的公主。

她的名字叫阿达·皮察。她有一个儿子一个女儿，丈夫是个医生。她现在没工作，但是她有药剂师执照。以前她在英国学的就是药剂师专业。她说过去她的父亲让她学药剂师她还不愿意，觉得自己不可能去干这些具体的事情。现在才知父亲是对的。在父亲的政党失去所有的权势之后，她已沦为平民。现在她因为有药剂师执照，才有希望找到一个谋生的职业。她正在学习做一个平民。

“阿达，我只是为了追讨一笔债务来到这里，可我发现那个欠我钱的人是一只狐狸，我根本无法找到他。本来今天我就离开这里回布拉格，旅馆的账都已结好了，可不知怎么的我没有走。”李松说。

“是啊，你没有走，所以还坐在这里喝咖啡。”阿达说。

“你这样说像是在谈论哲学问题。”李松说，“我不知道自己今天为什么没有走。而且现在坐在这里，看着夜色里有那么多的人心情愉快地走来走去，我可能明天还不会走。”

“你在布拉格做什么事情呢？”阿达说。

“我在那里做一点小生意。”

“那你为什么不在这里做生意呢？”

“我不知道这里有什么生意可以做。”

“有啊，这里现在什么东西都缺，什么都要进口。你可以进口药品吗？”

“可以啊。什么药品我都可以做。”

“我不会做生意。可是我有很多朋友在医院、在卫生部，他们会帮助你的。”阿达情绪高涨地说。

因为遇见了阿达，李松留在了阿尔巴尼亚。阿达带他到卫生部，到中心药检管理局，见到很多人，其中包括迪米特里·杨科。不久，李松注册了药品进口公司。就这样，他在阿尔巴尼亚一晃就过了三年了。

上午，伊丽达打电话到旅馆。看门人把李松喊起来到楼下接电话。伊丽达说杨科昨夜突然中风了，今天半身瘫痪，已经住到了医院。李松对这个消息倒不特别意外，因为他知道杨科高血压的毛病已经很重了。他开车去吉诺卡斯特医院，看见杨科躺在病床上，鼻子里插着氧气管，身上吊着好几瓶输液。杨科看见了李松，眼睛眨了一下，看得出他的神志还很清醒。

李松坐在他的身边，看到他曾经像西瓜一样油亮的大脑袋现在皱了皮了，像脱了水似的，一下子成了真正的老人，但是李松从他眨巴着的眼睛里看出，杨科的心情似乎还很不错，甚至还带着一种魔术师一样的快乐。李松向他做了个喝酒的手势，他看到杨科的眼睛里出现了赞许的光辉。

“杨科，来点伏特卡？”李松说。

杨科轻轻摇摇头。

“来点威士忌？”

杨科还是摇摇头。

“康涅克XO怎么样？”李松说。

杨科不动了，看得出他的眼睛在微笑。李松心里想：这个家伙总是爱喝这种最贵的酒，只要不是他自己掏钱。他第一次在阿达的牵线下和他在酒吧见面时，他一连喝了五杯康涅克。

“他就是喜欢喝一点酒。他就是因为爱喝酒才会得高血压。”伊丽达对李松说。

“杨科给我讲过一个故事，那是一个最具人生真理的喝酒笑话。他说以前有两个喝酒的朋友，一个为了省钱把酒戒掉了。过了五年两个人碰到了，戒了酒的朋友买了自行车，喝酒的那个什么也没有。又过了五年，戒了酒的那个骑上了摩托车，喝酒的那个还是醉醺醺的什么也没有。十年过去他们再次相逢，喝酒的那个开起了汽车，戒了酒的那个还是骑摩托。他问喝酒的你哪来的钱买汽车啊，喝酒的说我把这十年喝掉的空酒瓶卖了，换了一辆汽车。”

在听到最后一句话时，伊丽达笑了起来。她说很奇怪，杨科是她大学里的老师，又是在检验局的领导，从来没有和她讲过这故事。

“伊丽达，你还记得我那次去检验中心找杨科，你给我指路的事吗？”李松想起了那天在环形走廊里转来转去找不到杨科，突然见到伊丽达时那种惊艳的感觉。

“是啊，记得。可我不知道我给你指了路，后来我会成为你的药剂师的。”伊丽达说。

“是啊，伊丽达，你永远是我亲爱的药剂师。”李松在心里说，感到亲切无比，但他嘴里还在争辩：“你不是我的药剂师，你是我唯一的阿尔巴尼亚Girl friend（女友）。”

伊丽达的眼睛出现了温柔的光辉，可是她还是把李松打过来的球挡了回去。她说：“别乱说，杨科听了会笑话的。”

杨科的鼻子嘴巴罩在氧气罩里。他的眼神有点发直，像个孩童似的。

“他的神志还很清醒，其实他是个很热爱生活的人。”伊丽达说。

“真不知道他会突然发病了。也许，应该安排把他送回地拉那治疗。”李松说。

“不，地拉那的医院情况不好。杨科这回来这里，本来就准备到希腊的萨洛尼卡一家医院去看病，他有一个老朋友在那里当医生，是专家，要给他做手术的。我们已经和他联系，也许很快就可以把杨科送到希腊去。”伊丽达说。

“那样安排就很好了。”李松说。他的心情有点发沉。本来他是准备在吉诺卡斯特待两天就走，可现在两天过去了，他却还在这里。杨科现在又生病了，他不知什么时候才能回地拉那。不过想起这样有机会能和伊丽达在一起多待一点时间，他的心里还是觉得快活。

中午时分，杨科家族里很多人来了，好些是从周围的山地里来的，挤得病房都站不下人。伊丽达对李松说今天她休班，她母亲让她带李松到家里来，母亲要给他做饭吃。李松开着吉普车，和伊丽达一起前往她的家。她的家在城北一条溪流旁边，看得见远处的雪山，还有亚得里亚海湾。那是一座石头房子，旁边也长着几棵特别茂盛的石榴树。伊丽达的母亲在门口等候。那是一个头发斑白个子瘦小的女人，她看起来很温和，微笑着，但透露着坚强。不知为何，李松在见到她时，还是会觉得有点难为情，总觉得她早已看穿了他的心思。

伊丽达的母亲没有看错，从某种意义上讲，李松的确像是一只狼，觊觎着她的女儿。那天他和阿达一起去国家药品实验室找杨科，在接待室等候的时候阿达被一个熟人拉去喝咖啡抽烟去了。李松后来独自在环形的走廊里寻找杨科办公室而迷失了方向，突然从一个房间里出来一个金色头发的姑娘。李松当时就被她的美貌震惊住了。这个穿着白衣的金发美女药剂师显得很亲切热情，问李松需要帮忙吗？李松说要去杨科办公室。她说那我带你去吧。她把李松领到楼上杨科的办公室，开了门让他进去。李松问杨科刚才那姑娘叫什么名字，杨科说她叫伊丽达。杨科问李松你问她名字干什么，李松笑笑没回答。他记住了伊丽达的名字。

阿达是他的第一个药剂师。可是阿达这个昔日权贵的女儿，外表依然美丽精神却已经被摧毁了。她十分懒散，总是不能准时上班，来上班了也只是坐在桌子前面，不停地一根接一根抽着一种气味刺鼻的香烟，然后发出阵阵剧烈的咳嗽。更多的时候，她干脆不来上班，这让李松大伤脑筋。这段时间里，李松和伊丽达有了来往，他偶尔会付给一笔让她惊喜的报酬请她给他做点药剂师的事情。后来，伊丽达辞了国家药检室的工作，去了意大利。半年之后，李松在地拉那一家破旧的私人小药店意外看见了伊丽达在这里当药剂师，她受不了在意大利的屈辱生活回来了。李松说："伊丽达，做我的药剂师吧，你会得到很好的报酬的。"

以前在地拉那的办公室，每次伊丽达母亲来找女儿时，她的神色总是显得温顺中带着紧张。那个时候她对女儿待在一个中国男人身边工作总是心怀戒备。她会经常出现，她恭顺而坚强的笑脸让李松明白了伊丽达处于她的有力保护之下。但是今天，在她自己的家园地盘里，伊丽达的母亲没有了戒心。她看到李松时显出了真诚的快乐，她对李松以往给予伊丽达的优厚照顾心怀感激。她把李松迎进了屋子。在屋子的中间，摆着许多吃的东西。按照阿尔巴尼亚人的习俗，先要上一杯叫"阿拉契"的葡萄白酒，而后是一杯带渣子的土耳其咖啡。桌上摆满了蜜饯饼干之类的食物。

伊丽达母亲做了很多好吃的东西，有烤小羊肉、奶豆腐炖牛肝、洋葱无花果饼，还有好多说不清的东西。她像中国过去的妇女一样，忙着做饭菜，自己不愿入座，只是站在一边看着他们吃。这让李松觉得不很自在。他这时想起一部名叫《地下游击队》的阿尔巴尼亚电影里一个镜头：一个名叫阿戈龙的游击队员在一老大娘家里，老大娘给他端来一个盖着餐巾的盘子，他摇摇头说自己没有胃口。大娘说你至少把餐巾打开看一看。阿戈龙掀起餐巾，看见盘子里是他被上级收缴了的手枪。

由于比较局促，李松只是机械地吃着，吃了很多。因此他把伊丽达母亲做的东西都吃光了。这让她感到很高兴。这个时候，发生了一件李松如释重负的事，伊丽达的母亲披上了头巾，说要出去到教堂参加唱诗班练习。她很开心李松还待在这里，在她自己的家里，她对李松一点戒备都没有了。李松看着她走出去，从窗口还能看见她沿着小溪边的小路，提着裙襟，过了小桥（有一下看起来她差点掉下桥），急急忙忙迈着碎步走去。

“哦，伊丽达，我们又能够在一起了。”李松心里有个声音说着，他觉得一阵慌乱的心跳。

母亲一走，伊丽达起身收拾餐桌。她系上一条绣花的围裙，把盘子收拾起来清洗掉。李松看到她灵活挪动的身体，从她背后看到她硕大的臀部。她在劳动时自然迸发出来的那种快乐和热情，让他觉得是那样的愉快。

他想起伊丽达在他那里当药剂师的时候，经常这样给办公室做卫生。她常常用一个大木盆盛上水擦洗门窗，尽管这些事不是她的职责。她一边洗，一边用英语给李松讲普希金那个金鱼和渔夫的故事。

当渔夫贪心的婆娘最后惹怒了金鱼，她已拥有的所有财富全部被波涛卷走，唯一留下的只是一个木盆。伊丽达说这个故事里的木盆就是她现在用的木盆。在她干完了清洗整理的杂活儿，李松会给她一个奖励，那就是给她放一支她喜欢的歌。开始的时候是玛丽亚·凯丽，后来是麦克·鲍顿，后来还有巴西的Boney M。而且，李松还会不声不响倒一杯马蒂尼甜酒放在桌上，伊丽达会像一只爱喝牛奶的猫一样忍不住把酒喝了。喝完了还用舌头舔着酒杯。喝了酒她会变得风情万种，浑身散发着女人的香气。李松有一天把酒杯偷偷换大了一号，但他的阴谋总是会被伊丽达的母亲粉碎。她会像一个超人一样准时出现在门口，给女儿送来一把雨伞。尽管这天阳光普照，没有下雨的可能。可谁能说天一定不会下雨呢？每回伊丽达的母亲一出现，李松身上高昂的"士气"就瘪了下去。

在这个阳光明媚的中午，伊丽达的母亲沿着溪边的小路远去了。伊丽达洗好了盘子，把身上的围裙解了下来，她穿着紧身汗衫的丰满身材一览无遗地展现了出来。每到这个时候，李松会想起一个电影的名字《远山的呼唤》，日本片，高仓健演的。那个远山是伊丽达的乳峰的联想。现在他又感到了两座高山的呼唤，但他为了抑制这种冲动，把目光离开了，眺望远方真正的山峦。屋外的那两棵石榴树开得如火如荼，李松昨天在医院看到那片石榴树之后，脑子里老是想着希腊诗人埃利蒂斯的那首诗，此刻一些诗句浮现了出来：

在那些刷白的庭院中，

当南风，

吹过那带拱顶的走廊，

告诉我，

是那疯狂的石榴树，

在阳光中撒着果实累累的笑声？

当草地上那些赤身裸体的姑娘们醒了，

用白皙的双手采摘青青的三叶草，

告诉我，

是那疯狂的石榴树，

随意用阳光把她们的篮子装满？

“伊丽达，看我给你带来了什么？”李松说。他从那个放礼物的袋子里拿出了一对中国的青花瓷花瓶。

“哇，这是什么？”伊丽达吃惊地喊起来。

“这是我答应过送给你的，最漂亮的中国陶瓷。我上个月到北京的时候特地给你买的。我还以为不会有机会送你了呢。”李松说。

“天哪，亲爱的李，你真是个好人！”伊丽达激动得脸孔发红。

“我还有一件东西呢。”李松说，他拿出了一瓶意大利产的马蒂尼甜酒，曾经充满了阴谋的酒。

“哦，李，你真是我的甜心。”伊丽达把酒瓶贴在心口，吻了一下酒瓶。她把酒瓶放下来，在一部CD音乐播放机上摆弄了一下，音乐起来了，是麦克·鲍顿的那首：Soul Provider。这盘CD原来是李松的，伊丽达走的时候，李松送给了她。

“每次我听这首歌，就会想起你给我倒马蒂尼酒。没有马蒂尼酒这首歌就不好听了。”伊丽达说。

“伊丽达，我来给你倒一杯马蒂尼酒好不好？”李松说。他的欲望开始燃烧，每回他给她倒马蒂尼，总会让他产生有机可乘的希望。

“好啊，给我倒一杯。”她显得很干渴，把酒喝了一大口。她的身体变得很兴奋，胸脯在起伏着。

“伊丽达，我爱你。”李松说。

“不，不，你是在开玩笑。”伊丽达吃吃地笑着。

“I can’t living without you.”李松说。意思是我不能没有你而活着。

“得了，这句话是玛丽亚·凯丽的歌词，谁都会唱。”伊丽达说。

“不是这样的，伊丽达，在你离开了地拉那回到你的家乡后，有很长的时间我都很不快活。我知道这算不上是爱情，可我想起和你在一起的时候真的很有意思。”

“你真的想起过我吗？那你为什么不来看我？”伊丽达说。

“我不知道怎么才能看到你。对我来说，你的家乡是个神秘的地方，不只是遥远，而是觉得你家乡的人一定很凶悍，不会接受一个中国人来探望一个城里美丽的姑娘。”

“哈哈，你不是一个骑士。故事里的勇士为了一个美丽的姑娘，从来不怕路途遥远，也不怕城堡里的妖魔多么厉害的。”伊丽达说。

“可我现在不是来了吗？我找到你了。可是你以前答应我的事却没有给我。”李松说。

“我答应你什么了？”伊丽达说，其实她心里知道李松会怎么说，她是喜欢听他再说一次。

“你答应和我做一次爱。”李松说。

“你说的是真的吗？我怎么忘记了？”她辩解说。她的眼睛看着李松，她的眼睛里面燃烧着情欲。

李松闻到她的身体发出了一种气味。那是一种与中国女人不同的气味，可能是从腋下的汗腺挥发出来的一种膻味，一种类似狐臭的气味。这个气味信号告诉他可以进入下一步了，他可以吻她的脸，可以抚摸她的上身任何部位，但仅仅只能在衣服的外面。如果他的手想伸进衣服里面则马上会被挡开，似乎她穿着中国古代传说里的铁布衫。她说不能触摸一个女人的身体内部，要不然她就会受不了，马上失去抵抗的能力。他们之间的这种游戏以前做过好几次，每次到这里就到尽头了。

在这个温暖的中午时分，李松和伊丽达长久地相拥在一起。比起过去，李松并没取得什么进展，所能触摸的区域维持不变。但是李松还是感觉到了她的身体不像过去那样紧张充满防卫性，而是变得像海浪一样起伏着。

李松在她的家里待到下午，在她母亲回来之前他和她一起离开了。李松送她回医院值下午班，自己回到了旅馆，倒头便睡，很快进入深沉的梦乡。

傍晚时分他睡醒了，觉得心情愉快，精神饱满。他起身出门，又走到了那个巍峨的城堡上头。落日照耀之下，城市一片金色。

与他刚来那天的清晨不同，他现在清楚地知道了他看到的就是《宁死不屈》电影里呈现的城市。他已经想起来了，他所站立的城堡在电影里是个监狱，那个纳粹军官把关在黑屋里的米拉带到屋顶，让她在这里去看城市的屋顶、阳光中盘旋的鸽群。那个纳粹军官喝着白兰地，对助手说：看，她马上要哭了。这个时候闪烁着雪花的黑白银幕上慢速摇过城市的全景，米拉的头发被风吹起，银幕上黑云中出现了一道光线，照耀着米拉心潮起伏的脸庞。米拉的脸上慢慢露出沉思忧郁的微笑，她转过身，看着纳粹军官，慢慢走了过来。她站住了，平静而坚决地说：刽子手！德国鬼子疯狂地抽着她嘴巴。

李松坚信，他现在所在的位置正是当年米拉站立的位置。他记得那个电影是一九六九年拍摄的，现在是一九九四年，整整二十五年前，几个装扮成德国军官的男人和一个扮演米拉的女演员在几盏聚光灯的照耀下拍下了那一段镜头。不，还不是这样，这个电影拍摄的是一个真实的故事，演电影的米拉不过是个演员，真正的米拉就是在城门口小操场上那个石头的雕像，她被吊死的时间是一九四四年，整整五十年了。虽然时间消逝，可李松对二战胜利之前死去的真正米拉和一九六九年演员米拉都感到那样的亲切，似乎还能感受到她们的血肉之躯的温暖。他在几个小时前和伊丽达接吻的感觉还在，她身体的柔软、那种特别的汗腺气味都还在他的感觉里继续兴奋着他的器官。对伊丽达的渴望和接触的美感在他的意识深处和对米拉的记忆混杂在一起了，好像有一根导线，把这三个不同历史年代的姑娘传导连接上了，伊丽达性感的肉体使得一段历史变得活生生了。

天渐渐黑了下来，城堡上的风大了起来，景物变得模糊了。李松走下城堡，进入城市里。现在他对这个城市感到熟悉极了，好像在这里住了几十年似的。他行经一个石块铺成的长坡，前面有几个女孩在向前走，她们的背影让他想起米拉和她的两个女同学走过长坡的镜头。这个时候他又开始想念起了伊丽达。他的心里很是沮丧，刚刚和她分手，现在又开始了对她强烈的思念。他知道这算不上是爱情，也不仅仅只是性爱。因为米拉的元素，他对她的思念加深了，也似乎给他自己找到了一个思念她的借口。伊丽达很快要结婚了，要成为人家的新娘，而他还在想和她亲热，还企图进一步接触她的身体，这似乎是一个危险和不光彩的行为，但这个道德的谴责此时不起作用了，对伊丽达的思念和欲望一波波高涨。

李松在一盏盏中古时期的油灯照明下，又来到了第一天来过的那个小酒店，那个带着菊花帽的妇人还是坐在黑暗的灯影里。他走进来，坐下那个长笛手侍者走了过来，问他这几天过得怎么样，李松说还不错。侍者说，有一个人想见见你，在这里等了好几天了。李松说，是什么人啊？让他过来吧。

一个戴着礼帽的阿尔巴尼亚小老头走了过来，他用生硬的中国话说：

“同志！你好吗？”

“我还好啦。”李松说。

“好得厉害吗？”他说。

“好得很厉害，非常厉害，Very厉害。”李松回答，心里奇怪老头这古怪的问候从哪里学来的。

小老头就会说这一两句中文，接下来全是山地口音很重的阿尔巴尼亚话。李松听不太懂，还得借那个侍者的英语翻译。李松问他这几句中文是从哪里学来的，他说是六十年代中国的专家在吉诺卡斯特工作的时候，他给他们做过清理卫生的杂活儿，跟他们学了几句中文。他报出了好几个中国专家的名字，可发音不清，李松根本听不清楚是些什么人，再说即使听清楚了对他来说也没一点意义。老头说中国专家只是个开场白，他真正要说的是另一件事。他说在吉诺卡斯特城市后面的那座高山上，埋葬着一个中国的年轻人。这个人是来参加建设吉诺卡斯特电视台的工程师，在安装高架发射塔的时候从高空坠下死亡的。李松问这个中国人是哪一年死的，老头说大概是一九六八年吧，他的坟墓修建的时间要晚一点。

老头说，坟墓修建好以后，市政府让他兼差做守墓人，每月还给他一点钱做津贴。七十年代初的几年里，经常会有一些中国人专门从地拉那过来，到山上去给死者献花扫墓。后来，就慢慢地没有人过来了。再后来，这里的市政府也忘了他是守墓人这件事，不再给他发津贴了。老头说，他现在已经老了，不可能再到山上了。他说自己老是梦见有一个中国人会来寻找这个坟墓，他一直在等待着，现在终于等到了。李松连忙说，他对这件事一点也没兴趣，他根本不是为了这事来的。老头说，不管怎么样，他无法再等待了。他说自己早已经画下了那个坟墓的位置图和路线图，按照这个地图，就可以在高山上找到那个坟墓。老头把那卷地图打开来，是画在结实的羊皮纸上的，墨水笔画的，像一幅故事里的藏宝图。老头不管李松答应不答应，起身快步走了。李松只得把地图收起来。

杨科第二天早上要被救护车送往希腊萨洛尼卡医院，李松前往送行。

在一排墙壁刷得雪白的病房外边，盛开的石榴树发出鲜红的色彩。天空上有一只秃鹰在盘旋，无声地上升到了天空。从希腊来的救护车已经停在车场，两个穿着雪白护士服戴着白头巾的姑娘慢慢推出了帆布担架床，上面躺着杨科。杨科的眼睛被阳光和湛蓝的天空刺得睁不开。伊丽达推着担架床，眼里含着眼泪，她的未婚夫穿着白色大褂站在她身边。李松对杨科偷偷做了个喝酒的动作，他看到杨科的眼睛又流露出快活的光辉。杨科的担架被推上了救护车，车门重重地关上了。车里的女护士是希腊医院方面的人，鼻子很高，神情冷漠。车子开动了，李松看到天上那只秃鹰也远远飞去了。

## 三

就在这天下午，李松正寻思着是否明天回地拉那的时候，他听到城里响起了枪声。枪声开始稀稀落落的，后来渐渐密集，听起来好像是中国人大年除夕全城人都在放鞭炮。李松伸头到外面一看，只听得子弹的呼啸声和发射声，可就是看不见开枪的人。突然，他看见了一个持枪的人出现了，就在旅馆对面的马路中间，拿着一支冲锋枪向天扫射，然后另一个人过来了，手里有一支步枪，也向空中开枪。李松赶紧离开窗边，这么密集的枪声，弄不好会有流弹打进来。

这突如其来的枪声让李松感到一定发生了重大的事情。他现在唯一能做的是把房间里那台黑白电视打开。这台破旧的电视机屏幕上全是闪耀的雪花和噪音，李松用手掌猛烈地击打着机箱，随着显像管温度的升高，渐渐在雪花中浮出一些人影和声音。他把调纽扳到英语的欧洲新闻频道Euronews，那里正在现场直播地拉那的骚乱。画面上展现了一群人站在一辆坦克上横冲直撞，在地拉那大学街倒退着开行；一个手持四零火箭筒的人肩扛着武器将一枚火箭弹射向了总理府。大批汽车被推翻燃烧，商铺被抢掠，几具尸体倒在马路边。欧洲新闻的主持人说阿尔巴尼亚首都地拉那陷入混乱，机场关闭，政府瘫痪，军火弹药仓库被打开抢掠一空。全国人民的财产在金字塔集资计划中化为泡影，所以人民起义了，全国范围发生了动乱。

对于电视上说的动乱，李松心里倒不觉得意外，因为地拉那近几个月局势一直紧张。从去年开始，一种高息集资的活动在阿尔巴尼亚开始盛行，利息高得惊人。这种金字塔式的骗人把戏必须不断扩大吸收新的入股者才能保持资金链运转。阿尔巴尼亚人还没见过这种把戏，以为是上帝给他们的生财之道，而且政府也在鼓励人民把资金投到集资公司去。近几个月这种狂热的集资活动达到了高潮，很多人变卖了房产把钱投了进去。但是最近以来，混乱的局面开始了，很多集资公司资金链中断派不出利息了。李松出发之前，地拉那的人们已在排队提款，人心惶惶。李松想不到仅仅过了几天，这件事会演变成一场武装大起义。欧洲新闻主持人说动乱的背后或许有反对党在操作，现在阿尔巴尼亚变成了火药桶，很可能会爆发大规模的内战。美国和西欧国家已经开始紧急撤离侨民。电视镜头上播出美国海军陆战队的大力神直升机在使馆官邸区接走了家属。

李松开始往地拉那拨电话，可是一点信号也没有，地拉那的邮电通讯都中断了，变成了孤岛。他在地拉那的仓库里还有大量的药品，真不知会不会被人抢掠一空呢。但是此时他的心里倒不是很担心那些货物财产。当一场大革命式的运动席卷而来时，人们在集体失去财产时痛苦会减轻许多。

这个时候伊丽达打电话过来，问他还好吗，李松说他没有事，他已经知道了地拉那的情况，可他不明白吉诺卡斯特发生了什么，为什么这么多人在打枪，是谁和谁在战斗？伊丽达说现在城里的枪声不是战斗，而是起义，是一场革命。人民开枪是向空中打的，是表示他们对在集资骗局中失去财产的愤怒。伊丽达说，他住的旅馆附近的城堡下面的地道通向一个军火仓库，现在已被人打开了，全城的人都跑过去拿武器，所以这一带枪声会特别密集。伊丽达说过一会儿有一辆车子会载着医院这边的人前往军火库，她也要跟着来。在进入军火库之前，她会先来旅馆看他。

果然，不到半个小时，伊丽达匆匆忙忙跑进了旅馆，一进房间的门就紧紧拥抱李松。李松能感觉到她的两座“山峰”挤压着他的身体，战乱时候人们的行为改变了，变得亲密了许多。伊丽达的打扮也变了，穿着山地民族的服装，头上包着一块黑头巾，裙子一角掖在腰带上，很像法国七月革命时期那幅著名的油画里那个带领人们起义的自由女神，只是伊丽达没有像画里举着战旗的妇女半个肩膀不穿衣服袒露着一只乳房。李松问她为什么也来拿武器，她说每家每户都有了武装，她们家也得有。李松说你的那个外科医生未婚夫为何不来帮你拿，她说他是个追求理性的人，不喜欢暴力，所以没来。伊丽达说现在她得走了，还问李松待会儿是否也给他顺便捎两个手榴弹来，李松突然产生一个想法，捉住了伊丽达的肩膀，说：

“伊丽达，我也想和你一起去军火库拿武器。”

“你也要去？可你是外国人啊，恐怕不大好吧。”伊丽达说。

“不，我一定要去。我刚才突然感到，我一直在等待着这一时刻，这是我很早的时候在看你们的黑白电影时就决定的事情，真的，对于今天的事情我有说不出的兴奋。”李松说。

“李，我有办法了。刚才我来的时候，看到有的人戴着黑色的面罩，只能看见他的眼睛。你可以用我的黑头巾蒙住面孔，这样人家就认不出你是中国人了。”伊丽达说。她把头巾解了开来，她的金色的头发顿时撒了开来，看起来动人极了。

李松用她的黑色丝绸头巾绑在自己脸上，只露出眼睛部分，这样就成了一个蒙面人，看不出他是中国人了。他跟着伊丽达出了旅馆，向城堡方向跑去。

城堡在暗红色的天空映衬下显得巨大无比了。城市的每个角落都在响着枪声，子弹的光芒把天空映红了，不时有曳光弹如流星闪过，留下好看的轨迹。通向城堡的石头甬道不宽，现在已挤满了人。起义的人群在慢慢地前行，脸上有一种古怪的表情。伊丽达牵着李松的手，生怕他会走失了，或者被人认出来。要是有人想和李松说话，伊丽达就赶紧抢过话头，替他回答了。

他们终于走到了城堡地下军火库的入口处。这里以前是由部队重兵把守的，动乱一开始，所有的官兵都放下武器自动解散，回家不干了。这里的电力供应已被切断，没有灯光照明，外边一只大油桶在燃烧，发出了亮光。从地下军火库出来的人都打着火把，脸上被烟火熏得黑黑的，肩上挂满了枪支。进军火库的人先要自己制作火把。门口有一些木棒，有一些擦机器的油棉纱。李松把油棉纱缠在木棒上，蘸上了柴油，点上了火，就成了一个非常明亮的火把。

他和伊丽达打着火把走进军火库，李松心里发憷，弹药库里烧着这么多火把真是太危险，但集体的行为让人胆子加大，什么也不怕了，高举着火把只管往里面走。军火库里面很宽大，隔成很多空间，李松见到旁边的一些库房里有一架架高射炮，在火光照耀下像是史前的恐龙化石一样无声无响。洞壁上还隐隐可见一些壁画，有恩维尔·霍查，还有毛主席的画像。在洞穴深处常规武器库房，他看到地上撒满了黄灿灿的子弹，好多子弹箱被打翻在地，绿色的木箱上清楚地印着中国制造的字样。五六式冲锋枪、班用机枪、半自动步枪一排排摆在枪架上。还有手榴弹、地雷、火箭筒、喷火器都散乱在库房内。李松问伊丽达喜欢什么枪，伊丽达说自己也不知道，她从来没摸过枪。李松说我给你拿一支冲锋枪，外加两百发子弹。他自己则扛了一挺班用轻机枪，捎带着还捡了把五四手枪揣在了兜里。

从地下的军火库出来，扛着沉重的枪支，打着火把，伊丽达和李松随着人群走向了城里。现在城里的枪声开始冷落下来，整个城市里到处闪耀着火把。拿起了武器的人起先都游逛在街上，不时地冲天空开枪。令李松奇怪的是，有很多人包括伊丽达都穿着古老的传统粗布衣服。和电视上地拉那暴乱的人群完全不一样，这里的人非常理性冷静，他们没有去抢劫商铺，也没去焚烧汽车，他们只是把自己武装起来，举着火把在黑夜里慢慢等候着。到后半夜的时候，起义的人们开始打着火把集中到了市政府广场，好些人在发射彩色的信号弹，好看得像节日的焰火。一支不知什么时候组成的铜管军乐队吹奏着雄壮的进行曲开进了广场，李松惊喜地看到那个餐馆里的青年侍者在第一排吹着长笛。广场上枪支如林，情绪高涨，在一个临时搭建的指挥台上，站着几个刚刚推选出来的领导人。一个戴钢盔的人挥舞着手臂开始演讲，李松认出他就是那个在城门口检查过他车辆的那个钢盔秃头，他演讲时的姿态好极了，像巴顿将军似的。伊丽达在一边低声给他翻译着，说现在南方的城市已经联合起来，组成南方联军，他们将准备北上进攻地拉那，推翻现行的政府。

闹腾了整整一夜，天快亮的时候李松才回到旅馆睡觉。第二天醒来的时候，太阳已升得很高。他睡得很不安稳，做着乱七八糟的梦，以至醒来之后他觉得昨夜的奇妙经历只是梦的一部分。可是他摸到枕头底下那把被他的体温烘得热乎乎的手枪，探头看看床下，那挺轻机枪也还躺在地上，这让他相信昨夜这些事都是真的。他起来了，看看外面的街面，外面很安静。

他穿好了衣服，洗漱完毕，要出去到那个小酒店吃早餐。他临走的时候犹豫了一下，最后还是把那把五四手枪别进了腰头。他沿着石头斜坡走下去，上了石级，看到街路上没有行人。经过昨夜的一夜兴奋，城市现在还没醒过来。他进了小酒店，戴菊花帽的妇人坐在灯影里一动不动，那个长笛手青年侍者不在了。李松要了一点面包和咖啡，一边吃，一边看着店里的那台彩色电视。这里的电视信号很清楚，他们收看的是边境对面的希腊电视台。

电视上的英文节目Euronews还在滚动播报地拉那的动乱消息。报道说南北的民兵可能会在地拉那展开激战，欧盟和北约组织已严重关切事态的发展。报道上有一段专题，报道各国使馆撤离侨民的消息，其中一段专题是中国使馆大规模撤离华人的行动。李松看得头颈都直了。由于和地拉那的电话一直不通，他不知道那边的情况，也不知道自己仓库的货物是否被抢掠了。电视上报道中国南昌公司在地拉那的大型建筑工地被抢，几百个工人财物被洗劫一空，全部躲到了大使馆；好多家大街上的中国商店也遭到洗劫焚烧。由于地拉那机场早已关闭，中国政府委托意大利政府派军舰来接待撤的中国侨民，中国政府派专机到意大利罗马机场接人。李松从电视上看到大使馆的国旗落了下来，地拉那所有的中国人都撤走了。镜头还追到了军舰，李松看到好几个地拉那的熟人，还看到一个青田女人在一个意大利水兵的帮助下攀上了甲板，她的怀里是一个刚出生不久的孩子。李松知道现在所有的中国人都走了，只有他被抛掷到这个地方。他心里寂寞无比。

回到旅馆百无聊赖待了一阵，李松把前日那个阿尔巴尼亚老头给他的那张山上中国人坟墓地图摊开看了。过了一会儿，他揣着沉甸甸的手枪又出来了，他已经喜欢上了这种口袋沉甸甸的感觉。这回他不是往城市里面走，而是沿着一条石级一直往上，离开了城市，走向后面那座绕着云雾的高山，去寻找那座中国人的坟墓。他走了一段路之后，已高高在城市之上了，云雾漫住了他脚下的山路，城市若隐若现，他感到自己好像在云雾中自动上升着。

根据羊皮纸上的地图，在山顶接近永久积雪线的一个山坡上走过一条布满蜘蛛巢的小径，李松在一片荒草中找到了这个中国人的坟墓。这里开满了野生的铃兰花，几只岩羊在山崖上啃着植被，远处的亚得里亚海湾闪闪发光。李松把坟墓上周围的野草清除了，看到了一座小小的石碑，上面镶嵌着一块陶瓷的头像，是一个剪着平头的年轻中国人。石碑上面刻有中文：

赵国保，河北石家庄人，生于一九四二年。一九六八年七月在建设吉诺卡斯特电视台的施工任务中因事故光荣牺牲。

李松坐在草坡上，抽着烟，望着远处的海湾出神。他想着这个叫赵国保的年轻人死的时候才二十六岁，一九六八年，李松刚好开始上学，而他已经死了。他死了一年之后，《宁死不屈》的电影开始拍了。后来，又过了几年，在一九七三年，有一支中国的足球队来到了这里。之后，又过了这么多年，他来到了这里，不知是为了挣几十箱抗菌素针剂的利润，还是因为对伊丽达充满肉欲的思念，来到这里并陷入了奇怪的境遇。他把手枪掏出来，对着不远处一棵松树的枝干开了一枪。枪声在山谷间久久回荡着。他以前是部队的榴弹炮兵，发射过很多的炮弹，对轻武器使用得反而比较少。他打过几次冲锋枪、半自动步枪，手枪则从来没打过。他瞄准一颗松果开了两枪，都没打中。然后他学现代电影里枪手双手持枪又击发了几次，把弹匣里的子弹打完了。他一边装上新的弹匣，一边对着那个坟墓说："赵国保兄弟，听到枪声了吗？我来看你了。现在就只有你和我还待在阿尔巴尼亚了。"

这天晚上，李松获悉杨科的手术没有成功，死在了萨洛尼卡医院的手术台上。这件事真是难以置信，这么一个不是很大的手术竟然会让杨科死去，而且死在一个希腊外科手术专家的手里。据说手术当中一切都很顺利，快结束时杨科的血压突然急剧下降，医生用尽了办法也无法使他的血压升回去，就这样，他在全身麻醉的情况下无痛苦地死去了。杨科的遗体很快被运回了吉诺卡斯特。本来这个时候因为动乱希腊边境已经封闭，因为是一个死人，希腊海关才让杨科通过了。

杨科的遗体摆放在了吉诺卡斯特的一个小教堂里，他的灵柩边上摆着很多石榴花。天气挺热，有几台电风扇对着他吹着。李松来到教堂，足足等了一个多小时还没轮到他进去。他看到很多人聚集在教堂外边，身上都背着枪支。李松不明白杨科这个地拉那的药剂师怎么会在老家受到这样英雄般的待遇。他后来进入了教堂里面，看到了杨科的几个亲友守在遗体边上，伊丽达也在其中，她看起来特别的悲伤。李松看到杨科的脸因中风而拧歪了，看起来有点不高兴的样子，但李松觉得他要是对杨科说一句"来杯康涅克酒怎么样"的话，也许杨科马上会睁开眼睛爬起来。但是李松在心里想的却是另一件事，杨科死了，收回那五十箱抗菌素针剂的货款可能会变得很麻烦。他要是现在对杨科说我的青霉素货款向谁要啊，那么杨科一定会装作什么也听不见而不起来。小礼堂里很热，除了充满石榴花的香气，还有一种隐隐的尸体气味，这味道让李松明白杨科真的已经死了。李松浑身冒出了汗，他看到伊丽达一直在哭泣，她那个未婚夫一直在她身边。

后来看到杨科的棺材盖子盖上，他老是觉得杨科在里面闷不住了，会敲打着起来。然后人们抬着棺材到了教堂的墓地，一个大坑已经挖好了。有人放起枪来，大家都开始朝天开枪，结果还引起全城的枪声。当杨科的灵柩放入墓穴时，李松看到伊丽达将一大把红石榴花洒进了土里。几分钟后，李松终于有机会站到了伊丽达的身边。伊丽达在人们不注意的时候，捏了一下他的手，贴着他的耳朵说，她已经决定和那个未婚夫结婚了，婚礼就在下周。

在这天的夜里，李松辗转反侧，怎么也睡不着。尽管知道伊丽达早已有了未婚夫，可现在得知她马上要结婚了，他还是有一种说不出的难过。他不仅是心里难过，身上还很奇怪地有特别强烈的性欲。杨科真是一个魔术师一样的家伙，在他下葬的时刻，让伊丽达对他宣布了结婚的决定，还弄得他此刻欲火中烧不得安宁，似乎他的死亡在李松的身上激起了强大的生殖动力。到半夜时分有人轻轻敲门，他十分紧张，贴着门问道外面是谁，是伊丽达的声音。接下去的事情好像是李松还没有开门，伊丽达就已经穿墙而过进入了屋内，一下子扑入了他的怀里。李松问她怎么来了，发生什么事了吗？她说没有什么，杨科死了，她心里难受极了。今夜她无法独自面对内心的无底空洞。由于房间里没有窗帘，李松把灯关了。可是窗外夜空上的星光还是照进来，照亮了伊丽达空洞而燃烧得发亮的大眼睛。李松开始小心地吻吻她的脸，她的嘴唇移了过来，和他对接了。李松抱住她从后面抚摸着她的背和臀部。当他把手伸进了衣内，意外地发现没有抵抗，她身上的铁布衫功夫解除了。李松心里一阵战栗，把手移到她胸前。从掀开的衣内喷发出浓烈的白种女人的汗腺气味。能感觉到伊丽达今天没洗澡，也没有洒香水，完全是一种身体自然的气味，像一头雌性的绵羊或者一头狐狸的气味。李松把脸埋在她的胸脯上。

那个夜里他们一次又一次做爱。李松处于半睡半醒之间。他不时会产生幻觉：以为怀里的这个和他交配的身体是城门口操场上无花果树下那座少女的雕像。继而那个在一九六九年叫喊着卖糖卖糖卖巧克力糖的女同学孙谦的脸也出现了。然后他的意识又清楚了，在星光的帮助下看见了伊丽达美丽的脸。他吻着她的嘴唇，意识里又交替着电影里美丽的米拉、米拉的伤痕、她脸上忧郁的微笑。这些女性的意象相互交替着，从少年到今天，李松的梦境时常会出现她们，只是大部分的时候很模糊很虚无，不像现在这样明确无误。李松相信，在这一次和他交媾之后，伊丽达会和他撇清了。杨科的死亡使得她身体深处的欲望浮现出来，她用屈服于这个欲望的方式来摆脱它。这以后，她会渐渐和他疏远，她会去迎接下周那场并不让她觉得幸福的婚礼。

经过数次潮汐般的起落，他们最后变得筋疲力尽。相互拥抱着，进入了沉沉的梦乡。

在他们的梦境之外，这个时候有一种轰轰隆隆的战争机器的声音从希腊边境那边传来。地面的公路上爬满了最现代的坦克和装甲车，低沉的发动机声音使得旅馆的房子都震动着。夜空上有一架架武装直升机缓缓飞过，飞机的探照灯光扫描过地面，那灯光一度穿过没有窗帘的旅馆窗户照射到了他们赤裸的身体。在他们做爱正欢的时候，北约欧洲总部的七国联合部队正准备越过希腊边境，进入阿尔巴尼亚的领土。而军队进入吉诺卡斯特的时候，他们已经睡着了，现在，他们还沉浸在海洋一样深沉的睡梦里。

四

北约欧盟联军以不可阻挡的力量从保加利亚、马其顿、希腊的边境同时进入阿尔巴尼亚维持和平。北约的将领认为此时的阿尔巴尼亚是威胁世界和平的火药桶，过去的两次世界大战都是在巴尔干半岛点燃导火线的。所以，欧盟和北约联手迅速进行了军事干预，以防止阿尔巴尼亚发生南北战争。

从希腊经吉诺卡斯特进入阿尔巴尼亚的多国部队由意大利、希腊、德国组成，他们最现代化的战车直扑向地拉那，天空上的飞机多得像蝗虫一样。吉诺卡斯特处于重要的地理位置，成了多国部队的桥头堡。一支德国维和军队迅速占领了城市，并宣布实行宵禁令。他们毫不迟疑地把指挥部设在了城堡上，在城堡上头飘起了德国的军旗。李松这天早晨走出旅馆时，发现街上站满了戴着钢盔端着冲锋枪神情冷漠个头庞大的德国士兵。在城堡的城池上垒起了沙包，架着重机枪，李松心里不禁冷笑了起来，这一切和《宁死不屈》电影的多么相似呢。

白天，他走上了街头，他试着说服自己是回到了电影里的年代。街头上不时有巡逻的德国士兵端着冲锋枪走过。商铺都开门了，小商贩在大声叫卖，卖土豆，卖活鸡，卖鱼的都有。那些女学生三三两两走过了上坡路，男孩子在一边搭讪着。李松在这里住了好几天了，很多附近商铺的老板伙计都认得他了，向他喊：KINEZ（中国人），早上好！李松向他们回礼。好多男人坐在路边咖啡店里，交头接耳着。这些人前几个晚上都从军火库搞到了武器，准备好了北上地拉那战斗。现在他们不动声色，变成了平民，坐在这里的观察者。李松知道他们的秘密，觉得自己是和他们站在一起的。他们的枪就藏在附近什么地方，随时都可以拿出来。李松也有枪，一把短枪就揣在兜里，还有一挺班用轻机枪藏在旅馆的床底下。

他在广场上一个露天的咖啡店坐下，看着广场上阳光明媚，小孩在嬉戏，有小狗跑来跑去。不时有漂亮的女人走过。广场的一角上停着一辆披着伪装网的德国坦克，上面的坦克手十分威武。广场上的很多市民围着坦克参观，还有人爬上坦克和士兵合影，而那些坦克手也都傻笑着摆出姿势对着相机。李松知道这只是假象。这些在这里无所事事的人都是枪手，他们都在秘密地交换着眼神，这个秘密的力量他也在其中。前夜和伊丽达亲热的余波还在他身体内荡漾，让他感到心旷神怡，同时又带着点感伤。这件事让他觉得自己和阿尔巴尼亚这个国家更接近了，因为他已经进入了一个阿尔巴尼亚女人的体内，不仅是现实的，还是梦想中的、历史中的。现在他觉得自己真的爱上伊丽达了。有时候，肉体的性爱会把情感的真爱点燃，让你时刻经受着思念的煎熬。伊丽达，你这个让我不得安宁的女人！李松在心底呻吟着。

现在想来，那一次在国家药检局环形走廊里第一次看见伊丽达的时候，他就觉得这个姑娘会让他无法忘怀的。然而真正能让他接触到伊丽达内心的那次，是在她从意大利回来之后。在那个偏僻小街的小药店里，李松看见伊丽达站在柜台里面，她的脸色苍白眼睛无神，一副饱经沧桑的模样。当她看见李松的时候，眼睛里浮出了泪水。这个晚上，李松和她一起吃饭，听她讲述在意大利的事情。她说自己这回去意大利是想和未婚夫结婚的，可是到了那里之后，未婚夫家里的人却不让她住在家里，把她送到海边一个瘫痪的老年妇人家里当护理保姆。那个瘫痪的老妇人每天要她把所有房间的地板擦一遍，要用手工擦。那时是冬天，她整天得跪在地上，不停地擦呀擦呀，她的泪水一串串滴在地板上。后来她明白自己不能过这样的生活，就和那个未婚夫吹了，回到了地拉那。她在国家药检中心的工作丢了，现在只得在小药店里当药剂师了。李松说伊丽达你是一个药剂师怎么可以跪在地上擦地板呢？我的公司虽然不大可是我会给你最好的待遇的。从那以后，伊丽达和他一起工作了。那是一段美好的时光。然而仅仅只有一年时间，伊丽达却再次告别了他，和她的母亲一起回到了故乡吉诺卡斯特。

李松对伊丽达的思念时时在加剧，可是他知道她很快要举行婚礼，他不可以再去找她，不能给她添麻烦。所以他只是整天坐在广场上的一个咖啡店里，不停地抽着烟，看着广场上来来往往的人出神。

大概是在他们分手两天之后的下午，李松突然远远看到伊丽达出现在广场上。她好像在寻找着什么，在一个个咖啡店之间巡视着。李松明白她一定在找他，于是站起来向她招手，她马上快步走了过来。

“我刚才去旅馆找过你了。”伊丽达说。

“你怎么知道我在这里？”李松说。

“我找了很多地方才找到这里。要是再找不到你，我一定会哭了，我会以为你回地拉那了。”

“是啊，要是不戒严的话，我想我真的得回地拉那了。”李松说。

“李，我想喝点酒，给我点一杯马蒂尼甜酒好吗？”伊丽达说。

“Waiter，来杯意大利马蒂尼酒。”李松向侍者喊道。

“李，你真好。我想你一整天了。”伊丽达说。

“伊丽达，你看起来脸色不好，很不开心。发生什么事了吗？”李松说。

“是的，我遇见麻烦事了。你还记得我在地拉那的时候那个飞机场的修理技师吗？昨天他到吉诺卡斯特找我来了。”伊丽达说。

“他来找你干什么？”李松说。他记得那个变态的家伙，曾经好几次来他的办公室门口等候伊丽达下班。

“他说他还爱着我，要我继续和他保持关系。”

“这个流氓。你怎么回答他的？”李松说。

“我告诉他，这绝对不可能，我马上要结婚了。”

“他怎么说？”

“他说我不可以结婚的。如果我不继续做他的情妇，他就要待在这里不走。”伊丽达说。

“这个令人讨厌的家伙，当初我第一次看到他就知道不是好东西。”李松说。

“我母亲也早明白了他是个品质不好的人。你知道吗？后来我为什么会离开地拉那，其实是我母亲知道这个人可能会毁了我，才带我回到家乡的。”

“这件事有点严重。也许你得把事情告诉你的未婚夫，让他出面对付那个家伙。”

“这个肯定不行。我的未婚夫是个十分嫉妒的人。他要是知道我有这样的事情，一定不愿意和我结婚了。我现在最怕的就是让他知道这件事情。”

“那么，没有别的办法了。让我来会会这个人吧。”李松说。

“李，你得小心，他是个危险的人。”伊丽达说。

这天晚上，李松在一个黑暗的小酒吧里见到了这个修飞机的技师，他的名字叫雅尼。他的脸上长满了胡子，眼睛布满了血丝，看得出他处于潦倒的境遇。

“你好雅尼。我们以前见过面的。”李松用阿语和他交谈。

“是的，过去你是伊丽达的老板。”雅尼说。

“地拉那怎么样了？我一点消息都没有。听说全国戒严了，道路都不通了，你怎么能走到这里来呢？”李松问。

“是啊，公路全被装甲车坦克封锁了。我是走小路爬山过来的。”

“地拉那到这里有好几百公里啊！你真的是步行过来啊？”李松说。

“是的，我不停地走了四天时间，才走到这里。”雅尼说。

“可你为什么要冒着危险这么辛苦步行过来呢？为什么以前道路畅通的时候不来，或者为什么不等以后戒严解除了再来？”李松说。

“我已经完蛋了，所以我才会来这里。”雅尼说着，把杯里的酒喝完。李松让侍者再来一杯。

“你知道自从伊丽达离开地拉那之后，我就完蛋了。从那以后我就一点精神都没有，整天靠喝酒才能度过时间。很快，我在雷纳斯飞机场的工作丢掉了。不过后来有了一点新的希望，我把房子卖掉了，把钱交给了集资公司，每月都会领到一大笔利息。我想这样过过日子也算了吧。可是我被骗了，集资公司倒了，我什么也没有了。”雅尼说。

“这种情况不奇怪啊，很多人都一无所有了，你并不是最不幸的。”李松说。

“不，他们只是失去了钱财，而我失去了伊丽达，我失去了灵魂。”雅尼说。

“你来到这里找伊丽达又有什么用呢？据我所知，她有了未婚夫，很快要结婚了。”

“不，她不能结婚。她是我的。伊丽达是我的女人。我不会让她和别人结婚的。”雅尼说。

“可是你有什么权利和办法阻止人家呢？这里是她的家乡，很多人会站在她的一边，你只是个外乡人。”李松说。

“你看，我带了这个。”雅尼说着，把一只勃朗宁手枪放在了桌子上。

“这算什么，连我都有了。”李松从裤腰里把五四大手枪掏出来放在他的小手枪旁边。“你看，我的枪都比你的大。伊丽达家族亲友的武器可能像一支部队一样了，你的枪算什么？”李松说。

“不，我不怕他们。我会赢的。”雅尼的脸上透出一种古怪的微笑。

李松心里打了一个寒战，这个人的决心让他害怕。他知道自己根本无法影响这个绝望了的人的想法，但是为了伊丽达，他还想继续和他保持接触。他和雅尼说好，明天他们再到这里一起喝一杯。

但是在第二天早晨，李松被城内的德国军队逮捕了。

在多国联军控制了阿尔巴尼亚之后，立即发布收缴武器的命令，要把动乱后被抢的全国各地军火库的武器收缴回来。主动交回武器的不追究责任。如果不主动交回，将会面对特别法律审判。电视上几天来一直在播放收枪通知，还播放有人交回武器的画面，但是交回武器的人数量很少，大部分人不予理睬。李松起先有点害怕，想把枪交回去。可是他想北约军队对于一个中国人也参加了抢枪，会不会有另外的处置办法？也许这会变成一个很麻烦的事情。因此他就打消了主动交枪的主意。

这天上午，李松要出门走走。在出门之前，他犹豫了一下，是否把手枪留在房间里。可是他想这不会有事的，他只是去附近吃点东西，再说他有点习惯了有把沉甸甸的手枪别在裤腰头，这让他有点安全的感觉。于是他出门了，出门后看看左右，没见什么异常情况。他的手插在上衣口袋里（口袋里布已撕开，他可以摸到裤腰头的枪），吹着口哨，缩着头颈向上坡方向走去。当时他的心情还不坏，正想着要吃点什么东西，是牛肉饼呢，还是烤鸡？

转过街角，进入了一条笔直的下坡路，路边的中世纪石板磨得十分光滑了。李松突然看到对面方向有两个德国巡逻兵走过来，他们的皮靴咯噔咯噔踩着石板发出响声。李松心里一惊，下意识地在口袋里把枪握紧了。他硬着头皮向前，小路不宽，当他和德国士兵交会时几乎肩头都擦到了。李松看到那两个德国人在看着他，眼神里有点惊奇。李松和他们点点头，走了过去。他只觉得手心里全是冷汗，虽然和德国人擦肩而过了，可是他觉得好像自己的背影还在被人盯着看。他紧张地走了五十来米，觉得那两个德国人应该拐弯了，忍不住转头回望了一下。他这个动作犯下了错误，他看到那两个德国士兵还停在路上，在看着他。当他回头望时，发现他们转身跟着他走来了。李松听到了他们的皮靴声越来越紧，知道这下坏了，他们一定是要跟踪他了。李松紧走了几步，看到路边有一条小巷子。他闪了进来，贴住墙壁。他听到德国兵跑过来的声音。德国人在喊：

“Freeze（站住）！不许动！”

李松又犯了一个错误，开始飞快地跑起来。他印象里这条小路是可以通到另一条路的，可是跑了一段，只见是个死胡同。路边虽然有一些门户，但都紧闭着，不像电影里一样会让他进去藏起来。当他想折回来时，那两个德国兵已经逼近，冲锋枪瞄着他。

“不许动！”德国兵又叫喊着。李松知道，如果他还不作出反应，有可能被冲锋枪里的子弹射杀。于是他举起双手，面对着墙壁贴住，充分和德国兵配合。

一个德国兵用枪顶住他，另一个对他进行了搜身。他身上的手枪被搜了出来。李松看到又有很多德国兵增援过来了。他被铐上了手铐，带上了一辆军车。他的左右各坐着一个德国兵，像夹板一样夹住了他。

车子在窄小的街路上缓缓开行。从车窗的两边可以看到城市的景色一一闪过。熟悉的感觉又在李松的心里浮现了出来：那个黑白电影里米拉和另一个女游击队员被捕后也是这样坐在车上，望着车窗外的城市出神。李松还能记得米拉当时的表情：苦闷的微笑、忧郁的眼神。他想试着也在自己脸上模仿出同样的表情，可这样的结果是自己在心里骂了一声：真他妈见鬼，怎么会出现这样的事情。

车子开始爬坡了，发动机的声音变得低沉。李松看见城堡就在眼前，车子正开向城堡。他想：干吗带我去城堡啊？一个顿悟电光一样闪出：他要被关在城堡内的监狱，就像一九四四年的米拉一样！

车子停了下来。李松被提溜下来。这里是一个位置很高的城楼一角，阳光特别强烈。一扇铁门哐当一声打开了，李松被带到了里面。里面很黑，他在强光下待过的眼睛一下子没适应过来。过了几分钟，他看到了两边都是监室，好多阿尔巴尼亚人的手和脸趴在铁栏上。看到了李松，他们在大声兴奋地喊着：

“KINEZ！KINEZ！（中国人！中国人！）”

李松被解开手铐，再次被搜身，然后被关进一个监室。监室的屋顶有一盏光线微弱的灯，有一张小小的木床。

李松坐在木床上，靠着墙壁，心情很平静。他打起盹来。他大概睡了两个多小时，醒来后觉得精神饱满。这时有人送吃的来了。是一个夹肉的面包，还有一瓶水，两个无花果。

李松坐到了地上，把食物放在了木床上，一边吃，一边想着。

他开始想念伊丽达。他想着伊丽达现在一定满心欢喜地筹备婚礼。过几天她就要做新娘了。她穿上婚纱的样子一定很漂亮吧。他的感觉被放大了，好像她的婚礼是在天堂里举行一样地美丽辉煌。但是他的心里又有一个黑色的影子飘了过来。那个雅尼会怎么样呢？今天晚上他本来是要和他再次见面的，如果雅尼见不到他，会对伊丽达做出什么举动呢？李松担忧着，可他根本想不到，伊丽达这个时候即将死去。

李松被捕后的当天下午，伊丽达正在药房里上班。她一点也不知道李松被德国人抓起来的消息。在这天的上午，她还去旅馆找过他，后来又找遍了附近的酒吧咖啡店，一直不见他的踪影。她又折回了旅馆，看见了李松的吉普车还在那里，知道他不会走太远。伊丽达写了张纸条，说自己来过了，晚上她还会再来，请他等着她。十点钟的时候，她赶到了医院去上班。一路上遇见的人都向她祝贺很快要结婚了。自从李松把药品送来之后，很多肺炎病人都治愈出院了。医院都传说李松的药品是伊丽达争取来的，所以对她都很赞赏。

如果不是前几天雅尼突然出现在药房外面的花园里的话，伊丽达应该是个十分幸福的人了，但是现在她的幸福感觉已经给毁了。她一直在注意窗外的石榴树林，雅尼第一次就是从石榴树中间出现的。短短两天，雅尼已经拦截了她五六次，在药房、在医院门口、在她住家附近。尤其当他出现在医院内外的时候，伊丽达感觉到一种末日到来似的恐惧。她最担心的是她的未婚夫会看见雅尼，那样的话，她简直不知道该怎样收拾。伊丽达的心里还在想着李松，指望着他会给予帮助。因为上午一直没有找到他，她显得更加心神不宁了。

大概四点钟左右，伊丽达把晚上病房用的药配好了，正想喝一杯咖啡休息一下，她看见从石榴树中间的小径上又出现了雅尼的影子。她的心猛一下揪紧了。“他还是来了。”伊丽达想。然而看到他真的又来了，伊丽达反而显得镇定了。该发生的事总要发生，你无法回避。当雅尼进入药房时，伊丽达的助理药剂师也在现场，她目睹了接下去发生的一切。

“伊丽达，今天下午你下班了跟我一起走。”雅尼对伊丽达说。他当时刚进门，站在柜台外面，伊丽达在柜台里面。

“你要我去哪里？”伊丽达说。

“我们一起去吃饭，然后到我住的地方去。我们要在一起过夜。”

“我跟你说过，这是不可能的事，你不要再说了。”

“伊丽达，相信我，只要你和我在一起，我会变好的，我会让你幸福的。”

“不，我对你的感情早就结束了。我不想再过那种生活。”

“伊丽达，不要逼我。你知道我现在生不如死。不要让我们去死。”雅尼说着，他把手枪拿了出来。

“你想干什么？”伊丽达说。

“跟我走吧，伊丽达！求你了！”雅尼把手枪抬起来，顶住了伊丽达的眉心。

“不！我不会跟你走的。”伊丽达平静地把话说完。雅尼手里的枪响了。

那个助理药剂师后来向人描述了当时的情景。她说枪声响过之后，她看到伊丽达的眉心有个黑洞。她的眼睛还张在那里，脸上的表情好像是受到了震惊。她还站立在那里，大概有几秒钟时间。然后看到她好像叹了一口气，脸上出现痛苦的表情，仰面倒下了。枪杀了伊丽达的雅尼在她倒下之后，随即举枪顶住太阳穴，扣动扳机把自己的脑袋打穿了，趴在了柜台上。

伊丽达被一枪打死，她的灵魂脱离躯壳慢慢升上天庭之际，李松正在城堡内的石头监室艰难地吃着他难吃的食物。很奇怪的是，这个时候他觉得心里说不出的平静。他看着监室黑黝黝的石头屋顶和墙壁。他知道这里是城堡的内部，屋顶上方和墙壁外边还是厚厚的石头。他很奇怪这个古老的城堡会造得这么精致结实，也许它是在几百年前造的，也许会更早一些，是公元以前造的。那个名字叫斯坎德尔的市长曾经解说过，这个城堡在建成之后一个重要的功能就是用作监狱，一直到前些年劳动党政府倒台为止这里的监狱才废弃了。这个说法要是真的，那么这些石室里也许监禁过古罗马时期的犯人。有一件事毫无疑问，那就是一九四四年真正的米拉就是被德国人监禁在这里的。而一九六九年一群演员和电影工作者在这里所做的只是把一段历史凝固到了一盘盘黑白的胶片中。现在，他也被德国人关在这里了，说不定，这就是历史的意志。

夜深了，凉气从一个看不见的通气孔里钻进来。他缩成一团，后来慢慢睡着了。

不知过了多久，他被铁门打开的声音惊醒了，他赶紧坐了起来。两个戴着钢盔端着冲锋枪的德国士兵走了进来，让李松站起来，又给他又上了手铐，示意他走出监室。李松想："现在我会去哪里呢？大概会是去接受审讯吧？他们会严刑拷打我吗？他们会用狼狗咬我吗？我得让他们通知伊丽达，只有她才会证明我的清白。"

他走出了监室，在黑暗的通道里慢慢向前。他又看到了两边的监室里的犯人，他们这会儿都一声不响望着他，眼睛里闪着光芒。李松看见通道的尽头发着耀眼的亮光，那是外部的城市天空。李松再次想起了那部黑白电影最后的场面：米拉和女游击队员被德国鬼子押着从这条石头的通道里走出来。在那棵生长在城门口的无花果树上，绞索已准备在那里，她们正从容走向死亡。音乐在李松心里再次升起：赶快上山吧勇士们，我们在春天加入游击队，敌人的末日即将来临，我们的战斗生活像诗篇……李松泪流满面，一阵对时间的悲喜交集的感动在心里汹涌成潮。

# 夜巡

## 一

镇球第一次见到鹤子时才十七岁。那是在一九七五年底，他被所在的工厂派到辖区派出所，充当治安联防队员。他干得不坏，很快成了一名骨干队员，没多久还被提拔为一个三人小分队的队长，负责城西地段的夜间治安。在镇球的朋友和邻居印象里，他那段时间变得沉默寡言，一身神秘的气息，而且很难看到他的踪影。事实上，镇球白天基本上都在家里睡觉，睡得很沉很沉。天黑下去了，他才醒来。晚上八点他准时来到派出所，先是会合值班民警、联防队员下一小时康乐棋，然后坐到值勤室里练钢笔字。他没有临摹字帖，而是随便拿张印刷品抄写一下（比如报纸、灭鼠须知、通缉令等）。午夜时分，他带着小分队出更，在城西一带纵横交错的巷陌中巡逻，一直到启明星升起时才收队。

这一夜，镇球和联防队员圣时、天禄手臂上套着联防队红袖章，在卖糖巷中巡逻着。这条巷子听名字就知道在旧社会时是个做生意的地方，派出所的指导员曾吩咐他们巡逻时要多加注意。镇球在黑漆漆的巷子里选中了一座高门大院，要潜入内部仔细巡查。高门大院的大门锁有点复杂，镇球试了三把万能钥匙才把门打开。乍进这大院，镇球有点暗自惊讶。院子异常空阔，在灰暗微明的天空下，天井里的石板地面泛着白光。院子的中央放置了许多黑蓬蓬的盆栽植物，还隐隐露出发亮的花朵。从镇球所站的门台洞里，延伸出两条天牛触角似的长走廊，依次排开间间厢房。尽管镇球已是黑夜里的猎手，但还是无法看清这院子究竟有多深。镇球想：这种大院户籍杂乱，夜间少不了有违禁的事。他向圣时、天禄耳语了几句，三人兵分两路，向院子内部深入。

镇球独自居右巡查。他贴着门户，闭着眼睛捕捉着屋内细微的声音，根据下意识的提示慢慢前行。他能感觉到：在一间间黑咕隆咚貌似沉睡的屋子里，其实不断发生着事情。里面的人在黑暗中窃喜、忧伤、恐惧、嫉妒、猜疑。忽而气喘吁吁做爱，忽儿又咬牙切齿厮打……他想着这些，脑子里叠加着派出所档案室里发黄的居民户籍底册，那也是院子里的人居住的地方，他们的魂灵住在那里。镇球一间间屋子巡视过去，凭直觉能感知屋里的人是平和或者是凶险的。而且在他的大脑视网膜上，会很直观地出现屋内床上或者地铺上杂乱交错的人的肢体和器官（这种幻觉十几年后他在毕加索的画里奇怪地找到印证）。

走廊已到尽头，现在骤然拐入黑沉沉的宅院内部。至此，镇球什么也没发现。他继续深入，穿过了黑暗的过道，眼前又有了模糊的光线。这时他已置身于后院的另一个天井。

他从来没有见过这样的天井——圆形的，周边围着封闭的花墙。天井内空空荡荡，没有花木，没有假山石，没有金鱼缸，只有一棵银杏树长在靠左的内侧。镇球的视线被这棵树吸引。没有风，硕大的树冠纹丝不动，但是在树冠的中间，有一方块区域的树叶发出奇怪的光晕。镇球移动了一下位置，那一片光晕也随之移动，始终和他保持同一对角线。镇球好生惊诧，于是走到树背后。原来，这棵树后面的围墙上方露着一截木楼，亮光是从木楼的窗户里放出的。

“嘿，这屋里的人要遇上一点麻烦了。”镇球想着，心里不知为何袭上一阵苦闷。

亮着灯光的窗户紧闭着，气窗以下的部位拉了一层花布的窗帘。眼下，这棵高大的银杏树正好可以利用。镇球爬到树上，踩着一个树桠，从没有遮着窗帘的气窗里看清了房间里的局部。

屋内坐着三个人（就他暂时所见）。一个老太太、一个年轻的男人、一个年轻的女人，围着一张桌子在玩扑克牌。老太太只能看到侧面，她戴着老花眼镜，全身裹在一件黑色的厚毛线衣里，两只枯瘦的手神经质地交替数着手中的牌。那个男人的位置正好面对着窗户，所以能看见正面。这个人身材肯定很魁梧，满头浓黑的卷发，下巴长着胡楂子。他身上穿的是一件褪了色的红色卫生衣，背上披了件军绿大衣，大衣的里子像是绵羊皮的。看这男人的模样和衣着，不像是个亚热带气候里长大的本地人，说他是个东北人还差不多。不过他打牌的样子倒是十分文气，是小心翼翼将牌摆到了桌上，似乎怕惊了老太太似的。那年轻的女人紧接着出了一张牌。她坐在男人的右侧，是个丰满动人的姑娘。她穿着紧身的毛线衣，胸部突出，圆圆的脸绯红绯红的。她这会儿身上一定很温暖。

现在一局牌已经结束。老太太开始洗牌。她的功夫极为纯熟，手指如磁石一样能将散乱的牌吸附过来。其余两个人一动不动，出神地注视老太太枯瘦的手指间漂亮地弹动着的纸牌。从镇球开始窥视起，这三个人一直保持着同一个坐姿、同一个表情，异常专注、宁静地对付着牌局。

由于牌局的表面不设赌注，引起了镇球更大的兴趣。他从来没有见过在这样一个寒冷的残夜，能有人这般超然物外聚精会神玩一盘没有输赢的扑克牌局。为了揭开这个谜，镇球开始分析屋内三个人的关系。比较可以肯定的是老太太和那姑娘是母女。那男人的身份是个疑问。镇球透过夜间的空气和气窗的玻璃紧紧盯住他看，再次认定这是个外乡人。他不可能是老太太的儿子，也就不可能是那姑娘的兄弟，唯一的可能是她的丈夫或未婚夫。可假定是这样，他为什么深更半夜还待在丈母娘家里呢？还有一种解释他可能是倒插门的入赘婿，可镇球并没有发现窗户上贴着什么红双喜之类的痕迹，而且就他所见，房间里面的板壁糊的是旧报纸，本地习俗做新房的屋子里糊的应是白纸。还有一个最大的疑点：这个年轻的本地姑娘怎么会和这个看起来像东北人的男人发生这样的关系呢？

镇球在树上苦苦思索着，深深为屋内的情景所迷惑。假如可能，他倒是非常愿意变成一个精灵进入屋里，为牌局凑一脚，与他们三人一起打这局令人费解的纸牌游戏。但这个时候，镇球看见屋里的人突然受了惊动，三只头颈一下子直了起来，转向了房门。几乎在同时，镇球听见屋内传出一阵突袭而来的敲门声。镇球也吃了一惊，使劲抓住了树枝。紧接着又响起第二阵敲门声，并有人大声命令开门。原来是圣时和天禄。他们从左路包抄过来，也发现了目标并且得手了。镇球松了一口气。现在他看到屋里三个人都站了起来，好像很惊恐地看着被敲打的门。那个男人似乎做了一个勇敢的姿态，立即被那年轻的姑娘推到了一边，并从镇球的视线中消失了。于是镇球赶紧从树上下来，快步跑回了院子。

当镇球通过一条走廊踩着咯吱作响的木头楼梯上楼找到这个房间时，门已经打开。屋里有四个人：老太太、年轻的女人、圣时、天禄。外乡男人不见了。镇球站在门边的灯影里，一声不响打量着房间。他发现：这个年轻的姑娘不安地看了他一眼，对他的到来似乎特别地戒备。

“小兄弟，我们真的不知道政府不许百姓夜间打扑克牌。早知道的话，我们就下象棋了。”老太太笑吟吟地说。她还坐在她先前坐的那个位置，面前散落着零乱的纸牌，上面压着她的老花眼镜。

“是这样的，同志！我妈妈夜里老是失眠，所以要我陪她打一会儿扑克牌。我们真的不是在赌博。你们说，哪有妈妈和女儿赌钱的呢？”年轻的女人接上她母亲的话说着。她的语气温顺多了，或许是为了弥补母亲不合时宜的幽默，她让自己的笑容尽量妩媚动人。这期间，她又迅速地瞥了镇球一眼。

“这个女人挺机灵，迷人，有点像阿庆嫂。圣时、天禄快要被迷住了。”镇球思忖着。“她把那个男人藏起来了，她为什么要这样做呢？”现在，镇球能够把在银杏树上看到的那一部分场景和现场的全景拼接在一起了。首先，他注意到在这间屋子的里面还有一个套间。两个房间相隔着一个圆洞门，圆洞门上挂着一幅用葫芦子串成的珠帘，基本上挡不住视线。套间里没有点灯，只能半明半暗看见一只床脚。那男人必是藏于其中了。镇球的嘴角挂着一丝轻微的冷笑，他的目光和那年轻的女人又接触了一下。牌局所在的外间相当拥挤，靠墙的地方有一张单人木床，上面铺着足够温暖的被褥，还有一个亮得耀眼的白铜暖水壶压在上面。打牌的红木方桌位于单人床斜对角，边上共有三张雕花的木圆凳。老太太和女儿各坐了一张，圣时坐在那个隐藏起来的男人坐过的位置上，看样子他坐得挺舒服的。

“那么，你们能不能把身边的钱交出来，这是我们的惯例。”圣时说。他总算还记得惯例。

“我们没有赌博，所以也没有钱。你们看！”老太太的手插进了外衣口袋，往外一拉，两只兜兜像黑色的耳朵翻出来。叮当一声，有一枚五分的硬币掉到了地上。“瞧，就五分钱，不过以前我倒是有过不少钱。”

“老实点，要是这样，你们明天早上就得将扑克牌穿成一串挂在脖子上，在派出所门口示众两小时。”天禄说。

“你们真要这么干？”老太太似乎很吃惊地看着天禄，“你们要多少钱？我这儿还有五块钱，本来想过年时买一只老鸭子炖着吃的，现在就贡献出来给国家了，这样总好了吧？”老太太说着撩起衣襟，在裤腰头摸索着，想把那五块钱掏出来。

“把钱收起来。过年时你照样可以吃炖鸭子的。”镇球在灯影下突然插上话来。他看到老太太立即投来赞许的目光，但使他心动的是她女儿显得愈加不安了。她为什么这么紧张？那个男人藏在哪儿啦？

“你叫什么名字？”镇球问她。

“陈茶鹤。”

“叫她鹤子。”老太太愉快地插上了一句。

镇球感觉中立即有一只洁白的仙鹤迎着如雨的金色阳光飞去。他想起的是小时候用纸折成的一只纸鹤。他平静地望着陈茶鹤（或者叫鹤子），她的坐姿很端正，双手放在膝上，似乎想掩饰一下身体的线条。可是由于她的身体略微发胖而且穿着紧身的毛线衣裤，愈掩饰线条反而更加明显。镇球接着问：

“你们家就两口人？”

“不！就我孤老婆子一个人。”老太太似乎对镇球大有好感，又抢过了话头，“我女儿户口在黑龙江建设兵团。她生了病，回来了，可户口还没迁回来。我正要到派出所办这事呢。听说这事很难办，小兄弟，你能帮这个忙吗？”

原来她是个从北方病退回来的知青。镇球心里有一种恍然大悟的感觉。这么说那个隐藏起来的男人的确是个北方的大狗熊了？她是个走过很远的路的知青，东北一定是个很有意思的地方吧？她还是个姑娘吗？不，她一定是个妇人了。她是在这个套间里成了妇人的吗？镇球侧过身再次打量套间里露出一角的床，隐隐看见浅色的床单上有很多暗红色的斑点。这时，叫鹤子的姑娘进入了他的视线，站到了套间的圆洞门口。她的身体很像一只光洁的白瓷大花瓶。

“里面的屋子是你住的吗？”镇球说，他的嗓子有点沙哑，好像被什么堵住了喉咙。

“是的，我睡在里间。”她的目光迎着镇球的眼睛，使得他的心里阵阵发麻。

“我敢说，我要是想进里屋看一看，你一定会很不高兴。”

“房间里还没整理过，乱七八糟的，实在不好意思请你进去。”

镇球靠近她，低声、几乎是耳语一样对她说：“我要是一定要进去呢？”

她仰起头，对着镇球高悬的脸。她的眼睛睁得过大，放着异样的光彩。“我知道你不会这样做的。”镇球感到从她身上散发出的热烘烘的气味包围着他。她突然做了一个像对待家里人一样的动作，伸手抚平镇球身上蓝色劳保棉大衣的衣领，并低声絮语着：“你不会这样做的，是吗？”镇球俯视她两片鲜红而湿润的嘴唇，从她身体上散发出的女人气味越来越浓，紧紧裹住他尚且是童贞的身体。但是，他觉得有什么地方不对劲儿。什么地方不对劲儿呢？突然他记起了自己是在执行夜巡的任务中，而她则在保护那个隐藏着的北方男人。顿时，镇球从魔障中挣脱了出来。

“我必须进去检查，这是我的责任。”

说着，他的肩膀一甩，冲开鹤子的阻拦，进入了套间。他立即产生了一种进入魔术箱似的感觉。屋内空空荡荡，四周是糊着报纸的板壁，有一张小书桌和一张床，床单上印有小朵的玫瑰花图案（不是红色的斑渍），有一个铺着毛巾的枕头。那个北方的男人没有在这里，他失踪了。

## 二

有关这一夜的经历，就像是一枚木楔子深深打入了镇球的心头。在最初的一周里，他经常感到烦躁不安。他无法确定那个北方男人是真实的存在还是自己当时一种幻觉，到后来，他甚至觉得那个迷宫一样的院子、黑暗中的花卉、曲折的走廊还有他在银杏树上看到的神秘牌局都是他某个白日里的梦境。但是，只要想到鹤子，想到她站在那套间圆洞门前如陶瓷花瓶一样的身体，他就会产生非常现实的痛苦。这件事成了他内心的一个伤口、一个独自忍受的秘密。有很多次，他产生了强烈的欲望想要重新进入卖糖巷那座深宅大院，证实这一切到底是幻象还是真实，但他心里有一种说不清楚的力量抗拒他这么做。过了一些时候，他的心情慢慢好了起来，似乎从这个事件中解脱了出来。

镇球再次见到那个叫陈茶鹤的女子是在一个多月之后，地点在瓯江电影院。当时，各个电影院正在上映极其轰动的罗马尼亚故事片《多瑙河之波》，观众奇多，而且情绪特别冲动。为了加强电影院的治安力量，镇球的小分队被调拨了过来。对于联防队员来说，在电影院执勤是个美差使，不仅可免费看电影，而且还有点小特权，偶尔可以把没有票的熟人带入场。在某个夜晚，因为在各影院之间跑片的人自行车爆了胎，电影胶片晚到了二十多分钟。场内的电影才放到三分之二，下一场的观众都已齐压压地站满了电影院门口，把本来不很宽的道路堵得水泄不通。镇球如临大敌把守在门口。他知道人群中集中了城内好些惹是生非的无赖泼皮，他们是专门来看电影里的托玛大叔和女人睡觉的。在镇球的小分队到来之前的一个夜晚曾发生过这样一件事：一个姑娘要退掉一张电影票，结果被争着要票的人团团围住，无数双手伸进去要抢那张票，大多数的手乘机在那姑娘身上乱摸。几个泼皮趁乱撕开她的衣服，没几下让她成了光鸡一个。眼下，人群中动这样心思的爷们可还不少呢！

场外的人越积越多，并时常有小小的骚动。镇球愈加精神紧张，注视着人群的动向。就在这时他看见不远处一个卖橄榄茴香豆的小摊子旁边，站着鹤子和她的母亲。老太太头发梳得油光发亮，身上还是穿着那件黑毛衣，在夜色中左顾右盼。鹤子穿了一件水红色的棉罩衣，脖子上围着围巾。卖橄榄的小摊上那盏煤油风灯发出的柠檬黄的灯光照得她红喷喷的脸庞分外柔和。她的手里有个折成三角形的小纸筒，卖橄榄的人正用一个竹夹子往纸筒里夹腌制过的青皮橄榄。

就这样一次蓦然一瞥，对镇球来说意义非凡。霎时间，他感到夜色呈现出一种粉红色，上千只仙鹤光芒四射地飞了过来。他的心怦怦跳着，他该是眼看着鹤群在夜色中一闪而过呢，还是要紧紧追着不放？

他灵魂出窍地看着她们。此时电影已终场，看完电影的观众从边门流泻出来，等得急不可耐的下一场观众便向电影院入口处涌来。镇球还没明白过来是怎么回事，就被人潮推挤到了紧闭的铁栏门前。他连忙从腰里抽出五节手电筒，在挨近他的几个家伙头上砸出几个青包，想把人群往后赶。然而他胳膊所及之外的人群继续往前涌，把他紧紧压在铁栏门上，无法动弹。上千人的力量通过互相叠在一起的身体作用于他的身上，顿时他觉得自己如一只被鼠夹夹住的老鼠，眼球欲夺眶而出，五脏六腑往喉咙上涌。我要被压死了吗？他恐惧地想，死死看着黑压压的人群。他再次看到了鹤子和她的母亲。她们的脸庞显得模模糊糊了，像两朵黑色的花。他没看见那个穿军绿大衣的北方男人，这让他感到欣慰。“也许他并不存在，只是我的一种幻觉。鹤子只是一个和母亲在一起的病退女知青，我可真想和她说话，我应该怎么和她说话呢……”

要不是在场内执勤的圣时、天禄及时赶来打开铁门救下了他，镇球今夜或许真要躺在医院里抢救了。现在，他除了喉咙里还有浓重的铜腥味之外，身体已基本恢复了正常。电影已开始，大门落锁，电影院内所有的人都落入了他的掌握之中。

他站在场内右边入口处的紫色天鹅绒遮光布幔前面，脸色阴沉，甚至有点狰狞。他的左右站着圣时、天禄。银幕上，那只铁驳船在托玛中尉的驾驶下正顺着多瑙河之波开航，船舱里一个睡在床上的女人从毯子里露出一只手臂。

“拉几个出来给点颜色，解解气。”天禄说。

“刚才挤压你的那几张脸孔你总还记得吧？”圣时说。

“记不清了，人太多了。”镇球说。他刚才见到鹤子而引起的激情还在心里汹涌着。镇球想：本来他可以在检票入场时和她们打个照面，她们一定会认出他来的。他会留意一下她们的座位，如果座位不好的话他会去电影院主任那里搞两个好座位给她们。这一回，他一定会很礼貌地对待她们。可惜，这一切全让那帮挤来挤去的无赖泼皮给搅了。

镇球撇下圣时、天禄，独自在场内巡视着。他想着她那张红扑扑的脸庞。她们肯定就坐在场内，可不知是坐在几排几号。他顺着左侧的通道一直走到银幕跟前，转过身，面对着黑糊糊的全场观众走回来。突然，场内爆出一阵乐不可支的哄笑。镇球起先以为这是冲他而来的，扭头一看才知是银幕上的托玛引起的。托玛正搂着那个大胸的女人睡觉，有人来敲门，气得他捡起皮靴扔了过去。尽管如此，镇球还是因为笑声感到恼怒。他推开五节手电筒的按钮，雪白的光束便如一把长剑握在手中。他将电光长剑抬起，刺向一排还在大笑不已的人脸。电光照见的脸一律苍白，先是呈现出痛苦的反应，眼睛猛一闭；接着便怒目圆睁，作愤怒之状。镇球打心里讨厌这些故作姿态的脸孔。如果脸孔进一步作出反抗的形状，他就会让手电光束罩定在上面，直到脸孔的愤怒消失，变出恭顺为止。镇球就这样一排排检查过去，那些不知羞耻的男女们相叠在一起的大腿、伸进对方衣服里面的手，在遇到他电光照射时都抽筋一样收回来。镇球今天对这些流氓资产阶级的下流行为无心打击。要是往常，他会当场将他们喊出来，关在楼梯下的黑间里揍一顿，还得要他们写一张公开的检讨书贴在电影院门外。现在他唯一关注的是：她们坐在哪里？到底有没有入场？

用不了多久，他看到了她们。他的手电光先照见了老太太。她对手电光毫不示弱，照样兴致勃勃盯着银幕，看样子就是刀架在脖子上，也不影响她的好兴致。镇球急剧移过电光，在关掉手电的一刹那，电光已照亮了另外两张脸：鹤子和那个北方男人！镇球的手电马上又亮了。他看到鹤子的头斜靠在男人的肩膀上，两人搁在扶手上的手绞在一起。镇球的手电光停留在两个人的脸上。鹤子的脸色苍白极其不安，仿佛已感到灾难临头，她的手更紧地握住那男人的手。北方男人看上去倒是平静，坦然地面对着电光，似乎还向手执电棒站在黑暗中的对手点头致意。

这一刻的时间很短，不会超过两秒钟，但好像是一次漫长的对峙。镇球最后还是熄灭了电筒，一动不动地站着。一种突袭而来的痛楚使他的全身几乎麻木了。这个北方男人确实存在！他是一只丛林的猛兽，有时会潜伏在密林，可是不会消失。眼下，隐藏的猛兽再次出现，而且落入了他的管辖之内。有一瞬间，镇球想立即集合圣时、天禄把坐在鹤子身边的北方男人当场拉出来查明身份，或者以他在电影院行为不轨的名义羞辱他一顿。但是镇球很快对这些方式失去兴趣。心头的痛楚逐渐消失，身体也恢复了知觉。镇球清醒意识到那个北方男人也正在黑暗中研究着对手。他相信，在他们两个人之间，很快还会有一次影响他一生的较量。

## 三

一头黑卷毛的狗熊在那个明亮的花园里东奔西突，追着啃啮一个球状物体，那是他的脑袋……镇球猛然惊醒坐起，觉得头痛欲裂。这会儿是白昼，他在家里睡觉，房间里的光线强得耀眼。镇球想："看来那个北方人已经先于我开始行动了，我还能等多久？"

镇球在等待着机会，等待着刮"红色台风"。所谓"红色台风"是全市公安、民兵、联防队一起行动的夜间查户口大搜捕。镇球想起两个月之前的那次"红色台风"时还激动不已。他跟随派出所指导员午夜时去查一个有亲戚在台湾的地主成分人家。敲过门之后，里面的人没有开门，但听到有人的声音乱作一团。镇球又猛敲了几下门，猛然听到身边响起了巨大声音，伴随着一道火光和一股火药味。原来是指导员发火了，对着门用他那把勃朗宁手枪开了一枪。指导员原来是刑警队的，一次开摩托车追犯人出事故脑部受了重伤，后来脾气变得很暴躁。那个晚上抓来了好些人，都是些没有户口和最近不太老实的"四类分子"，在派出所的天井里站成一排。指导员训过话之后，把一个老头叫出来，用扫帚棍痛打，打得那个老家伙在地上打滚。镇球最近想起这件事特别兴奋，他常常觉得挥动着扫帚棍抽人的是他，而在地上打滚的不是那个老地主，而是那个北方的男人。

一天天过去，他越来越无法容忍北方男人继续隐藏在黑暗中。可是下一次"红色台风"什么时候才会刮起谁也不知道。更令他头疼的是，《多瑙河之波》的热潮还没过，又一部阿尔巴尼亚电影《宁死不屈》上演了。由于这个电影有女主角米拉换药时露出胸罩的镜头，电影院继续每天爆满，他得留在这里执勤，从而不能像过去那样带队夜巡了。

在不久后的一个夜晚，最后一场电影已经落幕。镇球和圣时、天禄去八仙桥吃了一碗猪脏米粉之后，执勤算是结束，三个人在十字路口分手了。镇球独自步行回家，在阡陌相连的深巷中，穿过黑夜还是黑夜。他已习惯了黑夜，还喜欢上了黑夜。黑夜使他能够窥视到万花筒一样奇幻的景象，能深入触摸别人的生活和隐私。但他愈往黑夜深处探究，愈觉得在无边的黑夜中隐藏着巨大的秘密，那是他无法真正接触到的……镇球如一条鱼游弋在黑暗的巷弄中，觉得周身舒畅，兴奋不已。不知不觉，他背离了回家的方向，进入了卖糖巷。在那座门户森严墙头长着瓦王草的大宅院门口，他迟疑了片刻，想：这样做是不是有违纪律？但是有一团迷人的火焰从腰肢间往上升，扩及全身。他掏出了万能钥匙，把门锁打开了。

现在，他又回到了白蒙蒙的天井里。经过天牛触角一样的走廊，穿过第二重门檐，便接近了鹤子家的屋子。他潜上了楼梯，无声无息靠近门扉。他感觉到屋子里的灯光还亮着，而且还有人坐在灯下。他屏住呼吸贴着门倾听。一会儿，他听见了老太太清晰的声音：

“鹤子，我好像感觉到那个年轻人又来了，你去把门打开看看。”

“好吧，我这就去。”鹤子应道。

镇球没来得及反应，门一下子开了。灯光猛扑过来，刺得他眼睛都睁不开。他感到窘极了。

“瞧！他果然来了。我说得没错。”老太太兴奋不已看着鹤子，飞快地洗着手中一把扑克纸牌，手指灵活得像网兜里活蹦乱跳的河虾。

而这回镇球感到鹤子的身上没有一点热气，冷冷的，像一具蜡人。她向后退了一步，从上到下打量了镇球一眼，回到了自己的座位上。

屋里的情景跟上一回的相同，在悬于半空的白炽灯照射下，老太太和女儿对面而坐摸牌，一叠扑克牌在她们手中如孔雀开屏一样分开。镇球咳了一声，喝道：

“马上把牌放下，上回我已经警告过，夜间不准打牌！”

“不，上回你欺骗了我们。事实上政府禁止的是夜间打麻将，并没禁止打扑克。我曾经到居委会查询过治安条例。”老太太盯着手中的纸牌，显得风趣横生。她的眼睛从老花镜上方的间隙瞅着女儿，说：“我要出一对黑桃6了，你有什么对子？”

“我有一对梅花9。”鹤子微笑迎合着母亲的兴致。

镇球脸红到了耳根，不知怎样才能摆脱窘境。牌桌上，从老太太手指间飞出一张老K，那纸片上的国王冲着镇球吹胡子瞪眼睛。镇球开始恼火了，说：

“我再说一遍，我是派出所联防队的，我是来查户口的！”

“知道，我已经领教过你两次了。”老太太说。

“你们家到底有几口人？”

“这个你心里很明白。”

“我要看你们的户口册，把户口册拿出来。”

“就搁在这里，我早准备好了。”

镇球看到：在老太太面前的一摊牌子下面，露着一本发黄的卷了边的牛皮纸面的本子。镇球有点苦恼：他要是去拿户口本，必须贴近老太太身边。可这样，老太太那张兴奋得发红的脸就可以直接冲着他，还有老太太身上那件毛线衣发出的老人气味也会让他觉得恶心。但他已没有选择，只得硬着头皮伸手去取户口本。老太太突然尖叫一声：

“慢着！你应该戴上那只红袖章，才有资格查我的户口。这是政府的规定。”

“好吧。我这就戴上。”镇球悻悻说着，从屁股后面的口袋里掏出红袖章。袖章又脏又旧，上面的字和印章都看不清了。

“今晚怎么只有你一个人呢？还有两个小伙子呢？”老太太继续盘问。

“他们在楼下警戒。”

“是吗？要不要去把他们请上来坐坐，外面怪冷的？”

这句话使得镇球心惊肉跳，以至看户口册时神不守舍。她们怎么了？好像在演一场请君入瓮的戏似的。我又是怎么了？为什么心跳不已？我有正当的理由进入这里，我不能让一个身份可疑的藏匿者在我的辖区内逍遥自在，我相信他这回跑不掉了。可糟糕的是他又藏起来了。镇球正想着，冷不丁听到鹤子冲他说：

“我没有户口。我的户口还没迁回，你要把我抓走吗？”

镇球猛转过头来，面对着她。她的眼睛里充满了轻蔑，上一回则满是热情。这一下，镇球心里全乱了。他迟疑了一下，才说：

“我不是来抓人的，我只是想见见藏在你们家里的那个男人。”镇球心里觉得难过。他的表现越来越不老练了，说出了自己的想法。

“今晚这屋子里唯一的男人就是你。”老太太说。

“不！你们把他藏起来了。上一回，我没有抓住他，但是几天之前，在瓯江电影院里，我亲眼看见他和你们坐在一起。”

“当时你用手电筒照着我！你是个没有教养的野孩子。”老太太脸色一下子凶残起来，眼睛眯成一条线，似乎还正面对着那刺目的手电筒光束。

“你说错了。你们家那个男人才是个没有胆量的胆小鬼，一个藏在女人裙子底下的见不得人的家伙！”镇球忍不住发火了。自从他当起联防队员之后，从来没有遇到过这样的抵抗。

“一对丁钩！我要赢了。”老太太怪叫一声，出了一手牌，兴奋得全身发颤。

“那么我要搜查了。”镇球脸色发白，喊道。

“请便，尽管你没有搜查证。”

镇球已无路可退。他必须再次进入这个带圆洞门的挂着葫芦子珠帘的套间里面。上一回，鹤子站在珠帘的前面，用她丰满而温暖、陶瓷花瓶一样的身体阻挡着镇球进入里面。而今天，鹤子无动于衷地坐在桌前，没有看镇球一眼。镇球在即将撩开珠帘的时候，突然之间感到空虚之极，那诱惑他多日的神秘感顷刻间荡然无存了。这种类似早泄的沮丧使他对北方男人的存在真实性再次产生了动摇。或者说，北方男人的存在与否已不再值得他关心。现在剩下给他的，只是尴尬和疲惫。这个时候他不能后悔，应该尽快结束这件事，于是他一个箭步冲进了套间。立即，有一股凛冽的北风吹得他浑身哆嗦起来。凛冽的北风是从套间里面一扇敞开的木推窗的窗口吹进的（而上一回，镇球没有发现套间有窗户。他一定是把木推窗看成是板壁了）。床上的被褥叠得整整齐齐，那条有着红色斑渍似图案的旧床单已经换成一条白色的，小桌和地板擦洗得干干净净纤尘不染。镇球想起动物园里囚禁猛兽的铁笼。猛兽已经出逃，连一点痕迹和气味都没留下。镇球走近木窗把头伸出去，寒冷的风吹得他的头发根根竖起。他看见了窗外有一个小阳台，阳台上也空空荡荡。现在他相信，他再也不会见到北方男人了。

“现在，你可以走了。”从他背后，响起鹤子冰冷的声音。

镇球缓缓转过身，面对着鹤子。他的尚未成型的喉结滚动了几下，声音发涩地说：

“回答我一个问题，我就会走。他已经走了，回北方了是吗？”

鹤子一声不响，只是很失望地看着他的眼睛。

屋子里变得异常宁静。静谧中，镇球慢慢退去。退至门边时，他听到老太太最后的声音：

“你不能走！你赶走了我们的客人，我们的三人牌局也残缺不全了。你得留下陪我们打牌！”老太太的声音混浊不清，像是从肺叶间摩擦出来的。镇球忽觉毛骨悚然。

鹤子直着头颈出神，好似在冥冥之中聆听着什么。

一副牌从老太太手里徐徐飘落，在桌上排成整齐的一行。一律是红色，是一组红心同花顺子！

# 水边的舞鞋

现在想起来，丁加舜如果没有看见游泳池边杉木平台上那几双芭蕾舞鞋的话，他不一定会买下这座房子的。

那个夏天他跟着房产经纪人看了很多的房子。起初的时候有几座房子让他眼睛一亮。他想再多看几座再作决定吧，可是接下来看到的却越来越难以让他兴奋。直到某个下午，经纪人来电话说有座房产刚刚出盘，结构、价格、区域都还不错，很值得一看。丁加舜到达后，经纪人说屋主人马上就来，他们可先看看屋子外部的情况。丁加舜看到这个屋子普普通通，和别的屋子不一样的是它的后面花园有一个露天游泳池。丁加舜对于花园里有游泳池的屋子没什么概念，直觉上来讲他也不喜欢私人游泳池，况且多伦多的冬天时间很长，游泳池只有短短几个月的夏天可以使用，维护保养的成本又很高。可就在这个时候，他看见游泳池边的杉木平台上有好几双芭蕾舞鞋散落在那里，明显是些穿过的旧鞋，有一双粉红色的，一双水蓝色，还有几双是白色的。丁加舜有点昏昏欲睡的脑筋活络起来：看来这个屋子的主人品位不低，跳芭蕾舞的女性他可从来没接触过。就因为发现了这一点，游泳池边的花园风景在丁加舜的眼里变得生动起来：一棵连体的白桦树，一排扶桑花，一株长藤蔓的香木槿，再延伸过去是路那边的教堂的尖塔顶。而这些风景都倒映入了清澈的游泳池水波里。

这个时候，一辆银灰色沃尔沃房车开来了，停在了车道里。那车子车体看起来特别长，是一种限量版的设计。从车上走下来屋子的主人，他是个中年男人，穿着一件白色的衬衫。他的脸相丁加舜已经无法回忆起来了，只记得是苍白的、缺少表情的，是一张梦境中常会见到的那种人脸，谁能记得住梦中人的模样呢？

男主人掏出钥匙打开了门，带着丁加舜和经纪人进入屋子内部。屋内有很多个房间，基本上都已搬空了，只留下少量物品还没清除。丁加舜看到了主人卧室的床还在，有一条女式的红色风衣挂在衣架上；还有一间小屋里堆着好些玩具，地板上有儿童用的蜡笔，看来这是儿童房了。参观之后，主人问丁加舜对屋子的印象如何？丁加舜回答说其他还好，就是这个游泳池让他有点犹豫。他问房子的男主人：

“你觉得花园里有个游泳池有用吗？”

“你觉得它有用的时候它就会有用。就算你不游泳，放上水也就成了风景。”他说。这句话后来经常会浮现在丁加舜的脑际。

“为什么这里有很多的舞鞋呢？”他问。

“是我太太的，她曾经是个舞蹈演员。”那人回答。

丁加舜结果买了这个房子，这个时候是他移民到加拿大的第五年。他已经站住了脚，有能力在这里生活了。在买好房子之后，他把妻子和女儿从国内接到了多伦多团聚。

经过这么多年的漂泊，他终于又开始了家庭生活。这些年他和妻子聚少离多，妻子一直在国内一边照料孩子一边工作。妻子是记者，到了多伦多之后，妻子很快在一家报社找到了夜间编辑职务，晚上时间都外出工作了。相对妻子的忙碌，丁加舜反而显得比较空闲。他把很多时间放在种植花园的花草和料理游泳池上面。他其实并不怎么喜欢在这个游泳池里游泳，妻子对于游泳更是没有兴趣，完全是旱鸭子，结婚到现在从来没见过她游泳，就连几个月前去古巴度假也不愿试一试蓝宝石一样的加勒比海水。因此大部分时间里，丁加舜是坐在杉木平台上看着花园和游泳池的水波出神，那上面时常会飘进一些从枫树上落下的叶子。时间就在水光和花影中慢慢流过，有一种妙不可言的感觉。他想起了那个男主人说的话："你觉得游泳池有用的时候，它就会有用。"他觉得这句话还是很有道理的。

在他的督促下，他七岁的女儿有时会穿上泳装下到池里游上几个来回。女儿对游泳以及其他体育活动都不大感兴趣，她现在的游泳技术和几年前他在国内教她的时候水平差不多，但是那个时候女儿对于游泳是非常喜欢的，整个夏天都跟着他上游泳池。哪一天要是不带她去，她就会哭闹个不停。他不会忘记更早的时候第一次带女儿去游泳的事。那天游泳池里人不多，他带着还不到一岁的女儿到了池边。他让女儿坐在池沿不要动，他跳下水之后再抱她下水。也许是为了让女儿高兴吧，他退开好几米，加上一段小助跑，腾空跃起像燕子一样扎入了水中。当他浮出水面想看见女儿的笑脸时，却发现女儿不见了。他赶紧爬上了游泳池平台，以为女儿独自跑开了。可在他的视线之内，却没有女儿的影子。突然，他看见池边上有两个小男孩在对他笑，并指着水底下一个模模糊糊的影子。他魂飞魄散，赶紧跳入池中潜入水底，却见女儿正自如地仰卧在水底。他抱住她托出水面，只见她的脸上还带着笑容。原来就在他一跃跳入水里时，女儿也模仿着他跳入水中了。不过她出生不久，在母体羊水中的记忆还在，会自动屏住气息。当然，如果他没有看见那两个男孩在笑，而是上岸到其他地方去找女儿的话，那么她早就没命了，因为她屏气的时间是有限的。这件事虽然有惊无险，但是妻子知道后却表现出了异常的愤怒，和他大吵了一架，指责他对女儿的生命视若儿戏。就是从那之后，他们关系就冷淡疏远了，直到现在到了国外，还是觉得隔了一层什么东西。丁加舜看见已经长大的女儿，就会想起这件事。尽管女儿现在的游泳技术还很差劲，不过他倒是不用担心这池里的水会对女儿生命构成危胁了。

天气稍微转冷，女儿就再也不下水游泳了。他在下班后或者周末的时间里，常常还会坐在杉木平台上，有时喝一瓶啤酒，有时喝一杯茶。他的目光常常会落到平台的那个角落，当时那个地方放置着几双穿过的芭蕾舞鞋，现在他在那个位置上摆了一盆猩红色的玫瑰花。奇怪的是，每当他在杉木平台上喝着饮料胡思乱想的时候，他总是会把那盆玫瑰花看成是芭蕾舞鞋。他甚至有一种感觉，这个芭蕾舞鞋的主人还会回到这个平台上来。他慢慢喜欢上了这种和游泳池有关的生活，喜欢上这座房子的气息和品位。甚至他在换新车的时候，不自觉地去了沃尔沃车的专卖店里，买了一辆和先前屋子男主人一样的银灰色沃尔沃加长房车。这个时候他觉得自己已经和这座房子融为一体了。

生活越来越好了。秋天里的一个早上，他决定带女儿到Dansview大峡谷去远足。他近来发现自己的肚子有点发福，家庭医生建议他多做户外活动，于是他选择了参加Hike（长途步行）运动。在平常的时间里，他每天早上会沿着住家周围的林荫小路走上半个小时，周末则选择去较远的地方。他近来开车经过401公路时，看到飞架的大桥之下向北而去是一片极为浓郁的红枫叶树林，从地图上看这个峡谷是一直可以通到市区中心的。周六早上，妻子夜班回来还在睡觉，他和女儿穿起了户外的运动服，带上了照相机和食物饮水，步行出发去Hike了。他们先搭了一程公交车，在Butheauste桥边下车，然后沿着峡谷底下的小径向南边走。风景很好，峡谷里面有巨大的古树、交错的溪流，但是在穿过一个小桥之后，前面出现了一道齐腰高的围栏，里面有一个巨大的高尔夫球场拦住了去路。一个开着电瓶车的清洁工经过时，丁加舜问他能否从这里穿越过去，那人有点心不在焉，不置可否开车过去了。于是丁加舜带着女儿越过围栏，决定穿过高尔夫球场一直往前，按既定的线路向市区方向前进。

他们先是沿着一条小径前行。可是没走多远，路就没有了，只有绿茵茵的草地。他和女儿再往前走，突然见前方站了一群拿球杆的人，其中一个戴着白色遮阳帽的女人正大力抡动球杆将一个球打向空中，对着丁加舜的方向高速飞来。丁加舜连忙闪避，心里生气，正想开口责怪对方，却见那个击球的女人气急败坏地大声斥责他们：

“Are you crazy? How can you walk in golf stroke

field?”（你疯了，怎么可以进入高尔夫球场的击球区？）

说话的是个华人模样的女人，说的却是英语。旁边站着的一些白人倒没说话，但流露出一副不可置信的轻蔑样子。丁加舜要是回骂一句，那些人一定不会保持沉默了。

他进退两难，只好硬着头皮往前走。一路上都是高尔夫的开球点，走两步就有一个球向他们高速飞来，伴随着击球者的惊呼和责难。他得不停地躲避，时而躲到树后，时而跳下水沟，狼狈不堪。更要命的是女儿从未受过这样的羞辱，情绪差到了极点。这一次的经历让丁加舜明白别以为自己已混出个人样了，其实自己还像个乡下人，误闯入别人的游戏之地丢人现眼。要融入当地人的生活还有好多路要走呢！

从哪里跌倒就从哪里爬起来。他开始去学打高尔夫球。多伦多有许许多多个高尔夫球场，打一个上午的球只花二十几个美金，谁都能打得起。某一天下午，在他打完一局九洞制训练课之后，洗过了蒸汽澡，离开了俱乐部到停车场开车。他一眼就能看到停车场上自己那辆别致的银灰色沃尔沃加长房车。他奇怪地发现今天自己的车没有锁上。但这里很安全，没什么关系的。他开门进去了，坐到座位上，发现座位好像被调整过了。他调了位置，然后插上钥匙启动，可是钥匙却怎么也转不动。他拔出钥匙重新做了一次动作，还是转不动。而这个时候他感觉到有点异常，仪表板上怎么有这些头皮屑一样的灰尘？副驾驶座上怎么会有一双白色手套？那肯定不是他的手套。他突然明白过来，他上错车了，这不是他的车。几乎是同时，他看到有张人脸附在车窗边，并猛敲玻璃。他赶紧走出了车表示歉意，说明自己是上错了车。他的车是一样颜色型号的，也在停车场里。为了证明这一点，他对着周围使劲按遥控器，终于他车子的喇叭响了，那个人也看到了。就在这时，丁加舜看到，这个人就是卖给他屋子的那个男人，他开的车还是原来那辆，但是对方明显没有认出他来，踩着油门很快离去了。

这件事让丁加舜不安了好几天。怎么会有这么巧的事情呢？莫非有什么力量正在逐步把他变成那个开银色沃尔沃车卖给他房子的人？事实上他自己也的确是一个开银色沃尔沃房车的人，有一天他们会像两条蛇一样无法辨认吗？

就这样过了两个年头。丁加舜的脸上出现了几条皱纹，头发也有几根灰白了。他还是喜欢在空闲的时候独自坐在游泳池边喝饮料看报纸。某天傍晚，他打开当天的一份中文报纸《星岛日报》，看到上面有条新闻报道有一名五岁的华人女童在家里的浴缸里淹死了。初步调查这个女童是患有自闭症的。报道放上了女童的照片，看起来有点肥胖，笑得很可爱，看不出什么自闭症的症状。在照片的边上还附了一幅女童画的蜡笔画，是一幅房子后面花园的风景，画得很混乱，但是色彩很浓郁。丁加舜被这个孩子的画吸引住了。他仔细辨认这个蜡笔画里的物体，渐渐看出了一棵连体的白桦树，一丛扶桑花，一排锯齿状的藤蔓，一些水的波纹。一种熟悉的感觉附上了他身体，当他辨认出图画中远处的那个十字架是一个教堂的尖塔时，他差点叫出声来。这幅画画的就是他所面对的风景。他立刻去画的下方寻找一个重要的东西，就是他买房时看到的芭蕾舞鞋。他在那个位置上看到有几个斑点。由于报纸上登的画面很小，那几个斑点看不出是什么东西。但这已足够，这孩子画的就是这个花园。

第二天报纸上的报道详细了许多。丁加舜连续几天跟踪事件的报道。这是发生在东约克区一座Town House（镇屋）里的惨剧。死者的父亲是个保险公司的推销员，母亲曾是个舞蹈教师，多年前得过精神病并住过多伦多精神病院。死者五岁的贝贝出生后智力发展迟钝，几个月之前被病童医院确诊为自闭症患者。出事当天早上，男主人要清洗花园里的一张椅子和一个脏污的橡胶鸭子玩具。因为花园里没有水盆，他将楼上浴室的浴缸里放满了水，并加入大剂量的洗涤剂，把椅子和橡胶鸭子浸泡在浴缸里。中午之后，男主人出门去一个朋友家里探望病人，这段时间延续了近五个钟头，其间他和妻子的通话记录有十一次。就在他下午五点半钟回到家里时，看到家里所有房间的灯都亮着，他的妻子独自坐在楼下的客厅里看电视。他问妻子女儿在哪里，回答说是在房间里睡觉。但是他没找到女儿，最后发现女儿伏身在浴缸里面。他马上施救，但是女儿已经死了。

这个案件充满疑点，警方开始怀疑这是一起谋杀案。由于男主人有不在现场的证明，案件朝着是患过精神病的母亲淹死了患有自闭症的女儿的方向发展，警方拘留了女孩的母亲。

丁加舜也在侦查，他想查清这个患自闭症的女童怎么会画出他家花园的风景。唯一的可能是她在这个花园里住过。如果这样，那么那个开银色沃尔沃的男人就是她父亲，那个留下芭蕾舞鞋在水池边的女人是她的母亲。

大约一个礼拜后的某一天，他接到了一个电话，对方的口气非常客气，称自己是多伦多警察局凶杀案件组的彼德探长，现在要到丁加舜的住家做一些调查，希望丁加舜能马上回家配合一下。丁加舜说自己正在上班，不能离开。彼德探长说已和他的老板说好了。丁加舜转头，果然看到老板在向他点头示意，表明彼德的话是真的。丁加舜马上驱车回家。他远远看到家门口有四辆警车，还有一辆重型的刑事取证车，看起来十分夸张。

探长彼德和丁加舜谈话，其他警员在花园里游泳池边做着测绘和拍照。彼德对丁加舜说这个案子和他是完全没关系的。他们来这里调查是因为死去的女童贝贝一家两年之前住在这个房子里。他们在这里住的时间很短，不到一年时间就匆匆卖了房子搬走了。彼德探长和他的谈话不像是谈案件，而是像在谈一个互相熟悉的人的麻烦事情。他说了女童母亲的供述。她说两年前自己刚从精神病院出来，女儿也从国内带来了。可是她女儿与普通孩子不大一样，医生说她可能是患有自闭症。这个游泳池老是诱惑着她和女儿。她跳入了水中，女儿也模仿她跳下水。她好几次在水面上看着沉入水底的女儿影子，想看她变成一条鱼一样游开。她对这样的想法害怕极了，于是和丈夫争吵要离开这个带游泳池的房子。在房子还没有卖掉之前，她就急不可待地搬走了。可是她避开了游泳池，却在一个浴缸里出事了。是的，她已经承认是她淹死了女儿。那个下午，她的丈夫把浴缸放满了水，加了很多洗涤剂，就外出会朋友了。女儿看见浴缸里都是水，水面上还游着橡胶鸭子，就往浴缸里爬。对于女儿来说，浴缸和游泳池是一样好玩的。她那个下午非常害怕，一次又一次给丈夫打电话，让他快点回来，但是他一直没回来。后来她开始和女儿在浴缸玩水。这个时候浴缸突然放大了，变得像以前的游泳池那么大了。她让女儿在水底像鱼儿一样游，后来看到女儿不会动了，才把她抱出来想弄醒她，可是却怎么也弄不醒。于是她把女儿放回到浴缸里，自己跑到楼下的客厅看电视了。

彼德在结束谈话之前，说道：

“不管怎么说，这个带游泳池的花园还是很漂亮的。”

“是这样的。”丁加舜说。他心里还说一句：尤其是当池水边摆着几双芭蕾舞鞋的时候。

这件事大大影响了丁加舜的平静生活。从表面上看什么也没变，妻子和女儿对警察的来访和屋子的这段历史都不知情。他的幸福感没有了，莫名其妙地有一种对妻子和女儿的歉意。他现在奇怪地感觉到原先的女屋主无所不在，当他打开储物柜、下到地下室的洗衣房都发觉有她的气息。有一次他在浴室里洗澡时，一转头在蒸汽弥漫的镜子中也似乎看到了她的影子。这些错觉像电脑病毒一样摧残了他的记忆，现在当他回忆起女儿那次沉入水底里的情景，不再像过去那样觉得自己清白无瑕，而是开始有犯罪感的刺痛。他的睡眠质量也变得不好了，老是会梦见自己以各种方式在水底行动。他曾经梦见自己的银灰色沃尔沃车子沉入水底，窒息之中看到窗外的水里有张人脸在对着他看，还喷着气泡。那张人脸应该是卖给他房子的男人的，可是令他恐怖万分的是那张脸居然就是他自己的。

某个深夜他被这些梦魇弄醒了。他突然感到屋后花园里似乎有些动静。他起身穿过了走廊，到楼梯口的窗户往花园里看，结果看到在游泳池里有个女人的影子在游泳。他当时浑身起鸡皮疙瘩，以为一定是那个芭蕾舞鞋的女主人。那个女人从池边的扶梯上爬上来，在银色的月光映照下显出她的容貌，原来是他的妻子。妻子每天下班的时候他都在沉睡，他一点也不知道她会在深夜里游泳的秘密。

## 怡保之夜

这事说起来已过去十来年了。这年圣诞节之前我来到了马来西亚怡保——霹雳州的首府。这是一个看起来有点陈旧颓败的城市，街路两边的建筑大部分是那种过去福建厦门常见的骑楼，都是些有年头的老屋了。怡保一百多年前因为开采锡矿而变得异常繁荣，有很多的华人漂洋过海到这里采矿，后来就落户生根在这里。大概是上世纪七十年代之后，怡保在锡矿资源枯竭之后开始衰落。这世界上听过怡保这个城市名字的人并不多，然而，要是说起好莱坞的打女明星杨紫琼，很多人就会眼睛发亮。杨紫琼就是土生的怡保人，听说出道前还在街上的食摊端过盘子的。

不过，人们要是以为我是杨紫琼的粉丝而来到这里那就错了，我可是为了一件更有意义的事情才来这里的。瞧，我在怡保的时间里并不是在城市的宾馆酒店待着，而是一直在围绕着城市的山丘和丛林里钻来钻去，身上被蚊子咬得都是红疙瘩。我想不到怡保这个地方会那么热，树叶是那么大，整个山脉被浓密的热带植物紧紧包裹住。这里的地质结构是那种特殊的石灰岩地貌，样子很像广西桂林，连绵的群山里面有很多的溶洞，霹雳河的水源支流交叉遍布其中。由于这样的特殊地理条件，在一九四一年日本侵略军占领了马来亚之后，怡保一带的丛林山地便成为了抗日游击队的营地和打击敌人的主要战场。

现在我已经说出我来怡保的目的了，不是单纯地来旅游，而是来查证日军占领怡保时期的本地抵抗运动历史。我不是一个专业研究历史的人，充其量是个业余的抗战历史爱好者，所以并没有一套系统的理论，一不小心就会跟着人家的历史观点走。自从移居国外之后，我接触到了一些国内看不到的史料。我开始关注境外的抗战历史，比如马来亚、新加坡的抗日活动。

不久之后，我找到一段有关136部队的历史，那里面的传奇性可比眼下的任何一部电视连续剧精彩多了。这个136部队是抗战时期重庆政府和英国军队联手搞的。重庆政府挑选了一部分从马来亚、新加坡逃离出来的年轻华侨，送他们到印度加尔各答接受英国军队的间谍训练。一九四三年的春天，他们分批乘坐荷兰海军的潜水艇穿过马六甲海峡，登陆到马来亚海岸的邦咯岛上，然后潜入了半岛陆地。他们带有大量军火装备和现金，获得了当地游击队的支持。他们在怡保以南的米罗山上建立了大本营，在红土坎和怡保一带的城镇以开设商店工厂做掩护建立了间谍网。但是日本人很快就破获了他们的网络，除了几个成员逃到了山里之外，山下的成员都被日本人捉去了关在监狱里。我一直以为自己找到的线索是马来亚抗日的主线，直到有一天在互联网上的一个东南亚抗战历史论坛里遇见了刘锡康。刘锡康是怡保的居民，他主持着一个怡保华人文化历史的网站。当我在他的网页上高谈阔论136部队在怡保一带的抵抗活动时，刘锡康对我的论调嗤之以鼻。他说136部队的活动基本是花拳绣腿，没有起过什么作用。真正在怡保的丛林里抗日的是那些本地的游击队，他们是在马来亚共产党领导之下的武装。他的这个观点让我吃惊，这让我想起了小时候接受的共产党是中国抗日战争主力军的教育。我在网络上和他讨论了一阵，他失去了耐心，说我最好到怡保来一下，这里可是保存了很多东西呢。

于是在这一天，我坐飞机到了吉隆坡，次日坐巴士前往怡保。想不到怡保这个地方华人会这么多，车上大部分都是说国语的，连一个皮肤黝黑的印度姑娘打手机时也是用中国话和人嘻嘻哈哈："你这坏蛋，我到了以后打死你！"

刘锡康开车来接我。他六十来岁，一看就是个古道热肠的人。他穿着很宽松朴实，一身棉布旧衣服，光脚板下穿着的是拖鞋，开的车子也是一辆掉了颜色的标致车。他先带我去了他家，其实他的家庭背景是锡矿主，住房很大，里面住着他母亲和两个兄弟，院子里面停了好几辆名车。他自己的教育背景也很厉害，是在澳大利亚的大学读的硕士。我本来是想请他帮我找一家酒店住下来，可是他说为何不住到他的工作室里去呢？他的工作室就在怡保城外，有两个房间，他自己不住这里，是专门给外地来的客人住的。当然里面的设施很简单，我如果觉得不舒服再换到酒店也不晚。于是，我就住到了他的工作室。那是四层楼公寓上的一个单元，很干净。这个建筑临街的地方有个“胡日皆商行”大招牌，因此我出门回来很容易找到家。

安顿下来之后，刘锡康即带我开始寻访抗日游击队的遗迹。他大概已经带过很多人来过，对每个看点都非常熟悉。他首先带我到了卡迪卡素医生的墓地，那是个教堂的墓园，墓盖上落满了枯叶。刘锡康告诉我卡迪卡素医生是个被人们称为“游击队之母”的英国人，一直为山上的游击队员秘密治病，后来给日本人害死了。我看到刘锡康弓着腰身，一片一片地捡着墓盖上的枯叶，看得出他对于这个医生的情感很深。尔后，他带我去了卡迪卡素医生当年的诊所，这个名字叫甲板的小镇离怡保十几公里，差不多已被居民遗弃，即将被四处丛生的热带灌木吞没。当年卡迪卡素医生就是在这里偷偷给游击队做手术取子弹的。然后，他带我去了一个叫华都牙也镇上的监狱，卡迪卡素医生当年就是被日本人关在那里，拷打成残废。当我想拍照时，刘锡康很紧张，说不要让人发现，因为这里到现在还是监狱，关着霹雳州的重罪犯人。我们整个下午在寻访着日据时期的遗迹，他不时会告诉我某座房子是日军拷问华人的地方，某座屋子是日军的指挥所，某个十字街头是日本人展示被砍的华人人头的地方，某个山丘是日军大屠杀华人的乱葬坑。整个下午他带着我从城内转到丛林密布的山地，我们接触到的全是活生生血淋淋的日军罪行。我感到了这个小城内外还弥漫着日本人占据时期的恐怖，好像日本人还依旧深藏在那一排排带骑楼的屋子里面。刘锡康告诉我，那环绕着城市的群山当年就是游击队活跃的地方，城北边那一道绵延不断的山脊就是中央山脉，一直通往泰国。传说一九四五年日本天皇宣布投降之后，有一支日本军队不愿投降，一直在大山里面坚持着，过着野人的生活。听了刘锡康说的这些话，我更加感觉到怡保城里还存在着一种很强烈的历史气场。

经过一个下午的转悠，我已是疲惫不堪，天气炎热，身上也早已被汗水湿透。刘锡康送我回到了住处，让我休息一阵，他自己还得去忙点事务，说好晚上来带我出去吃饭。我喝了点水，洗了个澡，打开了空调，沉沉地睡了一觉。

过了很久，我听到了屋外有声响，是刘锡康过来了。我起来之后发现他还带了个人来。他介绍说这是他的朋友，怡保育才中学的历史老师谢志明。寒暄之后，我发现谢老师的国语讲得很好。谢老师听刘锡康说我是来了解怡保的抗战期间历史的，所以也很有兴趣和我聊聊。他想不到一个中国大陆背景的加拿大华人会对这段不见史册的历史感兴趣。简单交谈之下，我知道了这个谢老师很有学问，而且我也知道怡保中学很有名，马共游击队很多骨干都是从这里出来的。我们交谈了一阵，肚子已饥饿。刘锡康和谢老师说我们该去吃饭了。我听到他们为去哪里吃饭略加讨论，最后他们的意见是，去“蒙面人”那里吃。

我们三个人从四层楼上下来，坐上了刘锡康的车子，往大街上开去。我饥肠辘辘，胃口大开，对接下来要吃的东西十分期待。刚才听得他们说的是什么“蒙面人”这样的店号，我心想大概会是去一家很新潮的饭店了。然而车子开了一阵，转入一条更小的马路，在一个骑楼的角楼头停了下来。他们带我走进了街角的这家小饭店。我注意到了这间简陋的饭店招牌上并没有写“蒙面人”的名称，倒是写着“怡保家乡牛肉汤”几个字。我走进了店铺，这里只有一面墙，三面是拉起的铁卷门，一阵阵牛肉的香气直入肺腑。我和他们坐了下来，等了一阵子，才见一个已经老得走不动路的老太太慢慢地走过来。刘锡康和谢老师对老太太说了些什么话，大概是用当地的马来语说的。那老太太一点表情也没有就慢慢转头走开了。

然后我们就坐在那里，喝着茶，等着上菜。说真的，要是在中国大陆，这样的地方请人吃饭实在是过于简陋，桌椅都是简单的原木的，餐具只是几个瓦罐。而令我觉得十分奇怪的是店里经营生意的人，除了刚才来点菜的那个老太太，前面厨房里还有一个更加老的老头，他慢慢腾腾地在锅台上摸索着。还有个伙计年纪略小些，是个很厉害的驼背，脸上有不祥的表情，这让我想起了《伤心咖啡馆之歌》里的那个罗锅。

不久后饭菜上来了，每人一小罐牛肉汤，一碗米饭，还有两个公菜是芽菜鸡、木瓜蒸扁豆。吃了饭之后，刘锡康要了啤酒。我们边喝着啤酒边聊天。谢老师喝了点酒之后话头多了些。我听出他有点怀才不遇。他想编一本马来亚游击队抵抗运动历史的书籍，而且已经花费了很多年的心思收集了大量资料，却没有书局愿意出版，主要问题是游击队的红色背景在马来西亚政治上还是个禁忌。这个时候又来了一对年轻夫妇，是刘锡康子侄辈的朋友，他们在中国广西藤县做石灰和石料的生意，于是我们的话题又多了些。这个时候下起了雨，我们坐在店里喝着啤酒聊天，等着雨停了才好回去。我发现那个年纪大得走不动路的老太太坐在里面一张桌子前看着我们，那个比她还要老的男人也这样看着我们。还有那个罗锅，一脸邪气地在擦着桌子。

雨停了，这顿晚上的饭终于吃好了。离开了这个老年人打理的饭馆，我倒是松了一口气，因为吃饭的时候我不知为何总有点紧张感。刘锡康和谢老师没有带我去“蒙面人”饭店而去了这个迟暮老者的牛肉汤店，对此我有点隐隐不满，因此在回家的路上，我问了谢老师：“我听到你们之前说的是要去‘蒙面人’那里吃饭的，为什么又变成了这里呢？”

“这里就是蒙面人饭馆。”谢老师说。

“怎么会？我看到的招牌明明是怡保家乡牛肉汤嘛。”

“哦，是这样的，这背后有一个故事。我就是想要让你知道这个故事，才带你到这里来。”谢老师说。

“是吗？什么样的故事呢？你能说来听听吗？”我说。

“还是让你看一份资料吧。明天我把我保存的一件档案拿来给你看看，你就知道‘蒙面人’的故事了。”

“为什么要明天？今天晚上不行吗？”我忍不住心里的好奇，我的直觉告诉我，这很可能是一件重要的历史事件。

谢老师沉思片刻，说：“也许你是对的，这个故事还是在夜里的时候来看印象更加深刻。好吧，我们现在就去一下我的学校办公室，我去把那件档案拿来给你。”

于是我们在雨夜里又在怡保城里转了一个弯，到达了育才中学的门口。这个学校的门口我看起来有点熟悉，因为我在刘锡康网站上的历史资料图片上看过。谢老师让车停在门口，独自跑进了校门。我能看到他穿过了操场，消失在夜色里。过了一会儿，他出来了，拿着一个牛皮纸文件袋，回到了车子里。

他们送我回到住处后，又抽了一阵烟，喝了几杯茶，才告辞回去。

因此几乎是在午夜时分，我才有时间把那个牛皮纸袋打开来，抽出里面的卷宗，看看里面究竟写了些什么东西。那上面的编号是D-JJ-689H。上面用小楷工整抄写着摘要：怡保大肃清时期。我想这一定是谢老师准备编著的书籍的部分资料。

打开卷宗，是很多张粘贴在纸页上的老照片。有一张是日本人凝神运气准备砍一个中国人的头颅，有一张是怡保车站前的日军游行，还有几张是日军大屠杀的场面。近来这一类照片看得很多，这让我十分受折磨，所以我略过了照片，翻到了文字部分。

我看到的第一段文字是一封用毛笔写的信，看得出是一个长辈写给谢老师本人的。

志明贤侄大鉴：先后来函敬悉，承查询日军占领星马时，在怡保引导日军屠杀无辜青年之蒙面人一案，因历时二十多载，案卷早已归档，且老夫早已退休多年，无权再查阅公务卷宗。所幸找到一份当时简略记载，系事后报纸上的刊登消息剪报，兹特随函附上请查收。原稿上贴有四帧照片，因历时过久模糊不清，亦重新印洗附上。现在趁我的记忆还没有混乱，特把蒙面人案件的前后经过叙述如下，以警示后人不得如此作恶多端。

从这封信来看，这是一个叫刘戈青的老人写的有关怡保“蒙面人”案件的回忆资料。刘戈青的身份是台湾警备司令部一名退职官员。附件部分包括一张报纸剪报、几张照片和一封字体非常工整的长信。这封信就是他上面提到的对“蒙面人”案件的追忆。我开始读这封长信。信里面夹着一些文言文句子，我还是用自己的语言来复述一下这封让我印象深刻的信件，相信读者也会认为这封信的内容很有点意思。

刘戈青在信件的开头部分先是描绘了日军占领了怡保之后的大肃清运动。日本人没有遇到当时的殖民者英国军队很大的抵抗就横扫了马来亚半岛。但是他们知道在这个地方让他们不得安宁的还是当地占到三分之一人口比例的华人，日本人在中国内地的战场上已经和中国人打了四年的仗，双方已经结下了血海深仇。日本人占领马来亚之后，当地大量中国人早就组成了游击队，隐藏在山地和丛林里面，伺机和占领者作战。日本人当然也清楚这一点，对于马来亚的华人连续进行了一连串的掠杀。但是日本人无法在这里进行种族大屠杀，像欧洲的德国纳粹屠杀犹太人那样。因为日本人侵占马来亚半岛主要是为了取得战争的资源，包括橡胶、锡矿、粮食、铁矿等，而这些资源大部分都掌握在华人的手里。没有华人的合作，这些资源就无法生产。因此，日本人占领马来亚半岛之后，进行了一场极其残酷的大肃清举证运动。他们让华人离开住家，住到马路上，逐个审讯，搞清身份。如果发现有一点点抗日倾向或者有可能成为抗日分子的日本人就马上把他们挑选出来。一部分马上带去集体屠杀，还有一部分则被送到丛林里去为日本人修路，大部分两个月之内就会被折磨致死。

刘戈青的信件里详细描述了怡保城在那可怖的大肃清之中，一周之内有上千个人失踪，被日本人挑选出来人间蒸发了。好不容易过了这么一个关，怡保人战战兢兢地回到了自己的住家，以为接下去总会过上几天安静的日子了。可是没过两天，在一九四二年四月五日深夜十二点钟，全城突然警报长鸣实行戒严，在黑暗和极端恐怖的气氛下，几百名荷枪实弹的日本兵把全城不分男女老少全部赶到户外列队站立。这个夜里，怡保城里的市民看到了一个可怕的“怪物”，那是一个穿着特制白色蒙面服装，由头部套至足底的长袍，面部只露出两只眼洞的“蒙面人”。这个“蒙面人”带领着怡保日本驻军宪兵队士兵，步行从甘光鬲汝巫金MK大街出发，向市区行进。一路上，该神秘的“蒙面人”带着日军宪兵在街上的市民队列前经过，用手里一根五节电池的手电筒强光逐个照着每个人的脸。当“蒙面人”的手电筒强光束在某个人脸上停留两秒钟，日本宪兵就立即上去将这个人拖上了卡车。这些被拖出来的人一部分是地下抵抗运动重要人员，也有一大批华裔青年人，前些日子参加过地下集会，准备到山里去参加游击队的。被指认出的人在不到两个小时的时间里就被日本人拉到郊外处决了。“蒙面人”从深夜开始一直带着日本宪兵在人群中指认着杀戮的对象，到天亮时，已有三百多人被指认出来屠杀掉，其中就有育才中学的十来个学生。“蒙面人”因全身从头到脚严严实实遮掩着，无人能识其真正面目。

那个夜里“蒙面人”从午夜开始一直忙到天亮，但是怡保城里的华人还是比较多，到天亮了还没能走遍所有街区指认出所有的人。“蒙面人”好似黑夜里的妖魔，在太阳出来之后行动明显迟缓了。大概在上午十点钟的时候，“蒙面人”和日本宪兵又回到了原来出发的甘光鬲汝巫金MK大街附近。当时刘戈青正被日本人赶在路上等候着指认，他恐怖万分地看见“蒙面人”到达了这里。这个时候太阳已很高，天气热得让人透不过气来。“蒙面人”蒙在一件不通风的长袍里，一定是热昏了头。“蒙面人”像失去法力的巫师，不知道还有人等着指认，以为任务已结束，竟然把蒙面的服装脱了下来。刘戈青当时正站在“蒙面人”正对面，当“蒙面人”除下服装，一看这人竟然是个女人，是市立霹雳州医院医生巫廷谦之妻许玉叶！刘戈青当时的身份是宝兴百货商店的老板，许玉叶是认得他的。就在刘戈青以为这下蒙面人许玉叶一定不会放过他的时候，他发现了许玉叶在脱下厚厚的蒙面衣服之后眼睛被强光刺激得张不开，而且人已极度疲乏，双手掩着脸就钻进一辆日军的汽车离开了。刘戈青松了一口气。要是许玉叶知道她脱衣服的时候被华人看见过，那么这些人一个个都会被处死的。

这是一个让他无法相信的事实。他认识许玉叶，一个端庄而文静的女人，经常会带着人们做善事。她去孤儿院里给孤儿捐过物，还帮助无家可归的老人。刘戈青后来一直潜伏在怡保，直到一九四五年日本人投降为止。他是在日军入侵之前由重庆方面派到马来亚做地下工作的，当时有两百多个人，到日军投降时只剩下八九个人，其中在“蒙面人”带着宪兵指认的恐怖之夜中就有十几个人被杀害了。刘戈青后来一直在暗中注意着许玉叶和她老公巫廷谦的动向，不久之后，他看到了巫廷谦被升职为霹雳州立医院院长一职，这才明白她是因为帮助日军屠杀有功而得到的奖赏。

日本人投降之后，刘戈青第一件事就是想把许玉叶和巫廷谦捉拿归案。他已恢复了身份，任英军方面审判战犯顾问，但是许玉叶、巫廷谦却已乘乱逃逸，人间蒸发了。刘戈青找遍整个星马地区的日伪名单，不见其名字。最后他查找了日本军队眷属集中营的大量照片，才发现了许玉叶和巫廷谦化名混在日本人中间，被遣返到日本去了。

当我看到了这里，突然明白过来，今天晚上我们吃饭的怡保家乡牛肉汤店里的那两个老人一定和“蒙面人”案件有联系。莫非那个来点菜的老得走不动的老太太就是蒙面人许玉叶？那个在灶台上的老人是她的老公巫廷谦？我在卷宗里翻了一下，果然，看到了两张标准的照片。一张是许玉叶的，照片的时间还是一九四三年，应该是在蒙面事件发生之后，照片上她大概三十来岁，齐耳的短发，尖领的格子衬衣从西装里翻出来，除了两眼梢往下垂的样子不大好之外，基本上还是个不错的职业女子形象。而她的老公则气度不凡，额门开阔，脸膛浑圆，穿着一件讲究的西装，颈项上还有一条挺粗的金项链。我努力盯着照片细看，想找出这个女子和牛肉汤店里那一个老妇人的相似之处，可是实在看不出一点蛛丝马迹。但是我很快看到了另一张照片，那张照片是一个憔悴而愁苦的女人站在房间中间，一个头发梳得发亮的男人侧面背影在写着笔记。照片边有说明：台湾警务处处长刘戈青审问怡保蒙面人许玉叶之影。这张照片让我心里一亮，一是因为我知道了刘戈青最后还是抓到了蒙面人许玉叶，还有一点就是，我已经从这张许玉叶受到打击时的苦脸照片上看到了怡保家乡牛肉汤那个老太太的影子了。是的，卖牛肉汤的老太太就是许玉叶，那个在厨房摸索的老人就是巫廷谦。

下面的一段是刘戈青怎么抓到许玉叶夫妇的经过。

抗战胜利以后的时间，刘戈青整天想着如何把蒙面人许玉叶抓捕归案的事。他通过情报系统查到了许玉叶夫妇到日本后藏身在横滨一带，但是他们的生活非常糟糕。战后日本经济极其衰败，很多人都吃不上饭，而巫廷谦的行医执照在日本无法开业，他们几乎沦为乞丐。刘戈青本来想提要求去日本抓人，但是那个时候马来亚很多重要战犯都在等着审判，怡保那边不时有日本战犯和汉奸投敌者被绞杀，英国当局忙得团团转，根本没兴趣再跨国到日本去抓蒙面人。刘戈青后来注意到，在日本的华人因生存困难，后来开始被遣返回台湾。根据情况分析，许玉叶夫妇很可能也会走上这条路。于是刘戈青辞去了马来亚的高级顾问职务，前往台湾，在警备司令部谋得一个处长差使。他每天都去基隆海港，守候在从日本开往基隆的海轮码头，辨认着每一个从船上下来的人员。他这种大海捞针的方法竟然获得了成功。

一九四七年七月九日，由日本佐世保开来的“海黔”号客货轮抵达基隆港时，刘戈青在鱼贯而下的旅客中发现了疑似许玉叶夫妇的人走下舷梯。刘戈青立即命令基隆港务警察所给以扣押。在港警侦讯时，这对夫妇矢口否认，坚称不是许玉叶和巫廷谦。刘戈青于是亲自出马，命令手下将两人解至港口警务处他的办公室。刘戈青当天穿着少校警官的制服，气势非凡，他劈头就问："你们认识我吗？"

许玉叶抬头一看，完全吓蒙了，脱口而出："你是怡保槟榔律同壹隔壁的百货公司老板刘宝兴。你怎么会在这里？"

"许玉叶你为何要蒙面带着日本人去指认华人正义青年，供日军集体屠杀？"刘戈青问道。

"绝无此事，我乃被迫在日本宪兵队当过短期翻译而已。"许玉叶这个时候反应过来，这个当年的刘老板可不是来和她叙旧，而是来和你算账的。

"休得狡辩。你蒙面认人的当天，我也列队站在路上。当你将面具服装除下时，你左边站着台籍翻译杨阿木和郭中兴，右边有日本宪兵队东川队长等人。你除下面具服装后，坐着日本人的小汽车由吉宁道公小庙转入何敦锦园，难道你忘了吗？杨阿木、郭中兴和东川队长等人已经接受审判被处绞刑，现在我等的就是你的归案了。"

许玉叶仍不可置信地看着刘戈青，喃喃自语："你那天真的都看到了？我怎么没看到你呢？要是我看到了你，你就不会在这里了。"

许玉叶乃俯首认罪。

"战后你躲到了哪里呢？我们找得你好苦。"刘戈青审问。

她招认系由四方楼暗牌警长张志云带他们住到槟榔岛躲避，以后化名顶替一对死去的日本夫妇混在日本人集中营被遣送到日本。本来她以为是逃脱天谴了，可做梦也想不到会自投罗网。

许玉叶夫妇被抓获之后，很快被移送到马来亚怡保军事法庭接受战犯审讯。刘戈青的叙述到这里就结束了。卷宗的最后一页是一张剪报，上面是用红色大号字登了审判的结果。军事法庭宣布判处许玉叶绞刑，判处巫廷谦无期徒刑。那张报纸上有许玉叶夫妇接受审判的法庭照片，还有在法庭外边黑压压的愤怒人群照片。这些人都是那个恐怖的夜晚被蒙面人指认出来被日军屠杀了的华人的亲属。他们在外边举着死去的亲人照片和遗物，情绪激动地守在法庭的门外，那样子恨不得将许玉叶撕成碎片。

我一页一页看完了档案，了解到了这一个恐怖的历史案件。许玉叶这个人间的恶魔终于得到了惩罚。可是，这个审判却推翻了我前面已经推断出来的那个怡保牛肉汤的老年妇人就是许玉叶的结论。如果在一九四七年的时候许玉叶就被绞死了，那么这个夜里我所想象的故事就不成立了，而且谢老师安排的饭局也失去了我所想象的那种隐秘的意义。许玉叶真的在一九四七年被送上绞刑架了吗？我在这个档案上已经找不到答案了。我放下了卷宗，打开窗门。怡保的夜色中透着浓烈的山林气息，那中央山脉在月色之下蜿蜒地掩映在云层之中。现在都深夜两点了，我得等到明天去问谢老师，才能找到这个答案。

然而就在我准备睡觉的时候，我打开手机想看看时间，却发现手机里有一条刚发来的短信。是谢老师发来的，就一行字：陈兄，档案看好了吗？

我一看时间，是刚刚发来不久，想来他还是没有睡觉吧。于是我回了条短信。

“那个牛肉汤店里的老妇人是不是许玉叶？”

“正是她，那个老得走不动路的男人是巫廷谦。”他回了短信。

“许玉叶不是被判处绞刑了吗？她应该在五十多年前就被处死了。”我说。

“是啊。可是她真的不是一个普通的人，太有本事了。她在被引渡到了怡保之后，知道自己有几百条人命血案，肯定会被判死刑的，所以她被递解到霹雳州华都牙也监狱之后，勾引了监狱内的一个审问官。最初是用无辜的眼神，后来用了一些身体语言，最后是用脚，隔着审问的桌子来接触审问官的身体。据说审问官在第三次单独审问时就和她发生了肉体关系。当时她是死囚犯，是上了手铐脚镣的。审问官无法在正面分开她的腿，是从后面部分搞进去的。”

“后来这个审问官放她跑了吗？”

“不是。审问官没有这么大的本事。她从审问官那里得到的好处是，被他搞得怀了孕。在被判处死刑上绞架之前，她告诉法官自己怀孕了。法官送她到医院检查，结果证明真的是怀孕了。根据英国的法律，她被免除了死刑，改判无期徒刑。而那个审问官员则无地自容畏罪自杀了。”

“她真的怀孕了吗？”

“是真的。她后来在监狱医院里生下了孩子，是个先天的驼背智障者。”

“就是店里那个扫地擦桌子的罗锅吗？”我说。

“是的，就是他。这个小罗锅救了许玉叶一命。”

“许玉叶真的厉害，在这个时候还能死里逃生。”

“许玉叶和巫廷谦在监狱里服刑时间很短。一九五〇年，美国和英国为了自己的利益对日本采取了和解政策，在旧金山签订对日和约。马来亚当局在一九五一年八月份开始将所有日本战犯遣返回日本横滨的鸭山监狱，由他们自行处置，结果那些战犯很快都被释放了。马来亚国内的战争罪犯也都从轻发落，提早释放了。”

就这样，许玉叶、巫廷谦以及在监狱里生下的驼背儿子在被释放之后，就留在怡保不走了。最初的时候，他们白天不露面，只有在天黑之后才出来做点小生意。先是在闹市区卖点汽水和水果，后来还卖香烟、槟榔之类。大概是在四十年之前，他们一家买下了现在这间店铺，开始了做牛肉汤的餐饮生意。他们的习惯是天黑之后才开始做生意，一直做到深夜。他们没有雇一个人，只有他们自己两个人加上智障的罗锅儿子。谢老师说，起初怡保人都不去这个店里吃东西，有传说她会在牛肉汤里下慢性的毒药，还有一些对她仇恨的人企图纵火烧了她的店。但是她和巫廷谦、罗锅就这么忍受着。没有生意的时候，他们就一声不响地望着怡保的夜色，冥想着。他们从来不和顾客搭话聊天，生意几乎都是在无声中进行的。他们的生意一直都没好过，大概只能勉强维持生活而已，这样冷淡的生意倒是让他们有机会慢慢地一成不变做下去，而不招人注意。就这样慢慢吞吞地，“蒙面人”差不多已过完了一生。

# 南方兵营

## 一

榴弹炮营一连连长突生奇想，决定给连队买一台电视机。

这个时候是一九七九年夏天，电视的讯号在边远的地方也有可能接收到了。军分区后勤部给鹤顶山的高炮营配了一台9吋的黑白电视机，因为这里是海拔四千多米的山顶，电影队上来一次不容易。一连长在得知这一消息后，心痒难熬，肚子里也想给连队弄台电视机。可他们驻在平原地带，等后勤部给配备电视机不知要等到猴年马月。连长和指导员一合计，决定从伙食费里抠出点钱来，先买台电视机看看再说。电视机很快买到了，摆到了连队的会议室。在最初的几天，集中到会议室的全连官兵看到的只是一片哗啦啦作响的雪花，而且这雪花还是忽明忽暗。后来他们逐步架起了鱼骨天线，渐渐收到模模糊糊的图像信号，可是忽明忽暗的问题一直解决不了。榴炮营营房里用的电是农村的小水电电网，电压时高时低，因此电视屏幕的亮度就像风中的蜡烛一样闪烁不定。连长向分区后勤部请求支援一台电源稳压器，后勤部答应了，让连队派人来拿。这个时候通讯员告诉连长，连队的病号方凤泉明天要从118野战医院出院归队，可以让他到后勤部顺便把稳压器带回来。连长说这个办法好，让通讯员马上通知方凤泉。

这个时候方凤泉正在办理出院手续。

“我真的可以出院了？”方凤泉问。

“我想是的。从最近的化验结果看，你的白细胞已经降到接近正常水平，血色素也已经稳定，体重也有所增加。你可以回连队了，不过只能在连队里休息，不能参加训练，千万不要磕磕碰碰搞破皮肤，也得小心不要感冒。过三个月你再来这里检查一次。”主任军医说。

方凤泉长长出了一口气。这回他在医院住了整整八个月，做了化疗，吃了那么多的药，有几次在虚脱的梦境中他以为自己快要死了。他的病是慢性淋巴细胞白血病，发病已有两年。他当兵时体格还是好好的，可第二年就开始发病了。这几年，他在连队没几天，大部分时间是在部队医院度过的。现在他能出院回连队去休养，已经是非常好的结果了。他愉快地去小卖部买了点好烟好糖准备带回连队分给大伙儿，还去跟几个要好的病员和医生护士打了招呼。他还特地去了五号病楼和那三个火烧兵告别。火烧兵老王、老张、老刘的脸都烧掉了，现在脸上皮肤是从屁股或者大腿处移植的，紧绷绷的像是橡胶做的，五官只留下个洞口。他们要是走在马路上不戴口罩，小孩子看见了会吓得大哭大叫的。火烧兵很开朗，拍着小方的肩说：“我们虽然是好朋友，可还是不希望再次在医院见到你了。”小方在临走之前接到连队通讯员电话，让他到后勤部拿电源稳压器。另外，五班副徐果印有张照片在解放照相馆里放大，也请他帮忙带回来。

第二天上午，一辆双节加长黄河牌客车咆哮着开出了城南车站大门，没多久就出了城关，淹没在沙土公路的滚滚尘雾中。

车上挤满了人。除了靠窗的几个座位之外，大部分人都是站立着的。这趟车是到瑞安县城的区间班车，沿途要停好几十个站，车上紧挤在一起的主要是一些看起来很土气的农村里的人。当然也有一些打扮得比较光鲜的城里人，他们竭力想和那些汗流浃背的乡下人隔开一点距离。可是车子一晃动，他们的距离就消失了，互相紧挤在了一起。方凤泉这会儿站在车中央的绞盘连接位置，一只手抓着一根立柱，一只手夹着一个特别大的牛皮纸信封，而在他的两腿之间，则夹护着一个小纸箱，里面是一个有点沉重的电源稳压器。他的一身军装穿得很整齐，人的模样也很秀气。脸色白皙消瘦，皮肤几乎是透明的，显现着一些蓝色的血管。他看起来还是有点虚弱。

车子离开车站不久，起先拥挤不堪的局面有所好转，经过一阵摇晃，虽然车上的人身体还是挤压在一起，但在无序中出现了平衡，每个人都获得了自己的支撑点。方凤泉的支撑点是车厢中的那根立柱，他得紧紧抓住它才不会仰倒。他旁边有一个头发黄黄看起来很老土的农村女孩，她把他的手臂作为了自己的支撑点。那女孩的手也抓着立柱，只是距离较远吃不上劲儿，所以把上身靠在了他的手臂上。这个时候是夏天，那女孩只穿着件衬衣，方凤泉的军装也是薄薄的一层，所以她胸脯的丰满和温暖感觉清晰地传达到了他的手臂上，但是小方的身体还是冷冷的，没有一点反应。那些强大的药物在杀死他血液中病毒细胞的同时也杀死了他的雄性睾丸素，让他对异性的刺激失去感觉了。这是一个让他难堪的时刻。他本来想把那只惹麻烦的手臂抽回来，换一个站立位置。可是他要是一放手，马上会失去平衡，而且还会连带着让那土了吧唧的女孩也站不住脚。他观察到，除了他这一边，女孩的其他方向都是些看起来很粗大的农民。大概这女孩觉得解放军比较可靠，所以就大胆往他身上靠。

一个小时之后，方凤泉到了要下车的站头。他轻轻地把手臂抽回来，腾出空间让那土渣女孩挪到他原先站的位置。他发觉女孩抬头看了他一眼，好像有点不高兴的样子，怨恨他没有让她靠到底。方凤泉下了车，看着那个车子渐渐开远。这个站头叫下山根，翻过一个山头，就到了位于山坳里的营房。

方凤泉一手提着变压器，一手夹着大牛皮纸信封，开始走上了山路。要是不带什么东西，这条山路并不难走。可这会儿是带着二十来斤重的稳压器，他走了几步就觉得气喘吁吁大汗淋漓了。通讯员告诉过他，这个稳压器要紧得很，大伙儿都在等着看电视节目呢！而那个牛皮纸大信封又是怎么回事呢？原来，这里面装的就是五班副徐果印托他带回来的放大照片。连队的通讯员在电话里透了点话给他，说这张放大照片里的人不是五班副他自己，而是他已经死去的未婚妻。这么一来，方凤泉觉得这个牛皮纸袋里的照片比稳压器这个铁疙瘩还要沉重。

现在，他终于爬到了山背的顶部，一眼望去，山洼里的营房和稍远处的村庄就在眼底了。这是一个苏式的营房，房子都是单层的，间隔距离很大，看起来像是一些整齐的仓库。今天是星期六，这天在部队里称作是车炮场日，意思是要擦枪擦炮维护装备的日子。操场上有几门火炮架在那里，能看到一些人在通炮膛，而篮球场上也有些人在投篮球。打球的这些人肯定是老兵。老兵有时可以不干这些擦枪擦炮的事的，可新兵一定是要干的。而吸引着方凤泉注意力的还是连部房子上面的那个巨大的天线。这是新竖立起的，大概是电视的天线吧，可怎么搞得比八十亩那边的海军雷达站的天线还要高大？小方远远看到天线下面站着很多人，还有个人系着保险索带往上面爬，他们大概还在加高天线吧？

在下山之前，他坐在树荫下的石头上歇息着，而这个时候，他的好奇心起来了，他想看看那牛皮纸信封里的照片究竟是什么样子的。如果现在不看，等下山到了营房，也许再也看不到了，他相信五班副徐果印是不会把照片给人看的。所以呢，他就把扎着绳子的袋口解开了，露出一角是一种坚硬的有着花纹的美术照相纸，衬着坚硬的带锯齿花边的道林纸板。但就在他即将把放大照片抽出来时，突然有一阵冷风刮过来，那些低矮的树和草丛间的野花都猛烈摇晃起来。方凤泉不禁打了个寒战，因为他已经知道这信封里装的是一个已经死去的姑娘的遗照。不过忍不住好奇心的驱使，他还是把照片抽了出来。这个时候有一道黄黄的阳光照射过来，那个放大彩色照片里的女子在阳光里微笑着。

这个照片上的姑娘说不出是漂亮还是不漂亮。经过照相师的放大和着色加油彩，她的特征都消失了。方凤泉感觉有点不可思议，这样一个年轻的女子怎么死去了呢？对于他来说，这样一张图片就是一个虚构。图片上的人是否存在，在空间和时间上和他都没有联系，但是，对于五班副徐果印来说，可不是这样了。方凤泉知道的大概情况是这样的。这个照片里的女子是苏北一个县里的小学教师，是五班副徐果印在县城里读高中时的同学。问题就出在这些年人们对大地震恐慌，虽然唐山地震已过去了两年，那个县里忽然谣传将会发生大地震，因此大部分居民都在江堤边上搭起了防震棚。这个姑娘也住在了江堤上，也许是在夜晚受到了流星雨的影响，或者是出于对可能发生的地球末日的忧伤，后来她就染病死掉了。

在山背上休息一阵后方凤泉下了山。围在连部房子边上的人果然是在加高电视的天线。要知道，本地区范围其实没有电视发射塔。要想看到电视，得从空中捕捉外省跑出来的信号。近来的接收效果很不好，所以连长又让搞电台的无线班把天线加高加大。现在的鱼骨天线看起来已经很宏伟了，而捕捉到的信号只是为了支持一部只有小人书那么大的9吋黑白电视机。方凤泉看到好几个人还在高空上，人都变小了。

连长在下面手搭凉棚看着爬在天线上的人，不停地咋呼着，时而臭骂，时而大笑。

连长看到了方凤泉，把那个稳压器提在手里掂了掂，咧开嘴笑了，说：

“我的乖乖，这么沉，炮弹似的。”

连部通讯员立刻接过稳压器，小心翼翼地搬到了连部会议室里。

五班副徐果印也出现了。他拿到了那个大信封，立刻消失得无影无踪。

“那是什么东西？”六班副杨沛波问道。

“是他未婚妻一张照片，放大的照片。”方凤泉说。

“这骚货的照片，还放大了干什么？”杨沛波低声咕哝着，说完就走开了。

方凤泉看着他的背影，以为自己听错了声音。杨沛波怎么会说死者是个骚货呢？他所看到的照片里的姑娘可是清纯得很呢！

当天晚上天黑下来之后，连长兴致勃勃地让通讯员把电视机搬到户外去，要测试方凤泉带回的稳压器和加高后的天线收视效果。连长这样做是有策略性的。前些日子连长把电视放在会议室里播放，营部指挥排目前没有电视机，他们排里的人想来看电视可是进不了会议室，气得回去后开动硅-2W电台进行干扰，结果看电视的人一晚上看到的全是屏幕上不规则的横条。为了获得准确测试效果，连长把电视搬到了室外，完全向营房的大众开放，以避免有人再次干扰。

很快就有了证明，方凤泉带回的稳压器使得电视的屏幕亮度稳定了。连长宣布了这一振奋人心的结果，全连官兵掌声雷动。测试在继续。无线班长慢慢地转动着新加高的天线角度，连长亲自调节着电视的按钮，以试图和外星人取得联系，耐心加细心深情地望着夜空。突然下面有人大喊一声：有了！有了！无线班长和连长立刻停止了动作。在9吋的布满闪动沙粒的屏幕上，隐约浮现出一张无声的人脸，看起来就像是银河系之外某个星球上的生命一样神秘而遥远。天线在继续转动，不时有新的沙状画面出现，清晰度也慢慢变好了。事实证明，他们组装的复式鱼骨天线的接收能力十分强大，很多省的电视台信号都捕捉到了，其中最清楚的一次是看到了江西电视台的标志，这让连队里那几个江西婺源的兵激动得脸都红了。在比对过几个电视台的收视效果之后，连长确定把天线角度定在福建电视台的方向。全连官兵又是一阵掌声雷动。

这一年里有几部日本电影引入了国内。上个礼拜，连队里的人在接收效果十分糟糕的情况下看了《望乡》，尽管有一大半的时间听不到声音看不清画面，他们还是看得如痴如醉。后来他们听说这个《望乡》里是有裸体镜头的，可是在信号极其糟糕的情况下裸体或者穿衣服基本上都看不清楚。他们倒是看到了那个栗原小卷扮演的女记者在野地里蹲下小便的镜头。当时一排长情不自禁大叫：当心有蛇！全连官兵乐不可支大笑起来，因为谁不明白蛇是爱钻洞的？而这天晚上，他们等待的是一部更好看的电影《追捕》，就是后来在中国红了几十年的高仓健演的那个片子。

《追捕》要到九点钟才放映。前面放的节目都没有看头，是些新闻之类，还有杂交水稻科教片。后来有了一段像是故事片一样的片头，大家的兴趣略微抬了起来，却发现是一部针刺麻醉的科教纪录片，于是人群里骂声一片。可是不管放什么，只要是活动的画面，总是有人看的。画面上，一个妇女躺在手术台上，肚子打开来了，做大型肿瘤切除，里面的肠子在蠕动着，纱布在擦着血迹。方凤泉看到坐在前面的一个人突然滑倒了下来，一看是五班副徐果印。他的眼白翻了过来，口吐白沫。大家赶紧把他扶起，发现他已不省人事。卫生员和大伙把他抬到宿舍的床上。大概十分钟后，他醒了过来。方凤泉告诉连长，他没有关系的，这种现象叫晕血症，看到了动手术流血就紧张得休克了。连长笑着说："你这屌孩子在医院住久了，久病成医了。"

五班副徐果印一直躺着床上，眼睁睁看着天花板，好像还沉浸在巨大的恐怖中。

大家都返回会议室，这个时候好电影《追捕》开始了。这一个电影让营房里官兵激动了很久，原来世界上还有这么好看的电影。

## 二

榴炮营的营房在一个叫凤岙的山洼里面，三面环着青山，一面对着南方的水稻田。在水稻田的远处是一个笼盖着榕树的村庄，有一条碧绿的溪河从山谷里面流出来，从村庄里穿过。从营房的大门岗哨看出去，能看到村头小河上那座高拱的石桥，以及几个黑色的瓦背屋顶。这个营房里面驻扎着三个榴弹炮连和营部机关，一共有十八门一百二十二毫米榴弹炮，三十多台大小车辆。当初军分区建立营房的时候，在大院里种植了大量易于生长的细叶桉树。现在这些南方的树已经十分高大。中午时分在灼热的阳光照射下，桉树散发着浓烈的桉叶油的气味，令人昏昏欲睡。

现在驻扎在这里的部队是从苏北盐城地区调防过来的。原来的地方部队在当地驻扎十几年时间，与地方的派别关系很深，还介入了武斗。因此，老军分区被军委调到了苏北，而苏北的独立一师则对调到了这里。这支部队到达新驻地之后，被告知当地情况复杂，最好少和当地老百姓接触。连队规定战士不得进入村庄里面，不得与村里的老百姓来往。

方凤泉这回从医院回到连队时，发现这个规定开始松动了。他见到村子里的个别人进入了营房。有个叫阿四的男孩，大概十五六岁，个头很矮，脸孔有点成熟了，唇边有了淡黑色的胡须。他能自如地在岗哨眼前进入营房，而且可以在各个连队里走动，和连长都可以攀谈。他看见军官会叫得很准确，不会弄错官职。他看到士兵却无法记清，所以都是叫人家班长。阿四嘴甜，能讨好人，所以有时候可以到营部的小卖部买到一条飞马牌香烟或者一块肥皂。而阿四到营房里最主要的任务，可能就是刺探营房里放电影的消息。营房里很多人弄不明白放电影消息的准确来源，可是阿四却会比他们更早知道。然后阿四就会像一只发现巨大食物的蚂蚁，飞快回到了村庄，把消息传出去。这个时候村庄就会像一个被总动员起来的蚁窝一样陷入巨大的激动和忙碌之中，而且这个消息会随着田野上的风吹向方圆几十里所有的村庄。阿四必须让几十里外的人们有足够的时间步行赶到营房看电影，否则他的谍报工作算是失败或者不够成功的。

与此同时，部队严禁士兵上街的规定也松懈下来了。士兵们隔几个礼拜能请假离开营房到附近的小镇去走走。距营房五六公里处有两个小镇，一个叫塘下，一个叫莘塍，都坐落在运河的边上。去莘塍沿着山边的公路一直走就可以了，去塘下则要穿过对面的村庄。因为要穿过村庄，去塘下的士兵明显要比去莘塍的多。因为在穿过村庄的时候，会见到村里的老百姓，而老百姓里面是包括着一些年轻而风骚的姑娘的。通常最好的路径是过了那座石桥下的榕树，再经过那座小学校的大门。其实这样的上街路径是绕了一段路的，可它依然是士兵公认的最佳路径，因为在学校的门口你有可能见到全村最好看的姑娘，她是在小学里当教师的。运气好的时候她会在操场上教学生做操，或者她在学校门口值日。但是这样的运气是很难碰上的，不过也不要灰心，还有其他的办法。很多士兵会选择去石桥下榕树边的裁缝家里去给军装轧个领子垫啦，补个衣洞啦，改一下裤腰头啦什么的。刚才说到的小学里那个漂亮的女教师就是女裁缝的女儿，好些来找女裁缝的兵真正目的是想来看她女儿的。女裁缝补一个洞收一毛钱，不算贵。而且这个女裁缝一点不老，白嫩皮肤，对人和气，偶尔还喜欢抽口烟。士兵见到她会给她敬烟。给大前门最好，牡丹烟是特例，飞马牌的她一般不会抽，放在一边。士兵们喜欢到这里来，就算没有见到她女儿也不会亏。

如果你不去见女教师女裁缝也没什么。穿过村庄再往前走，就会进入到联合糖厂的厂区。据说这是全省最大的糖厂，供应了半个省份的白糖红糖。收获季节时，整车整船的糖蔗堆成了山，而榨干了的甘蔗渣也会堆成山，整个厂区内外的空气里飘着甜丝丝的酸味。这里你也会见到很多穿着工作服的女工。不过因为这是个国营工厂，这里的女工会显示出一些优越感，反而不像那些农村的女孩可爱了。穿过了糖厂，出门便是运河边了。一座很高的石拱桥横跨过运河，对面就是热热闹闹的塘下镇了，好吃好玩的什么都有。这运河边上有好多的路亭，坐在这里可以看见那些从瑞安到W州的客船，一节一节串成火车的模样。轮船的背上也坐满了人，有时还可以看见装在竹笼里声嘶力竭尖叫的猪。

这个星期天，方凤泉向值班员请了假上街。他带了一件军装，去找桥头的裁缝给缝上白色的衬领。这事要在以前，他自己也可以做的，但现在他不敢用针，因为他的皮肤一破了就止不住出血，军医一再交代要他小心使用锐器。他出了营房，看了看后面是否有人在跟着他，然后就直接往村头的石桥边那棵榕树走去。他觉得愉快，稍稍还有点紧张。有一首歌在他心里响着：

小路的荆棘树挂破了裙角
姑娘手舞足蹈往家跑
她为什么扔掉了锄头这样跑
姑娘的心事谁也不知道
上了石桥掉下河里她也不害臊
只顾一个劲儿往家跑
她手里拿着呀前线寄来的信儿
使劲儿地摇

这歌是那部朝鲜电影《一个护士的故事》里的插曲。在118医院的时候，他听到医院的广播里每天都会播这支歌。那几个火烧兵特别喜欢听这首歌，他们总是把这电影名字说成是“一个护士的裤子”。方凤泉听说火烧兵在百分之九十皮肤重度烧伤住进118医院时，全身像一只油炸过的虾一样变成硬壳，只有眼睛会转动。护士们就是一次又一次给他们放这首歌，让他们的精神略微放松下来，减轻些痛苦的。

方凤泉在裁缝家的门口张望了一下，里面看起来黑黑的，还有一种木柴烧焦的气味。这时有个新兵从里面出来，看到方凤泉有点紧张，赶紧走开了。方凤泉看他鬼鬼祟祟的样子，心里不禁骂了一句，骚得不轻！他走进了屋里，看到女裁缝坐在窗下借着屋外的光在缝制一件衣服。她那么专心致志，眼睛盯着针脚。同时她也清楚地知道方凤泉进来了，说：

“你坐吧。等我一下，让我把这几针活儿缝完。”

小方坐在一边等，看着她手里的衣服。这件衣服是黑色丝绸的，上面还用黄丝线绣着个什么字。小方奇怪，现在还有人穿这个样子的衣服？过了一会儿，女裁缝放下了手中的活儿。小方突然想起人家说裁缝会抽烟的，赶紧从口袋里掏出烟来敬了她一根。小方自己不抽烟，是他出院的时候在118医院买的高级牡丹烟，回连队时敬人家的。女裁缝看见是牡丹烟，拿起来放在鼻子下闻了一下，说：

“这是高级烟，我们乡下人是抽不到的。你能再给我一根吗？”

“当然可以，没有问题。”小方赶紧又给了她一根。她把烟摆在第一根烟的旁边。

“这烟我是给村里的瘸脚阿贵要的。这个人昨天在村头的砖窑里上吊自杀了。你知道他为什么自杀吗？因为他是喜欢抽烟的，他老婆一直骂他，不让他抽烟。前些天他通过阿四好不容易在你们兵营里买到一包飞马牌香烟，藏在家里，可被他老婆发现了。她把烟拿走，还臭骂了他一通。瘸脚阿贵想来想去想不通，结果就跑到村头砖窑里上吊了。这会儿他还直挺挺躺在家里呢！我正在给他做一套寿衣。你这两根好烟就放在这寿衣的口袋里吧，让他到了那边后痛痛快快抽一口。”

小方这才知道女裁缝刚才在缝的衣服是给死者穿的，衣服上的字是“寿”字。

“你是新兵还是老兵？我以前没见过你的。”女裁缝问。

“我倒是个第四年的老兵了。不过我大部分的时间都不在连队里。”小方说。

“原来是这样。我知道兵营里有个叫胡福原的，他是神枪手，平时都在军分区射击队集训，没有在连队。你也是和他一样的吗？”

“胡福原是二连的，我是一连的。我可没他那么好的本事。我是病号，老住在部队的医院。”方凤泉心里奇怪，这裁缝对营房的事还真是很了解呢。

“哦，那我知道了，你一定是小方同志了。”裁缝把手里的活儿放下了，抬头认真地看了小方一眼。“是啊，你的气色看起来不是很好，得好好调养才是。你今天要补什么东西？”

“我要在军衣领上贴一条白边。”方凤泉赶紧把军衣拿出来。他心里奇怪得不得了，女裁缝怎么连他的姓都知道？他忍不住问她：“你怎么知道我呢？”

“我女儿告诉我的。”女裁缝一边用针缝着军衣的领口，一边说，“我女儿跟我说过，榴炮一连有个姓方的南京籍士兵在她的小学里当过校外辅导员。后来不知怎么的，他得了一种慢性的病，就一直住在部队的医院，回不了连队了。她跟我说了好几次这件事，我想她说的一定是你了。”

方凤泉只觉得自己的脸红了，好在房间里光线暗淡，裁缝可能看不到他的脸色变化。虽然那些药物把他的睾丸素都暂时杀死了，可是他发觉那药物并没有杀死他对异性的情感，这倒让他庆幸不已。女教师还记得他，而且还知道他的病情，这让他心里暖暖的。女裁缝说的没错，在他发病之前，他是被连队派去到学校当过校外辅导员。他和学生们一起在水稻田割过稻子。那天他不小心把手指割破了，血流不止，还是女教师给他包扎了伤口的。就是那一次他的伤口后来一直流血，怎么也止不住。最后到了118医院才查出了他原来患了慢性淋巴细胞白血病。

“你的女儿都好吗？”方凤泉说。

“她呀，一直在忙着学校里的事。这不，眼下又到县里面学习去了，要过两个礼拜才回来。”

“哦，是吗？那很好啊。”小方说。其实他心里有说不出的失望。现在他明白了，自己来这里的目的根本不是给军装缝白色衬领，而是想来看看她。

说话间，裁缝把衣领缝好了。小方没有理由再待下去了。他付了钱，起身告辞。他让裁缝转告她女儿一句话，说他已经回到了连队。

方凤泉走出裁缝家屋子时，看到了杨沛波正兴冲冲地走过来。杨沛波低声问他：“裁缝女儿在吗？”方凤泉说不在。于是杨沛波掉头便走，朝着塘下的方向走去了。

## 三

方凤泉回到了营房。星期天外出的人多，营房显得空荡荡的。他远远看到徐果印坐在井边的葡萄架下练习吹圆号。徐果印是军分区文艺宣传队的队员，不过是跑龙套的。听说他当兵前在县中学的宣传队待过，会跳一点舞蹈，还会吹一点笛子，拉一点二胡，水平都很一般。后来分区宣传队里的一只圆号没人吹，想培养一个人来当圆号手，徐果印那个时候待在宣传队里没事可做，所以他就自告奋勇学吹圆号了。他毕竟吹过笛子，有点肺活量，能在圆号上吹出声响来，结果他就成了圆号手。但是军分区宣传队那个很有天才的指挥差点被他气得心脏病发作。据说在一段抒情的弦乐之后，指挥要圆号吹出雄壮旋律的时候，徐果印的圆号总是发出噗噗的漏气声，被指挥形容为比放屁还难听。那个指挥倒是个通情达理的人，徐果印毕竟才由竹笛转为圆号，需要练习。所以在宣传队解散之后，让他把圆号带回到连队里来继续练习，希望下次集训能看到他的进步。但是自从他的未婚妻出事了之后，他一次也没有练圆号了。今天他怎么把这个大喇叭拿出来吹了，实在让人有点奇怪。

不知怎么的，方凤泉看见了他，第一反应就是想避开他。可此时徐果印也已经看见了他，喊道：“小方，你过来！”

方凤泉只得掉转方向，朝水井边的葡萄架下走去。

“谢谢你那天把照片给我捎回来了。”徐果印说。

“没什么。照片放得还好吗？”小方说，装作自己没看过这张照片。

“哦，很好，像真的人一样。”他说。他点上一根烟，猛吸了一口，问：

“小方，你谈过恋爱吗？”

“怎么说呢？也算有过吧。有个小学隔壁班的女同学，中学时我们又在一个学校，后来到了高中时开始约会。”

“说来听听，后来呢？”

“也没什么，我们约会了几次，最后一次是在学校里面。夜里出来时被门口值班老师发现了，结果我们的关系也结束了。”

“怎么会这样。那你们约会时都做些什么呢？”

“也没做什么，就是在一起说说话。”小方不想再说这件事了。

“怎么会这样？你有没有摸过她？有没有解开她衣服？有没有搞了她？”他连续问着。

“没有没有，那时还小，才十五岁，不敢。”小方觉得浑身不自在，手脚都紧张起来，好像被人强行非礼了似的。他发现了徐果印的眼神有点异常，让他害怕。于是他说还有事，赶紧走了。

徐果印眼看小方走远了他，又对着圆号练习曲谱噗噗噗地吹了起来。可是没多久，他把圆号装进了乐器箱，回到了自己铺位。然后，他往另一座房子的储藏室那里走去。

储藏室里排列着一个个叠在一起的六十公分见方的储物柜，每一个士兵都会分到一个，用于储放个人物品。徐果印走进了储藏室，打开了储物柜的木门。他的储物柜内部是空的，里面供放着他未婚妻的彩色放大遗照。很显然，他把这个储物柜腾出来作为这个早逝姑娘的秘密灵堂。是的，他在照片的前方用手电筒改装成了一个长明灯，还在野地里采来几朵黄花插在照片前面。因为闷在里面，野花发出了霉烂的气味。柜里还摆放了一碟糖果，一碟饼干，饼干也开始发霉了，有几只蟑螂在仓皇逃窜。星期天连队里人比较少，储藏室里几乎不会来人，所以他可以在这里待得比较久。他伏在储物柜前，望着供在里面的照片上那神秘的笑容。对于他来说，这个储物柜就是他的精神洞穴。在这里他可以穿越黑暗的时空，越过生命的界限，和他心爱的姑娘相会，和她低声地长时间地说话。他完全生活在一种虚幻中，他把这张照片当成了她本人，当成了有血有肉的身体。对他来说，即使这是一具冰冷的尸体，他也愿意和她在一起。他愿意睡在她的身边，吻她，抚摸她，甚至愿意进入她的体内，这里既是她的灵堂，也是他们的新婚洞房。在柜子里面的确放着一条红锦缎的被面，那是他在去年去杭州省军区参加演出时在西湖边商店买来准备结婚用的。

这些日子以来，他一直在企图建立起和死者灵魂的沟通。起初他是通过睡梦和冥想，现在建立了这个储物柜内的灵堂之后，他可以在白天清醒的时候去探访她。通过自己的情绪变化和眼睛的眨动，那灵堂的电池灯会时明时暗，这样他就被导引着进入时间隧道。他能在隧道的远方如看电影一样看到大河边的防震棚，恰似舞台上的一个布景。那是一个用木板、帆布加上竹竿搭起来的简易棚，背景的天空布满了星星。他看见了她坐在窝棚的外面，张望着漆黑夜空上的星星。在河堤的下面，河水在奔腾着，发出轰然巨响。她是否在想着远在南方当兵的他呢？是的，这是一定的。他觉得她把防震棚搭在这个河堤上一定是为了怀念她曾经和他在这一带嬉戏过的日子。在他当兵之前的那一年，他们就是在这里第一次约会的。那个堤岸上有古老的榆树，堤上开满了野花，水边的芦苇滩上野鸭出没，开满了芦柴花。他去年春天回家探亲时，经常和她在这一带相聚。那个时候他们已经确立了婚姻关系，他可以自由地吻她，抚摸她。可是在他要解开她的裤带时，她却死命地攥着腰头，说要等到结婚那天才把身子给他。问题就出在这里。如果他要是当时一定坚持，她就是他的人了，也许就不会发生后来的事了。徐果印心头涌上铁锈一样的腥味，只觉喉咙堵得慌。

接下来那些蒙太奇式的画面是他不愿去想的，可却像一个可怕的旋涡一样把他卷入其中，使他在其中沉浮，喘不过气来。

现在她退回了窝棚里面，吹灭了蜡烛。这个时候她把上衣脱了，露出了光洁的肩膀。月光透了进来，照见了她的脸庞眼睛。他相信到这个时候她的心里还是想着他的。也许她把胸罩也除下了。哦，他多么熟悉的、柔软而结实的胸脯，还有那没变大的尖乳头。她也许自己在抚摸着，他相信这个时候她还在想着他，以为乳房上的手是他的手。然后天黑了，蜡烛灭了。开始了天昏地转，不是地震开始，而是有一个妖魔一样的黑影钻进了窝棚。这个黑影是河水中一个怪物的化身，扬子鳄，水獭狼，拖着尾巴一样长的生殖器，是个该千刀万剐的恶魔。他无法阻止脑子里疯狂的想象，他的脸因此变形。恶魔在和她接吻，在吸吮她的乳房，她裸露的肉体和他地像两条蛇一样狂热缠在一起。

徐果印几乎无法逃脱这样的过电影似的想象，那是一种痛苦的折磨，让他无法入睡，生不如死。到他终于从这个想象里逃脱出来时，就会进入到一种疯狂的仇恨里去。他又开始写信了，给老家的县法院写信，述说自己的要求，强烈要求以命偿命。他几乎是每隔三天写一封，已经连续写了三个月。

## 四

“她是一个破鞋！”杨沛波压低了声音说，透露着发布爆炸性新闻的兴奋感。

在黎明之前的黑暗里，榴炮一连的六台炮车牵引着火炮在公路上飞驶，前往位于飞云江入海口的八十亩农场训练营地。车子在沙土公路上卷起了沙尘，看起来像是老电影《南征北战》里的场面。方凤泉小时候最神往这样的场面，即使现在他也会觉得有些激动。他在发病之前喜欢把冲锋枪斜挎在腰间，摆出一个大兵的谱式，望着公路边飞闪而过的景物自我陶醉。但他现在可没有那样的体力和激情了。方凤泉本来是不需要参加训练的，只是感到今天天气很好，想出来遛遛，所以跟着六班的炮车出来了。前往八十亩训练通常会在黎明前出发，这样在经过一条集市路时不会扰民。黎明前起床，方凤泉觉得有点头昏和虚脱。他听着杨沛波在说话。遮着军用帆布的车厢里坐了八个人，天还漆黑，看不见人，只看到几个烟头一红一红的。

“听着，你们听了后可不要说出去。我可不想让人家说我是小广播。”杨沛波在打预防针。

“没屌事，你就说吧。”有个人不耐烦地说。

“老方你说是不是？”杨沛波对他不放心，特地关照。杨沛波和方凤泉是同年的兵，不过对于老病号大家都会尊敬着点，所以称他为老方。

“听到了。”方凤泉闷着头说。小方知道杨沛波这个人在夜幕中特别活跃。他记得当新兵时有一天晚上连队里运来一车白菜，大家都去卸菜。他听到杨沛波不停地吆喝着。事后杨沛波向他传授经验，在黑夜里干活领导看不到你，你得大声吆喝人家才会对你有印象。

杨沛波用老烟头点上一根新的，把老烟头往车后一丢。方凤泉看到烟头在车后的风中划出一道红光，在公路地面上跳动了几下，溅出几点火星。

“这件事其实我早就知道了个大概，她是搞腐化死掉的。只是不知道具体的经过。这回我在高炮营的老乡回家探亲，他和徐果印是一个乡的，所以把事情经过全搞清楚了。我的乖乖，真他妈惊人。”

“那个女的姓骆，名字叫什么露萍，听说是县中学最漂亮的姑娘，梳着条大辫子，是个非常活跃的小娘B。我的老乡和她是一个学校的，暗地里也喜欢过她。据他说，这城里喜欢她的人多着哩！我们苏北那些地方比较落后，都喜欢有背景的老干部子弟。我那老乡说学校里有个家伙也打她的主意，对她说自己的爹是老干部。她问你爹在哪里工作，他说他爹是生产队里的大队长，当了几十年了，还不是老干部？结果被她一脚蹬了。”

方凤泉听到车里几个人捂着嘴笑个不停。好几个人都说：“这狗日的，骚得不轻。”

“徐果印那个时候在学校里是宣传队的，听说他会跳舞。他跳大春，姓骆的女的跳白毛女。”

“我靠，徐果印这熊模样还跳大春啊？我看跳黄世仁还差不多。”一个人插嘴说，又是一阵笑声。

“哎，人是会变化的，知道吗？那个时候他在学校时可不是这个样子的，样子可苗条了。弄不好还是奶油小生呢。”

“这倒也是的，你看我们的许世友司令那么胖，可是我在书上看到他年轻时照片一点也不胖。”

“不过那个时候听说骆露萍还没有看上他。他一直在追她，给她送麦乳精，送录音带。还给她家做煤球，腌咸菜，像扛长工似的。后来他当兵了，翻了身，抖起来了，她才正式和他确认了关系。”

“我的妈呀，当上兵就有人跟你好啊？我当上了兵村里姑娘照样不理我，还是徐果印有福气。”黑暗中有人说。

“德性，你龟孙子就是当上皇帝也不会有姑娘跟你。”

“去你的蛋！”

“别打岔别打岔，快让副班长说下去。”其他人都对插嘴者不满。

“好吧，我接下去说。谁还有烟？”杨沛波点上一根人家递过来的烟，继续说下去，“去年春天，徐果印探家时，听说还穿上四个口袋的干部军装，装得像真的一样。那骆家很高兴，觉得也风光了。于是就订婚了。我们那边的人要是订婚了，就算是你的人。徐果印是军人，那骆姑娘就是军用品了。谁也不能动她了。谁要是动了她，那就是破坏军婚，要治罪的。”

“说是军用品，可不知徐果印用了没有？”又有人插嘴。

“这还用说，不用白不用，徐果印也不是傻B。”

“这事麻烦就在这里。要是徐果印搞了她一次，让她尝到了味道后又走了，那肯定不是件好事。让女人开了戒，就像我们学会了抽烟一样，有瘾了，不抽就不行了。”

“我的妈，说得对呀！我怎么没想到。”安徽兵蒋连会大惊失色地说道。

“说起来，也是徐果印的运道不好了。一九七六年唐山大地震之后，有一批无家可归的唐山灾民被安置到我们县里。从那个时候起，地震成为我们地方上的一个热门话题，县里的领导还发动群众搞地震预测。唐山过来的人受过大灾难一直生活在恐惧中，老是觉得还有大地震要发生。去年夏天天气奇热，有几天水井的水位突然上升，老鼠成群结队在搬家，还有人报告田野上发出了黄光，河面上漂着死鱼。结果这些现象都被视为地震前兆，县城到处都谣传要大地震了。所以呢，那些日子大部分人都不敢住在家里，而是住到了防震棚里。骆姑娘那时是小学的教师，住在了学校设在大河堤上的防震棚里。隔壁是县中学的防震棚。结果，有一个以前教过她语文课的中学老师夜里钻进了她的棚子，和她搞起了腐化。”

听到这里，车上的大兵一片寂静，只有几个人咽口水的声音。一会儿才有人问：

“就在防震棚里搞吗？”

“肯定是的。除了防震棚没有其他地方了。”

“这男的和她熟吗？”有人问。

“熟的，你听下去就知道。”杨沛波停了一下，接着说：

“然后麻烦就来了。他们搞的次数多了，那女的肚子就搞大了。徐果印不在身边，所以她肚子一鼓起来就毫无疑问是偷汉子，根本没有办法蒙过去。他们大概都吓坏了。听说他们是想了很多办法堕胎，都没成功。他们不敢到正式的医院去做流产，最后是到一个乡下的接生婆那里去土法打胎，结果造成子宫盆腔大面积创伤感染，半个月后死于血液中毒。”

“他娘的，这狗日的男教师真可恨，得把他鸡巴割掉才是。”蒋连会说。他也心惊胆战，因为他去年回家时刚说下了一个媳妇，而且他也搞了她一次。他现在不知这样做好不好。

“那个男的在她死后被公安局抓了去，关在监狱里。他是破坏军婚罪，还有一条人命罪，可能会被枪毙的。”

“枪毙了没有？”

“还没有，听说还在调查。现在还有什么律师在辩护，说他很早和女的就有感情，还有过去的通信作证。不知死刑判得下来还是判不下。”

方凤泉在黑暗中很留神地听着，始终没有作声，心里冰冷冰冷的。原来那张照片里的美丽姑娘是这样死的。这个姑娘的形象在他脑子里渐渐丰满了起来，不过和杨沛波所说的“破鞋”毫无关系。他想起了希腊古瓶上那些彩绘的少女图画，想起了那个被火山灰掩埋的庞贝古城。在他读过的有限的历史人文书籍中，与灾难有关的记载都带着令人伤感的诗意。对于一个死去的姑娘还有什么好责备的呢？这个女孩在大河堤岸上简陋的棚屋内，独自面对地震和死神，也许是在延续生命的本能驱使下才在恐惧中做了这件事的吧？如今的人们在参观被维苏里火山灰掩埋的庞贝古城发掘现场时，对于那些和男性抱在一起的女人肢体，谁会去追究她是和婚姻配偶还是和情人在一起呢？不过方凤泉有一点想不明白，既然是这个姑娘背叛了徐果印，那么他怎么还会把她的照片做成彩色放大，好像还深深爱她的样子？

天开始发亮的时候，部队进入了八十亩农场的训练基地。这里靠近东海海边，原来是一片涂滩，后来被围垦成农场。由于土质含盐，种不成水稻，只能种些甘蔗、地瓜、蚕豆之类的作物。那里的海边还有个海军的雷达站，巨大的天线对着台湾方向转个不停。火炮从牵引车上摘了下来，被人力推进了机耕小路深处。炮班的人员挖驻锄坑设置阵地，通讯班的在架电话线和无线电台，侦察班的则继续开往前方。小方在阵地上没事可做，就转到了炊事班这边来了。烧饭还早，几个炊事兵躺在草堆上补起觉来。

八十亩的田野色彩浓郁，天空碧蓝，田野上总是开满了花，有时是浅蓝色的蚕豆花，有时是紫红色的苜蓿花，当然还有翠黄色的油菜花了。小方靠在一堆干草上，听到不远处大马力牵引车的轰响声慢慢地远去，消失。他看着天空，白云在大幅度地转移着，云团涌动，像是在起一座高楼，让他再次感到眩晕。炮车离场之后，田野上又恢复了原来的宁静，不时有一种名为“叫天子”的小鸟箭一样从地里头窜出来射向天空，发出叽呤叽呤的叫声。小方想起几年前他还是新兵时，火炮训练阵地附近经常会有一片成熟的甘蔗林。那些甘蔗林在田野上看起来特别的浓郁，构成典型的南方田园的风景。那个时候他已读过郭小川的《从青纱帐到甘蔗林》，心里会浮现出一种莫名的美感。傍晚时分，他看到几个老兵在夕阳的影子里走向了甘蔗林。小方相信这几个老兵是没有读过郭小川的，他们到甘蔗林去干什么呢？天黑时他们回来了，小方一看心里乐了，他们每人怀里抱着几根甘蔗。甘蔗会被藏到榴弹炮的炮筒里（每门榴弹炮的炮筒大概可以装得下八根甘蔗）带回营房，由行动参与者和目击者分而食之。

这一个秋天的日子里，甘蔗已经收割了，田野变得很开阔。地里的农作物只有蚕豆和油菜花，还有一些马铃薯。从机耕路的那头，经常有一些漂亮又丰满的农场姑娘走过来。不知她们是从哪里走出来的，好像是从天边的云堆里出来似的。这可是让官兵们心跳的时刻，大伙眼睛齐刷刷地跟着她们的脚步走。这些姑娘说起来也确实好看，由于是国营农场的，是发工资的，所以比农村的姑娘会打扮。阵地上的排长大声呵斥大家眼睛不要乱瞄，可他自己说这话的时候眼睛也在瞄着某个农场姑娘不放。这个时候火炮瞄准镜上的瞄准手最是幸运。榴弹炮弹是往前方打，瞄准的目标物却通常设在火炮后方。在瞄准镜的目镜里，通过调节可旋转360度的物镜上下旋钮能轻易捕捉到田埂上行走的农场姑娘，而且可以缩短焦距放大目标，用十字瞄准线锁定部位，准确度以密位计。新兵轮不到上瞄准镜，只有老兵才有机会。他们的锁定部位各自不同。有的喜欢她们脸部，有的是胸部，还有的是更有意思的部位，一切由他们的德性而定。

对于这些事情安徽兵蒋连会可不感兴趣，他只关心吃。以前在训练的间隙休息时间里他会捉来很多的牛蛙，放在炮弹壳里。如果在水田边，他会去捉黄鳝。这个家伙个子小，体健，单双杠动作很好。小方看到过他吃蛇，还吃老鼠。他的脸上有蝴蝶斑，可能是野生的东西吃得太多了。回营房后他把牛蛙剥了皮整只在锅里煮，放了很多辣椒和葱。做熟的牛蛙样子像人体，可味道实在是很香很香。

但是蒋连会这天心神不宁，一只牛蛙都没抓到。那些牛蛙好像欺负他似的，知道他今天心里不利索，不紧不慢地跳开来。要是平常，它们逃得再快还是会在一个洞里面或者水坑里被蒋连会掐着脖子拎出来。蒋连会早晨在炮车上听了杨沛波的话之后，心里老是觉得很不踏实。上半年他探家的时候，他的老父亲在邻村给他提了门亲。他的探家期只有半个月，和那女的没见过几次。眼看要归队了，父亲暗示他应该搞了她，生米做成熟饭，以后她就跑不了了。因此在离家归队前的那天，他去邻村见她。她家里人多，别说搞她，摸摸她的手的机会都没有。傍晚时他要走了，她送他到村外。村外头有片高粱地，他在高粱秆子上压着她把她搞了，但是他现在发现自己搞错了。杨沛波说从徐果印的事情来看，女人要是搞上一次，就成瘾了。上瘾的时候会和别人搞，这可如何是好？所以这一天他就像丢了魂似的，心里埋怨错误指导的父亲。他在脑子里过电影一样过着村里可能会和她搞腐化的人，想来想去可疑的人越来越多，甚至包括了自己的父亲。他算计着下次探家的时间还早得很呢！真没办法，他干脆提早退伍算了。他今天反正心里七上八下的，一点儿不是滋味。

方凤泉一整天在炊事班帮助烧火、剥豆子、捡菜叶。他心里一直充满伤感，想着杨沛波叙述中那个不幸的姑娘。要是她能到部队野战医院就好了，可是野战医院是没有妇产科、没有做流产手术的，不过这没事，那些军医什么手术都会做的。那个女孩为什么这样害怕？为什么会去找那些巫婆一样的地下接生婆？那个男教师现在怎么样？还在监狱里？会枪毙吗？死亡是一种多么令人厌恶的东西，总是一直在滋扰着他的心灵。回到连队没有几天，他就在女裁缝的家里见到了为自杀者做的尸衣。现在，他又了解了徐果印未婚妻的死亡过程。死亡无处不在，不可预测，不可战胜。他时常会想起那三个没有面目的火烧兵。他们的确战胜了死亡，但是在他的心底，这样的生还不如死亡。在许许多多个夜里，他观照着自己缺少红色素的鲜血在紫色的血管里无力地流动，在睡梦里他老是感到自己灵魂飞走了。

## 五

这个星期六的傍晚，一个消息在营房里传开了，分区电影队会来放电影，是最新的片子《小花》。有关对这个电影的期望早就弥漫在军营里，那几首歌《妹妹找哥泪花流》《绒花》很多兵也会唱了，但电影队迟迟没来。部队领导怕士兵早知道了会分心，一直到太阳下山了才透露，所以阿四在探到这个消息的时候天已经擦黑。他急得眼泪都掉了下来。这样大的消息都打探不到，他还配做这个“情报员”工作吗？但阿四马上擦干了眼泪，他现在没有时间伤感，唯一的弥补办法就是赶快把消息传播出去。那个时候乡村是没有电话的，放狼烟的办法又已经过时了，只能靠语言传递。不过消息还是传得很快，像微风一样贴着稻田的表面迅速散布开来。到天黑下去的时候，只见兵营外围的田野阡陌之间闪烁着无数盏手电筒，比得过满天的繁星，方圆十几里地的老百姓漫山遍野地朝兵营里围过来，来看风闻已久的年度大片《小花》。

在平常，部队的营房四周有岗哨，老百姓不得随便进来。但在放电影的这天岗哨就失去了作用。老百姓如水银泻地一样从四面八方涌来，哨兵根本没有办法阻拦他们。这个时候部队已经集合在一起坐在了操场的中央，一连、二连、三连还有营部直属队之间是有间距的。老百姓开始是围在部队的外边，但是电影开始之后他们中的一部分便会挤进连队之间的空隙里，其中好多是年轻的姑娘。这就是为什么放电影会令士兵激动的原因之一，一方面银幕上是好看的电影，而身边挨着的地方有一个甚至好几个姑娘。她们的身体有时就紧贴着他们的身体，她们一点儿也不害羞。电影队都是单机来的，所以要换片时，银幕一片空白。场上电灯亮了，照见了场地里士兵和老百姓。他们这个时候会互相看来看去。姑娘们看着成排坐着的士兵用难懂的本地话嘀咕着，咯咯笑个不已，而士兵则是可以大饱眼福，不用瞄准镜和望远镜就能将站在身边的姑娘们看得很真切，而且还能闻到她们身上的气味。电影里的女游击队长刘晓庆在用担架抬伤员上山，跪着爬，膝盖淌血。姑娘们都感动了。这个时候士兵要是摸摸她们的手一定会被接受。还有在看到妹妹陈冲找到哥哥唐国强抱头相聚的镜头时，那些姑娘都愿意投入士兵的怀抱了。总之，在放映电影的操场上，看不见的激情和荷尔蒙暗流涌动。营房里传说在山冈上有一个空屋棚子，地面上都是用过的避孕套。但是士兵们觉得这些苟且的男女肯定都是老百姓，当兵的可没有这样的胆量来真的。

在连队里，看电影是那么一件重要的大事，这个时候要是轮到站岗真是非常倒霉的事。一连的一个新兵本来是在山上站岗的，在那里能模模糊糊看见银幕。他不知不觉地移动位置，竟然移到了山下的操场里，踮着脚尖在圈子外边往里看。大肚子的营长经常会在部队最放松的时候去查岗。他在山上的哨位找不到人，便找到山下的操场，看见了那个背着步枪的矮个子哨兵踮着脚尖跳芭蕾舞似的在看电影。

大肚子营长拍拍他的肩膀：“你是站哨的吗？”

“对对对。”这个倒霉蛋回答，头都没回，眼睛瞪着银幕。

“对个屁，你错了！我枪毙你三分钟。”营长吼道。这个家伙一看是营长，吓得连滚带爬跑回了山上的哨位。

电影热热闹闹地放映着，方凤泉看到一半时却离开操场回宿舍休息了。这个电影他在118医院的时候已经看过，后来到分区礼堂又看过一次。他感到有点头疼，还有点疲劳。他记得主治军医对他说的话，不能疲劳，更不能感冒。军医的话后面还有一层意思，任何轻微的感染都可能会要了他的命，因为他的白血球系统是那样紊乱和脆弱。他在单人房间里躺了一阵子之后，觉得胸闷，所以想到营房后面清静的地方走一走，透点新鲜空气。

走到营房西侧的水井边，在枝叶繁茂的葡萄架之下，他隐隐看到有个人坐在那里抽烟。凑近一看，原来是五班副徐果印，他的脚边还是放着那个黄铜的圆号。

“干吗哪？不去看电影啊？”方凤泉问。

“不想看。”他说。

“挺好看的，我在118的时候看过了。”方凤泉说。他心里却在说你不看拉倒吧。

“小方，跟你说个事儿。”他在黑暗里说。

“什么事啊？”方凤泉说。他猜想他一定会说死去的未婚妻的事。他很怕他说这件事。

“今天我得到消息，害死我未婚妻的那个人已经被枪毙了。”他说。他点上了一根烟。

“那个男教师？”方凤泉脱口而出。

“你怎么知道他是个教师？”他激动地叫起来。

“算了吧！这件事连队里都知道了。”小方说，“你就不要自欺欺人了。”

“知道就知道。我反正要让大家知道我未婚妻不能白白死掉，害死她的人是要偿命的。”他说。

“怎么判得这么重啊？真的枪毙了啊？”

“那怎么啦？他是破坏军婚罪。一命偿一命，他罪有应得。”

“也是的。这样也好，仇人死了，你就可以解脱一点了。”

“说起来是这样。可我现在觉得心里比以前更加难受，空虚得很。”

小方看他的情绪这么低落，不好意思离开，只得坐下来陪他说话。

“你好像还爱着那个女的。我都不明白，既然她都跟别人睡觉了，你干吗还老是为她悲伤呢？”小方说。

“我不知道！这就是让我发疯一样难受的原因。我想也许她根本没有爱我。听说在她死之前那几天说过很多的话，可是没有给我留过一句话，连一句最简单的告别的话都没有，好像我在她的生活里没有存在过一样。可我在她死了这么久之后还无时无刻不在想着她。”

“算了吧。要忘掉一件事需要一些时间。时间一长，什么都会忘掉的。”小方说。

“说的没错。我得慢慢地把这件事忘掉。但是，我又怕时间过得太快。到了年底，退伍要开始了。我相信我一定会在退伍兵的名单里。我要回到老家了。我们家那个县城就那么点人，几乎人人都认识。一想起人家指着我的背影说着她的那件事，我一定会发疯的。有的时候，我真想死了算了。”

小方没有再说话。他觉得徐果印这个家伙有点过于自恋，什么事情总是想到他自己。

“一想到快要退伍了，我就烦。还是你好，一直可以在部队泡病号泡下去，没人要你退伍。”

小方听到这句话，心里简直是愤怒了。这个家伙竟然有这样的心态！小方顿时对那个死去的姑娘充满了同情。要是在他生病之前听到这样的话，他一定会狠狠和他打一架。但是，小方一生气就觉得手心冰凉，一点行动的意志都没有，他甚至连马上站起来就走的意志都没有。

“小方，你现在睡的房间以前出过一件事。”徐果印突然改变了话题。

“什么事情？”小方说。他现在没有睡在大宿舍，而是睡在连部的一个空房间里。

“我听人家说，‘文化大革命’的时候，本地的县人武部部长被关在这个房间里隔离审查。在一个夜里，他用手枪对着自己的脑袋开了一枪。”

“他死了吗？”

“没有死。子弹从颅骨间穿过，没有破坏掉脑组织。那个人现在还在人武部当政委。”

“那个人的办法不对。他不应该用手枪，要用步枪就好了。最好用连部通讯员房间里那支三八大盖枪。”小方说。他心里升起一股恶气。

“为什么要用那杆三八大盖枪？”

“子弹大呗！这种日本鬼子造的枪比五六式的枪口径大多了。”

“这个不行。步枪那么长，对着脑袋手指就扣不到扳机了。”

“把枪顶住下巴，脱掉鞋子袜子，用脚趾头扣扳机！”小方说。这个办法是他前些日子从一本杂志上看到的美国作家海明威的自杀办法。他不知为何把这个办法告诉了徐果印，好像觉得他会用上似的。

到了夜里十点多，操场上的电影放映结束了。老百姓依依不舍地离去，也有一些人走错了路闯到了士兵的宿舍里面。成群结队的姑娘们相互壮着胆，发出放浪的笑声，她们会把头伸进士兵的寝室好奇地张望。而士兵们整夜都还在回味着电影场里的事情，或者是电影里的演员，或者是看电影的农村姑娘，那真是美妙的夜晚啊。

第二天是大晴天，太阳高照。兵营里照例会在放电影之后的次日晒被子。远看，士兵的被子是新旧不一的军绿色，但靠近一看几乎所有的被子上都有层层叠叠一块块地图一样的斑块。电影结束之后这些斑块会明显增加，而且是潮湿的，必须拿出来晒晒。这是年轻人夜里遗精的痕迹，有的是在梦里不知不觉出来的，有的则是用手搞出来的。这事在士兵的嘴里同称为“跑马”。有个笑话说，营长的五岁小女孩也知道跑马这个词。她看到了通讯员正在晒被子，张口就说：“小张你又跑马啦？”其实小姑娘一点不知道跑马的意思是什么。

太阳像烤着面包一样把兵营烤得暖烘烘的，那些布满地图斑痕的被子就是一面面彰显青春活力的旗帜。

小方也会把被子拿出来晒，他的被子冰凉冰凉的，干净得很，一点斑迹都没有，还透着一点香皂和婴儿的气味。

## 六

过了几天，连长看到小方在操场上晒太阳。连长喊他说："你怎么样？身体还行不？"

"还不错，回连队后比在医院时手脚觉得有劲了些，胃口也好多了。"方凤泉说。

"那好。听着，村里那个小学昨天叫阿四送了封信，说学校要搞少先队活动，要我们去一个人当校外辅导员。那信里说你以前当过学校辅导员，指名说要你去。"

方凤泉苍白的脸颊上突然出现了两块红晕。他想起了那天对女裁缝说的话，她一定把话转给她的女儿了。

"要是你觉得身体不行，太累的话，那就算了。"连长说。

"不，我还是去吧。"小方说。他没有看连长的眼睛，低着头说。显然，他有点心慌。

于是在两天之后的一个清晨，方凤泉换上一身新洗过的军装，前往村里的学校。学校组织了一次秋游活动，要带学生们沿着河流而上，到大山里面的红山谷去搞野炊。

起初的时候，秋游的队伍是坐着蚂蚱船逆水而上，前往那山谷之口。方凤泉坐在第二条船里，胸前被系上一条红领巾。裁缝的女儿坐在前面一条船上。她是先上船的，小方看到她在上船时，他犹豫了一下，最后上了另一条船。他能看见她坐在船尾部，她的颈上系着一条蓝色的头巾。

和她隔着一条船，小方觉得自己的心情要放松得多。上午在出发前，小方和她在学校里有过短暂的交谈。她说了一些欢迎的话，说了今天的活动安排，但是她没有问他的个人的情况。小方相信她一定是知道他生病的事的，可是她一句话都没提到。

方凤泉上一次见到裁缝的女儿还是两年多前的事。那次也是学校向连队要求派辅导员，连长看看手下的兵大部分是些文化水平不高、方言口音很重的农村兵，只有小方是南京市的，高中生，人也白净一些，能给连队挣点脸面，于是就让他去了。小方去过学校几次，讲过一些自己也觉得很虚假的革命英雄故事。他那时已见到了裁缝的女儿，可是没有什么特别的印象。后来的一次他是和学生去参加割稻子，不小心被镰刀割破了食指。那镰刀是带齿的，割破的伤口钻心的痛。是裁缝的女儿给他清洗了手指，从随身带来的卫生箱里取出红药水、纱布、橡皮膏给他包扎。这期间方凤泉看到女教师的手长得很灵巧，这样的手指是应该去弹钢琴画油画的。他在注意到这一点时，更发现她脖子和脸庞的肌肤白皙丰润，比城里的女孩还娇嫩，一点儿也没有乡下人的土气。

女教师给他包扎的纱布没过多久被继续渗出的血染成红色。他回营房后找营部的医助治疗，医助给他上了止血粉，重新做了包扎。这天他睡觉到半夜时，觉得自己的手指湿漉漉的，开灯一看，手指上的纱布又全红了。这个夜晚的后半部分他惊恐地坐着，高高地抬着伤手，以防止血水继续渗出。第二天天一亮，连队就派车送他到118医院去了。后来的事态变得越来越严重，这让他成了一个在梦魇中生活的人。在这个梦魇的源头，他时常会看见裁缝女儿给他包扎伤口时的白兰花一样的手指。

船往上游走了一段，河床变窄了，水深了，水流反而不急了。水的颜色变成了墨绿。以前，小方从营房这边看着河水流过来的地方，只是一片山麓，但是不知道这条河流是从山的中间流出的。船走到山边之后，河流的前面出现了一个山谷，两岸是高高的石壁，石壁上有一些小瀑布从高处飞泻而下。两条蚂蚱船在这峡谷里无声地向前滑动，在一个浅滩处，船靠上了岸，船上的学生都下来了，他们开始往峡谷的深处走去。

学生大概有百来个人，是小学三四年级段的，十一二岁的样子。他们排成队伍，每个人都背着个书包，有的还抬着铁锅，拿着锅盖，一个个显得很兴奋的样子。这都是些农民的孩子，家境贫寒，好些孩子平时吃的是地瓜丝之类的粗粮，衣服还打着补丁。这样一次的远足秋游，是他们的盛大的节庆。除了裁缝的女儿，队伍里还有两个老师，都是民办编制的，看起来气色不好，老是吊着脸。裁缝的女儿走在队伍的前面，小方走在后面。他不自觉地和她保持着距离。

在一块开阔的河滩上，队伍停住了，这里就是秋游野炊的地点。那个年代的小学生的户外活动通常是请解放军讲革命故事，这个方法也传到了乡村的小学。在这片布满鹅卵石的河滩上，孩子们围住了一圈儿，看着圈子中央的方凤泉。现在，他该开始讲了。

小方今天没有讲邱少云、董存瑞，他讲了那三个火烧兵的故事。

小方是个有讲故事才能的人，但是今天他对自己能否讲好这个故事把握不准。前面那一部分倒是没有问题。在一个密封的火药库里，一群人在研制一种推力更加强劲的掷弹筒发射药。发射药突然燃烧了。当场有四个人死亡，有三个人全身深度烧伤，百分之九十以上皮肤被瞬间的高温火焰烤脆了。故事里让人悬着心的是抢救的过程。小方讲到一个叫李峰的驾驶员在只能开时速四十公里的山区公路上把车开到时速一百公里送伤员到师部医院，中间的一段还赶超了一列火车过闸口。小方还讲到北京派飞机空降了专家医生、特殊药品和设备。这些情节小方能顺利地讲下来，但是后来的事情他就不知怎么讲了。这三个幸存者在拆掉了最后的纱布之后，看到了自己变成了一种可怕的模样，才知他们其实已经死掉，活下来只是他们的鬼魂。起初的时候，部队还请他们到处去做英雄事迹报告，但是一段时间之后，部队发现这三个人成了麻烦制造者。他们在首长的办公室随便出入，到处撒野骂娘，赖在118医院里不走，拿了小卖部的东西不付钱。小方曾做过一个梦，梦境里是一段石头的古代城墙，上面挂着矛和盾，三个火烧兵的脸在城墙下面晃动。在那个梦里面《夜半歌声》中的毁容者、三个火枪手、都铎王朝的铁面具人、荆轲刺秦王的故事交缠在一起。

小方讲完故事后，河滩上升起了一缕缕蓝烟，气氛变得活跃起来。孩子们在老师指导下用石头搭起了炊灶，放上了锅子，开始了野炊。孩子们跑来跑去，到处去捡干枯的树枝，河滩上一片叫声和笑声。他们把锅里的水烧开了，放进面条。即使在这个时候，小方依然和女老师隔得远远的，他在这一头，看到她的蓝头巾在河床上飘来飘去。孩子们似乎都很喜欢她，她走动的时候边上总像是磁铁带着铁屑似的跟着好多个孩子。

中午过后，山谷里面飘来一层层云雾，气温骤然低了许多。按照计划，秋游的队伍要继续往山谷的深处走，去登一座山峰。那个地方是有名的红十三军和敌军决战的战场，据说现在都还能找到当时的子弹壳。队伍开始前进，女教师走在队伍的前头，已远远消失在雾气里。小方跟在队伍后面，慢慢地他开始觉得有点吃力。在中午的时候，他会发低烧，特别容易疲劳。他看看前面，都是山路，路边是尖利的石头，云雾吹来时视线又不好。所以，他就跟一个老师说，他有点不舒服，不去登山峰了，就在这里休息，等他们回来。那个老师说那好吧，等回来的时候见。

小方坐在路边的一块石头上，看到队伍在雾气中慢慢远去，最后完全看不见了。他突然觉得有点心慌起来，觉得自己好像再也见不到这个队伍里的人似的。休息了一阵之后，为了摆脱那令人不安的感觉，他又开始慢慢地往前走。

尽管前面已经有一队人马经过，这里还是保持人迹罕至的寂静。路边小溪中的水波跳得越来越急，一只体态硕大、全身漆黑的石蛙雄踞在石岩上，而溪边的林木像某种动物耸起的茸毛，令人不安。他停住脚步，听到自己的心脏在扑通扑通地跳着，那种感觉像是昏死很久之后又突然醒来似的。他远远看见一条扁担那么长的花蛇从横贯溪涧上的藤蔓上慢慢游了过来，动作舒缓优美，丝毫没有攻击人的迹象。在花蛇极有礼貌地让出了道路之后，他又继续向前走。这个时候他心情慢慢好了起来，甚至有点喜悦了，而且觉得再往前走会有更大的喜悦，但却不知喜悦的根由是什么。

他又走了一些时候，进入了一个宽阔地段。这里的溪床变得平平展展，两侧有很多座石峰，有几只鹰在上面盘旋。这里的溪边开遍了许多浅紫色的水菖蒲花，而旁边则是柔软青翠的龙须草，如一张温柔的床，诱人仰面躺下来。小方这个时候有一种灵魂出窍的感觉。除了风景给他内心的激动之外，他的身体内也出现了一种很久没有过的对异性渴望的感觉。而这个时候，在忽隐忽现的雾气中出现了一个人的影子，是裁缝的女儿走回来了。

“你怎么走回来了？”方凤泉说。

“我一直走在队伍前头，不知道你没跟上来。中途休息时后面的老师告诉我你身体有点不适留在后面了，我就先回来了。”

“我没什么关系，只是有点累。你还是回去带学生吧。”

“学生没事的，那边有老师的，再说他们也走远了。我就在这里等他们回来吧。”裁缝的女儿说。她也在溪边一块圆石上坐了下来。

“我妈跟我说过你来过我家。说你血液出了问题，一直住在医院。我看你的气色也很不好，到底是怎么回事？”

“是的，我的血液出了问题。我遇上了大麻烦。我患了一种疾病，通常的叫法是白血病。这一种病是治不好的。”

“怎么会这样呢？”女教师说。

这个时候有一阵风吹了过来，把周围的雾气吹了开来。那些紫红色水菖蒲花在雾气中显露了出来，还有些蓝色的野水仙也露出了头。

“不说这事好吗？”小方说，“说说你吧。上次到你家缝衣领，你妈说你到县里学习去了。”

“是的。那次学习之后，我就被教育局转为正式教师了。”

“也许你应该去考大学，不会一辈子待在这个村庄里吧？”

“我已经考过一次了，没考上。”

“还会再考吗？”

“不知道，也许还会吧？”

这两个年轻人就这么坐在溪边的两块大石头上，相距不到一米。脚下的卵石底下有泉水流淌，山间的云雾不时从他们的中间飘过，使得两个人在彼此的眼里若隐若现。他们彬彬有礼地说着一些话，方凤泉有一种幻觉：他们是各坐在两个悬崖的峭壁上，底下隔着一道百丈深渊，乱云在他们间隔中飞渡。

## 七

这一天的中午，小方正在屋里休息，突然听到外边有人在大呼大叫他的名字。他跑到外面一看，是那三个火烧兵来了。他们看见久别了的小方，高兴地把他搂在怀里。

原来，三个火烧兵已经决定要退伍了。自从发生了那次烧伤事故到现在，整整十年过去了。他们一直在部队里无所事事游荡着，这让部队首长十分头疼。这段时间里，部队一次次开出优厚的条件动员他们退伍回家，但是他们毫无所动，三个人总是形影不离，坚守在一起不愿分开。那次事故让他们变成了“怪物”，令人略觉欣慰的是三只“怪物”在一起，尚能形成一生存群体相互支撑下去。要是把他们分开，让一只“怪物”去面对大群正常的人们，那么“怪物”也许很快会在恐惧和寂寞中死去的。

但是在时间面前，任何坚强的意志也是会被磨损的，何况他们只是几个伤残的士兵。他们逐渐明白了，在命运面前，过度的抵抗是没有用处的。他们在取得比较好的生活保障承诺之后，决定退伍回家。这一天，他们是专程来看方凤泉，和他告别的。三个火烧兵认识很多人，和营长、连长都认识。营部给他们做了好菜，营长陪他们吃饭，还喝了一点酒。下午他们坐上吉普车要走了。小方不敢看他们的眼睛。他们的眼睛已经没有泪腺，没有眼睑，不能闭合，那种哀伤使得他们的眼睛看起来像是离开了水面的鱼类。

火烧兵一走，方凤泉的情绪低落极了。在后来的几天里他的皮肤上出现了星星点点的紫斑。

最近连队伙食很不好，士兵已经有好几个礼拜没有吃到肉了。买了电视机之后，连队的伙食费缺了一块，司务长想让士兵们少吃肉，争取快点把这点钱省出来。可是他发现一个可怕的现象发生了。士兵因为吃不到肉肚子没有油水饭量大大增加了，几乎增加了三成。你可以不给士兵吃肉，可是饭一定是要管吃饱的，而米的价格现在也不便宜，结果伙食费的开销比以前吃肉的时候更大。那买电视机造成的伙食费缺口不但没补上，而且还增加了。

由于很长时间吃不到肉，士兵的情绪越来越低落了。同时天气也变得十分烦人， 一直下着雨。营房里什么东西都变得湿漉漉滑腻腻的，那些杉木做的双层床的床腿上长出了蘑菇，军衣老是晒不干，被子也潮乎乎的，饼干发霉了，香烟发霉了，人的心情也似乎发霉了。

周六下午是车炮场日，所有的人都在擦枪炮。小方是病号，没有配备枪支，所以没什么事，在寝室里边抄一份字帖练钢笔字。忽然，他听到从对面通讯员房间里传来徐果印说话的声音，他在和通讯员说着三八大盖枪的事情。

“干吗连队里还保管着这杆老式的步枪？”徐果印问通讯员。

“这杆枪是夜间训练的时候打曳光弹用的。这杆枪打出的曳光弹特别亮。”通讯员说。

小方听到他们说话，不禁贴着门缝往对面看了看。他看到徐果印把那杆三八大盖枪拿在手里掂量着，还把那刺刀也上了起来。看来是通讯员擦枪的时候徐果印走进来的。

“你有这枪的子弹吗？让我看看？”徐果印说。

“没有，子弹都保管在弹药库里，夜间训练时才会拿出来。”

小方看到徐果印对这支枪这么感兴趣，突然心里有点紧张。他想起了不久前放《小花》电影时和徐果印在水井边的谈话。他对徐果印说过用这杆枪自杀的事。现在徐果印真的来了解这支枪的情况，使得小方心里觉得发毛。徐果印这家伙是什么意思呢？小方很后悔自己那天为什么这么多嘴。

而这个时候人们围绕着训练的项目开始忙碌起来。南京军区要派出年度训练检查团下基层检查部队训练情况。连队除了执行营部布置的训练日程之外，自己还加开了小灶。连日的下雨使得八十亩农场的机耕路变得很烂，车和炮一进去就会陷入泥路中，所以最近的训练都改成了在驻地附近的公路上举行。为了避开滋扰附近的村民，训练选在了夜间进行，本身训练大纲里就有夜间射击的课目，这段时间部队基本是白天睡觉，夜晚干活。

小方是不需要参加跟班训练的。部队夜里拉到外面，营房里显得安静极了。小方通常这个时候会在房间里看一会儿《解放军文艺》、《中国青年报》，或者《人民画报》。到九点半的时候就准时入睡了。他睡得很不安稳，一直在做着浅浅的梦，等到部队回来之后才会沉入到真正的睡眠中。

这天部队结束训练回到营房已是深夜。方凤泉听到外面有人在大声嚷嚷，仔细一听是连长的声音。连长显得很光火，大声骂指挥排长。

“你们都是干什么吃的，眼睛都长裤裆里去啦？告诉你们打曳光弹时一定要远离障碍物，远离电线电柱，怎么都没听到呢？你们以为自己是杨子荣啊，一枪打灭两盏灯？！杨子荣也没你们厉害，在黑夜里把输电线都打断了！”

方凤泉迷迷糊糊听着连长在骂，他心里还想着：打枪还能打断输电线？这枪法真是好得不得了，这枪是谁打的呢？他听到了指挥排长在声辩。这枪不是指挥排的人打的，是五班副徐果印打的。连长一听火好像更大了，骂道：“胡屌扯！徐果印是炮排的，他跑去打曳光弹干什么？”指挥排长说今天是炮排和指挥排合练声光测距，所以徐果印也到指挥排这边来了。打曳光弹很辛苦，要跑到好几公里外的田野上，天又下着大雨，什么也看不清，所以打断了电线不能怪他。

方凤泉听指挥排长这么一说，心里大吃一惊，徐果印怎么真的去碰那杆大枪了？夜间训练项目中的声光测距和捕捉敌军炮火目标是连在一起训练的，部队会派出人扛着那杆特别大的三八大盖枪到很远的稻田里打出曳光弹模拟敌军的炮火。阵地这边根据曳光弹的弹道火光和听到枪声的时间差，来计算目标的距离。小方发病前参加过一次夜间声光测距训练，他还记得曳光弹划破天空的那种美丽。他见过曳光弹的子弹，比五六式制式子弹要大得多，弹头和弹壳都是黄灿灿的黄铜做的。他想象着徐果印独自背着这杆特别大的老枪在夜间的田野里冒雨前行的样子。他的样子很可怕，他靠在一根电线杆下面，把鞋子和袜子脱掉了，露出了脚趾头。徐果印按照他那天介绍的海明威的方法，把枪口对着下巴，用脚趾头扣动了扳机，轰然一响……他的脑袋没有被打碎，被打断的是夜空上的一根电线。小方越想越害怕。他觉得无论如何徐果印今天主动去扛着三八大盖枪打曳光弹一定是和那天他的话有关系。他暗自庆幸没有出事情，只是打断了一根电线。要是他真的自杀了，他就会相信是自己杀了他。

这一天是周末，第二天不需要训练的。尽管训练回来已经很晚，好多人还是开始打牌，包括连长和副连长。那个时候部队里流行打“拱猪抓羊”，连长一打起牌，气就消了，也不再骂指挥排长和徐果印了。部队里的基层军官很多都是牌迷，小方看见过连长打牌的时候常常会蹲在椅子上，军帽帽檐朝后反着戴，那模样就像个赖子。小方还看到连长出Q的牌时会大喊一声“高副营长！”人家出Q牌时也会喊“高副营长”。原来高副营长是个秃顶，Q的字母看起来也像秃头似的，所以就拿他的称呼代替了。还有一次连长和指导员搭档，指导员出了张臭牌，连长脱口而出骂道："笨蛋！"指导员回敬了一句："傻B！"两个人为此一个星期没有说话。

天亮了。不少人打了一夜的牌现在刚刚开始睡大觉。方凤泉起来后，在西侧葡萄架下的水井边看到徐果印又在练他的圆号。还是噗噗的漏气声，没有好听的感觉。现在大家都躲着他，生怕他老讲他未婚妻的故事，所以他独自练圆号的时间越来越多了。方凤泉远远就改了路线避开他。虽然看不见他人了，还是听到他的吹号声。听了好久，才听出他吹的大概是《斗牛士之歌》里的一个小节。方凤泉心里在想：这家伙能打断一根电线，可怎么就吹不准一个音符呢？不管怎么样，经过这么一个夜晚，徐果印没出事，还在葡萄树下吹号，这让方凤泉心里那种紧张稀释了下来。他想：要是以后他再出什么事，就和我说的那句话无关了。

然而就在当天下午，一个令人不安的消息传了过来。说昨天夜里打断了的电线掉在了水田里，有个小孩子清晨到水田里抓泥鳅，触到电线被电死了。被电死的孩子是住在塘河的东岸，和营房比较远。起先村里的人认为电线是被风刮断的，都到电业站里闹事。后来电业站的技术人员在现场调查时看到那电线断口是被什么东西射断的，最后还看到了田埂上散落着好些黄铜的子弹壳，才明白过来是兵营里的人用枪打断的。

这个消息立刻带来了紧张气氛。联想到以前的驻军和地方上发生过的冲突，部队不敢掉以轻心，立刻做好了防止村民冲击营房的准备。部队加强了岗哨，所有官兵不得请假上街，而内部也开始在调查事故原因，向上级机关报告情况。这个事情让方凤泉本来苍白的脸孔变得发青了。他一直有一种在劫难逃的预感，最后还是被言中了。他想如果昨天晚上马上采取措施，通知电业站断电，或者在被打断电线的现场设置警戒线，那么这个孩子是不会被电死的。他还想昨天夜里连队很多人都在打牌，打牌真是不好，一打起来什么事都忘记了。那个时间要是谁不打牌，去打个电话告诉供电站，那个孩子就不会死了。可谁又想得到呢？他自己当时也听到他们说打断电线了，也根本不会想到电死人的。紧接着，小方开始不安，联系到小孩的死是徐果印的那致命的一枪造成的，而徐果印去打那一枪和自己对他说的那句话有关，这样，那孩子的死便和他产生了联系。这真是一个不可思议的链条。

兵营里紧张得不得了，可是却不见老百姓有什么反应，比出事以前还要平静。晚上的时候，只见村庄里整夜灯火通明，却不见动静，这反而让人觉得心慌。营房里的人很想看见阿四过来，好问问情况，可是阿四也突然不进营房了。第二天晚上分区来放电影，可是没有一个村民来观看。战士们坐在操场上，边上不像以前那样紧紧围着老百姓，西北风直接吹进他们的头颈，让他们忍不住打起了寒战。想起上次放电影时到处都是姑娘的情景，兵营里的人不禁黯然神伤。

## 八

第四天的早上，终于有了一些动静。镇上政府的公安李特派员来了个电话，说请他们去谈谈。指导员临走前把方凤泉找来说，听说那个孩子是凤岙村小学的学生，他每天跑很远的路来这里读书的。指导员说你当过这所学校的辅导员，也许对处理事故会有点用处，就跟着一起到镇上去吧。

两个人一起走过了公路边的水稻田。这里是水稻高产的示范区，亩产两千多斤。田里的禾苗很壮，是晚稻。地里有一排的电线杆，歪歪斜斜，徐果印那天夜里就是在这一带打枪的。电线已经连接好了，上面站满了麻雀和伯劳鸟，所以也看不出来哪里是现场了。方凤泉一路在想着这个孩子是凤岙小学学生这件事。他努力去回忆前些日子和学生到红山谷的情景，一个个的孩子在他眼前出现，可他不知道死去的是哪一个？这样他又想起裁缝女儿老师来，要是处理事故的时候遇见她，他该对她说些什么？说些安慰的话还是抱歉的话？可这些话他觉得都没什么意义。

然后就到了镇上。方凤泉以前来过这里，可不知镇委会在哪里。后来找到了，原来是在供销社边上的大门里面。指导员和小方以为镇里一定会郑重其事，会有很多人在这里等他们谈判。他们走进镇委会的院子之后，却看不见院子里有什么人，大门边的传达室里也没有一个人。过了好久终于有一个人带着一条狗从外边进来。小方告诉那人他们是来处理事故的，要见李特派员。那人想了半天，说你们要见的李特派员可能在后面那排屋子的楼上。

踩着摇摇欲坠的楼梯，他们终于在二楼的一个房间里找到了李特派员。他正在一个煤油炉子上煮饭，所以房间里面充满了煤油的气味。在见到这个人之前，小方对他怀着一种有点夸张的期望，因为以前他从来没有听过现在还有特派员这种职务。“特派员”这个称号他只是以前在《野火春风斗古城》的小说里看过，而且还是国民党方面的。但现在他一看到李特派员，心里马上失望了。李特派员看起来就是个农民，穿了条褪了颜色的中山装，领口扣到了头。他的脸孔黝黑，是那种长期在阳光下劳动暴晒造成的。他的这间屋子兼了卧室、厨房和办公室。他说自己也当过兵的，是空军地勤。

谈话是从李特派员抱怨自己的编制问题开始的。他说自己的身份虽然叫公安特派员，其实并不是公安编制。制服是没有的，工资很低，也没有公安补贴，至于手枪就别提了。待遇很差，可却要管乡里那一大片土地上的事情。然后他开始谈起死者的问题。他说自己做了很多的工作，让村民情绪安定下来。这个孩子是个孤儿，几年前父母在一次翻车事故中都死了。他跟着双目失明的老奶奶过日子，每天得起早去抓泥鳅以补贴家用。他们家和村里人姓不同的姓，是外来的姓，村里没有族人，所以问题比较好解决。特派员谈着谈着又谈到其他的事情上去了。他说到了前些日子一头耕牛失踪的事，说到了鱼塘里很多鱼被咬死的事。

然后就商量起了抚恤金的问题。指导员说军分区给的一个参考数字七百元，这还是以前在苏北时汽车轧死老百姓的赔偿数字。李特派员说这个数字好像少了点。这里毕竟不是苏北，是相对富裕的江南，最好能加点。然后数字加到了九百元，双方都同意了。李特派员说明天早上村里会给孩子安葬，部队最好派人来参加送丧，并当场把钱交给孩子的家属——那个双目失明的老奶奶。事情就这么说好了。李特派员客气地留指导员和小方吃饭，指导员和小方推辞了，那一点煤油炉煮出来的饭菜大概还不够他自己吃的。

第二天一早天还没亮，小方和指导员就起身出发前往河对面的村庄去给死者送丧。想不到这个孩子的家住得这么远，他们足足走了两个多小时才到达了村子。那是一间泥土墙垒成的房子，明显比村里其他房子寒碜。屋外聚集着好些个人。小方和指导员走进屋子，看到那个孩子还躺在门板上，盖着薄薄的被子，边上点着几根蜡烛和香，他的奶奶坐在屋角。这个孩子前些天跟他去秋游过，可他实在没有一点印象。裁缝的女儿带着一群学生来了。小方没有机会和她说上话，只是远远地对视了一眼。小方感觉到，他们之间在上一次秋游积累起来的那一点密切感，在这个时候突然变得荡然无存了。人员到齐之后，一个专管村里丧葬的人给孩子换上了一套新衣服，穿上了新鞋子。这个时候李特派员让指导员把钱交给了木头一样发呆的奶奶手里。特派员让她感谢解放军和共产党。老太太的嘴喏了几下，好像是说了什么话了。处理的过程太容易了，小方都觉得奇怪，这村里的老百姓怎么连一点愤怒都没有？

孩子被装进一个小木匣子似的棺材里，专做殡葬的人在上面钉上了钉子，裁缝的女儿和好几个学生在棺材上面摆放了很多的白色和紫色的野花。出丧的时辰到了，小方突然发现外面的路上已经来了四辆大马车。是真正的马车，每辆车有三匹骏马在辕上。村里的人们把小孩的棺材放在第一辆马车上，其他送丧的人也都陆续上了车。指导员和小方也坐上马车，和人们一起把孩子送到山上的埋葬地。那个地方是在一个高高的山上。这里的人喜欢在高处埋葬死人，在深谷的悬崖上还能见到古代人的悬棺。

出殡的时间到了，司仪一声令下，鼓乐齐鸣，纸钱飞扬，那气氛竟然显出了一点喜庆的意味。送丧的人们坐在这四辆神奇的三套马车上，马的头上缀着红缨，脖子上挂着铃铛，发出悦耳的声音。小方坐在第三辆马车上，说起来，这是他一生第一次坐真正的马车，他无法抑制从内心深处涌出的对神奇马车的赞叹。他注意到马车上那些孩子头上都戴着一个白纸折起来的丧帽，使得他们的样子好像是去演一场戏似的小演员。他们的表情哀伤，却不时会掩不住地露出微笑。裁缝的女儿脸色凝重，头上包着一条表示伤感的白色头巾，像是一个童话里的女仆，或者是猎人的妻子。马车队嘀嘀嗒嗒地向前跑，一会儿就上了山，在云雾缠绕的山林中间穿行着。

小方在以后的日子将永远不会忘却这个明亮的秋天早晨里这次光明的行程。布满朝霞的天空远景扩展成为一个无边无际的穹隆，穹隆上隐隐约约地出现奇形怪状的陆地和海洋。那远方平原上的绿色和黄色田野用它笔直的线条作出标识，云端里的潮流和漩涡则不停地变化着姿态。迎面吹来的风是清冽的，像银色的薄纱似的微微闪光，能闻到杜鹃花的香味。神奇的马车在云雾中奔腾，它们的四蹄被白烟似的云气淹没了，好像它们就是在白云上面奔跑着。在云雾的间隙中，那茂密的森林展开了墨绿色长卷，一群群大雁和信天翁排成浩大的阵势在森林之上飞过。他们进入一个峰峦起伏的山谷区，漫山遍野的杜鹃花中间高耸着青翠的毛竹尖顶，尖顶后面屹立着陡峭的山崖。小方在那些开满花朵的斜坡上看到一群群割稻子的人，聚集在长满苔藓的沼泽地和灌木丛中间。在更远处的高山上是一片永远不会融化的冰雪，只有一种鹰才能飞到那上面。

方凤泉知道这一切都是真的，可怎么也无法摆脱这是在做一场大梦的感觉。

# 猹

## 一

经过二月中旬那场五十厘米厚的暴风雪之后，多伦多强劲的冬天终于减了势头，气候慢慢温和了起来。三月初的一个早上，我站在书房的窗口望着后园，发现邻居家屋顶上厚厚的雪被都融化得只剩薄薄一层了。那本来松软的积雪现在呈现为冰的晶体，底部开始有淙淙融水流淌着。树枝已经泛青，还在严冬的时候它们的芽孢就已经悄悄鼓起。再过上个把月，冰雪就会不见踪影，郁金香和黄水仙会最早开放，接下来什么苹果花、接骨木花、日本樱花接二连三都来了，我们这一带街道两边会被争先恐后出现的花团锦簇所包围。

来加拿大定居已有十多个年头了。往年闻到春天到来的气息时，我总是会感到阵阵苏醒般的欢欣，即使在刚刚到来的那几年生活和生意上最为困难的时候也是如此。但是今年有点不一样，春天的气息让我感到一阵阵焦躁不安，因为有一件特别麻烦的事情在等着我去做，而我对处理这类事情毫无经验，也毫无信心。我开始频频注意天花板上面的动静，半夜里还尖着耳朵捕捉阁楼顶上的声音。在冬天之前，有一家浣熊入侵到阁楼里面做窝，这正是让我心烦的事。

整个冬天里阁楼上悄无声息，但几乎在我开始闻到春天气息的同时，我感觉阁楼顶上那一窝冬眠状态的浣熊开始有了活动的迹象。它们的动作很轻，听不到声音，但是它们之间一定会有一种语言，可能在谈论即将到来的春天计划。它们的唧唧声通常在凌晨发出，听起来很是可怕和令人厌恶。它们明显已从休眠状态苏醒，有一天，我看到在二楼客房雪白色的天花板上出现了一团棕色的印渍，而且有强烈的臭味。我知道这是浣熊排出的便液，渗透到下面来了。我虽然恨得咬牙切齿，同时也知道问题糟糕透顶，往往也就会出现解决问题的机会。

话说回来，浣熊入侵我家阁楼的事件是和我以及我妻子一连串错误做法有关系的。当年我们移民到多伦多刚刚买下这个房子时，那时候房子周围的浣熊和臭鼬确实很多，半夜里经常会被它们发出的剧烈臭气熏醒了。顺便说一下，浣熊和臭鼬是两种动物，可我们刚来时把它们混为一谈，都叫它们是Raccoon。其实Raccoon只是浣熊的名字，臭鼬叫Skunk，那臭不可闻的气味是臭鼬发出的。那时普通垃圾和食物垃圾还没分类，垃圾桶也没有闭锁装置，所以垃圾桶里的食物残渣足够供这些小动物生长。浣熊和臭鼬争夺食物时会发生争斗，臭鼬个头比浣熊小很多，打不过浣熊，但是臭鼬有一绝招，就是它的液体状臭屁，喷到其他动物身上会让对手中邪似的抓狂。所以那时我们在半夜闻到的臭气其实是浣熊和臭鼬之间争斗的“硝烟”。不过自从七年前市政府开始了垃圾分类，用绿色的垃圾小桶收集食物垃圾。这种厚壁的密封桶有坚固的钢扣，小动物是无法打开的。这样，小动物丧失了人类提供的食物来源，只得退回到树林里去。自那之后，我们明显感到浣熊少了许多，那夜里经常臭醒我们的臭鼬也不见踪迹了。

然而，近年来浣熊似乎有点卷土重来的迹象。我不相信这是所谓的地球气候暖化现象造成的，倒是觉得和新近几年来搬入这个区域的大量新移民的生活习惯有关。比方说，原来在这一带居住的白人周末大部分都是到乡下别墅或者是到森林湖畔去野营的，而新搬入的新移民家庭周末都喜欢在后园搞烧烤聚会，结果这一带的空气里到处飘着肉食香味，这便是招引小动物的一个因素。拿我们家的案例来说，按照我的看法，那群浣熊也是我们自己引来的，尽管我妻子一直不愿意承认这个事实。

事情是这样的。近年来，我妻子对生态健康问题特别感兴趣，天天在关心食品转基因的问题，不敢相信大农场种出来的东西。她现在最崇拜的是电视上介绍的一个自己在住家后园种植蔬菜的黑人妇女。事实上，早在三年之前，她就在后园试种过西红柿、黄瓜、茄子等，除了摘到几个水瓜之外，其他基本没什么收成。因为我家后园那一棵一九六四年种下的大枫树树冠挡住了几乎所有的阳光，园内只能种一些喜荫的植物，而蔬菜类作物几乎都是需要全日照的。然而去年春天这棵大树被砍掉了之后，硕大的后园几乎全天都处于阳光普照之中。除了一大片保养得很好的绿草地之外，这里还有好几个裸露着泥土的花圃，地形略有起伏。我妻子面对着这一阳光普照的土地，脸上出现一丝特别奇怪的表情，好像陈永贵当年站在虎头山下决心要改变山河时的样子。她心里大概出现了一幅宏图，以后这里就是我家甚至还有一些亲朋好友们的有机健康蔬菜基地了。草地是她喜爱的东西，她不会破坏它们。她看中的是花圃。这些花圃以前是我管的园地，虽然我花了不少钱买了许多花草种植下去，但总是长得稀稀拉拉不成系统。我妻子早就对我的园艺嗤之以鼻，这个时候她就把花圃的种植管理权收去了。她决定来年要在这些地方种上各种各样的蔬菜。夏天的时候，她去爱德华市立公园的园艺中心上了一周的蔬菜种植课。那课程是政府免费提供的。上午上课，中餐还可以品尝本公园菜地里收获的蔬菜，下午有时还有乐队来表演。我妻子带回来一份自己想要种植的作物清单，并且开始着手一件重要的工作。她一直记得小时候学农时贫下中农说的那句话：庄稼一枝花，全靠肥当家。于是，在秋天花圃里的草花即将枯萎之前，我妻子开始了积肥的行动。

本来嘛，利用生活中的有机垃圾去沤制肥料是一件政府提倡的事情。上面说到七年前政府采取的绿色食品垃圾箱计划就是把食品垃圾拿去沤成堆肥，然后让市民免费拿回去做园林用。政府也鼓励市民自己在花园里做有机堆肥。我曾在网上学过做堆肥的方法。首先要去家居用品超市买一个做堆肥的密封箱子，价格在80美元以上。每次做堆肥的时候要撒入堆肥发酵粉，那种药粉大概和做馒头的发酵粉价格相似。而且食物垃圾在做堆肥之前还要严格挑选，得把一些气味浓重的东西去除掉。我看了一阵子后泄了气，这哪里是做肥料，简直像是做结婚蛋糕一样昂贵和费事。我妻子倒是有一个好主意。她记忆里她已故的父亲过去在剖鱼时总是把洗过的鱼水连鱼鳞内脏都倒在花坞里面，结果那花坞里的豆子丝瓜长得特别好。她主张我们把食物垃圾直接埋进泥土下面，这样经过发酵和蚯蚓的吞食分解就会成为好肥料。我起初也觉得这个主意很不错。那一次我刚好从莱斯湖钓鱼回来，钓了好大一桶的太阳鱼。我和妻子一起花了两个小时才把鱼杀好，鱼头、内脏和鱼鳞足足有十多斤重。我妻子早早看上了这堆未来的肥料，让我在花圃里挖个深坑，她亲自把这些鱼杂碎倒在坑里，然后我填回土，她在上面还踩了几脚。

搞好这些活儿，我本来以为这件事了结了，那些鱼杂碎会在泥土下渐渐消失成为环保有机肥。但是第二天我到园子里给草地浇水的时候，发现那个花圃里的土隆起来一大块。走近一看，原来那里的土被扒开一个大洞，埋进去的鱼杂碎全给挖了出来，一部分给吃掉了，还有一部分还是原来的样子。我知道这一定是浣熊干的（尽管有好多年没见到浣熊影子了），只有浣熊才有这么大的力气把这么深的土挖开。那些没吃掉的鱼杂碎已开始腐烂，引来了一群群大苍蝇。我赶紧把这些鱼杂碎重新埋了下去，再次把土填实，并告诉妻子以后再也不要做这样的事了。但是第二天，那个洞又给挖开了，上次还没吃光的鱼杂碎这回都给吃掉了。现在我知道浣熊已记住了这个地方，就算我把土重新填上，它还是会来挖开的。于是我干脆就把土坑开在那里，让浣熊知道里面什么也没有了，免得它扒来扒去。

有好长的时间，我发现那个挖开的洞口没有什么变化，看来浣熊来过几次，找不到什么吃的，已经死心了。可是我的妻子却还没有死心。那些日子她其实一直在观察，寻找对付浣熊的办法。她很快想出了一个主意，而且马上动手开始实施。她找来一个Skid（运送货物的木头托盘），在埋好食品垃圾之后，把Skid压在上面，再压上几块大石头。她相信这样浣熊就无法穿越坚固的Skid，她的城池固若金汤。但是那个夜里，浣熊凭着敏锐的嗅觉闻到泥土底下食物气味之后，先是扒了一阵子Skid，尔后就采取打地洞的办法，从Skid的边缘挖隧道进去，把刚埋进的东西全吃了。

这件事开始让我担心了。浣熊其实是我们熟悉的对手了，记得我们刚搬进这个屋子的时候，为了对付到垃圾桶里翻东西吃的浣熊，我买了很多驱兽的药粉撒在后园，一点效果都没有。后来听了人家建议在草地上浇肥皂水，在垃圾桶旁边涂辣椒酱也都不见效。那时我就对浣熊产生了一种恐惧感，因为这种动物模样和中国内地引起非典的果子狸有点像，身上会带着狂犬病、犬瘟热等疾病病毒，还带有跳蚤、虱子、蛔虫等寄生虫。资料上还说，这种动物的记忆力很强，而且会有报复行为。当你埋下了它所喜欢的食物而又用障碍物阻挡它食用时，谁知它会采取什么样的报复行动呢？

而我的妻子却还乐此不疲，入了迷一样继续往地里埋食物垃圾。现在她想出了另一种办法，把隔壁法国人泰勒家里剪下来的玫瑰花树枝铺在上面。那树枝上长满了密密的尖刺，我妻子说这尖尖的刺一定会把贪吃的浣熊嘴巴刺出血来，说着她自己还偷偷地开心笑了起来。后来的日子我都不愿意再去管这件事情了，任我妻子独自在后园里挖来挖去。有一次我听她说每次埋好食物垃圾之后，要往泥土上面浇大量的水，这样食物的气味就会给水冲淡了，浣熊就不会知道下面有东西。我不知道她是不是真的骗过了浣熊，也许只能骗骗自己吧。到后来，她发现雨天埋藏垃圾的效果最好，因为雨水把所有气味都冲走了。我好几次看到她在雨天里冲出去，在花圃里使劲挖着坑，掩埋着垃圾。有时天黑了，加上雨雾蒙蒙，人都看不见。我看过布鲁诺·舒尔茨的变形小说，有时会产生她和浣熊有某种联系的幻觉，甚至还害怕她会神秘消失。那时所有的食物垃圾全成了她的收藏，每次到星期二垃圾收集日前夜她都会把那些臭不可闻长满蛆虫的垃圾埋起来，那个绿色垃圾桶里最后只剩下一些空空的臭塑料袋子。倒垃圾的人每次都奇怪地看我一眼。

说来奇怪，虽然我对浣熊已经是那么的熟悉，可我从来没有见过它的样子，因为它总是在深夜里活动的。有一天夜里，我睡不着觉，起来看书，忽见窗外的夜空有一轮皎洁的明月，便走到窗边看看后园的夜景。就在这时，我看见一只浣熊正在花圃中刨东西吃。这是我头一次目击这种动物，它面部酷似昔日在动物园里见过的小熊猫的脸庞，眼圈儿周围黝黑，好像是佐罗戴着黑眼罩。它的身材比猫大数倍，长毛色灰泛白，厚茸茸的，覆盖着肥胖的腰身，翘臀后的粗尾上有一节节的深色环印。这时候我脑子里突然出现一段鲁迅先生的文字："深蓝的天空中挂着一轮金黄的圆月，下面是海边的沙地，都种着一望无际的碧绿的西瓜，其间有一个十一二岁的少年，项带银圈，手捏一柄钢叉，向一匹猹尽力地刺去，那猹却将身一扭，反从他的胯下逃走了。"我想起这段《故乡》里的描述是因为我觉得鲁迅先生这里所写的猹会不会就是浣熊呢？鲁迅先生自己说："'猹'字是我据乡下人所说的声音生造出来的，现在想起来，也许是獾罢。”从鲁迅先生的语气来看，这小动物到底是不是獾他也没把握，所以我怀疑说不定这“猹”就是浣熊呢。这样的想法让我觉得很有意思。我想起我最初读到这段关于闰土的描写是在一九七三年读初中的时候，那时候的课本里有很多鲁迅的作品，但我一直不喜欢他作品中的人物，一个个都被命运摧残了，性格压抑得要命，唯有这一小段关于闰土的文字闪现着生命灵光。我想不到在离开故土这么多年，在遥远的加拿大的住家后园，居然看到了可能是鲁迅先生写到的那“猹”及相关月夜场景。这真是应了那一句话：走得足够远，你就会遇见你自己。

我妻子埋垃圾的事情一直持续到深秋，终于有一天她发现她埋下的东西完全没有被浣熊发现了。这个时候所有的树叶都掉光了，候鸟也都飞往温暖的地方去了，夜里室外的温度已经到达零下好几度。某天我妻子有了新发现，觉得夜间屋顶上面似乎有些响声，后来看见一个屋角的天花板上出现了一些湿渍。于是她让我白天时爬到屋顶看看，是不是屋顶的沥青瓦片破损了导致雨水渗漏。我爬到屋顶仔细检查，屋顶瓦片俱全，没有破漏。但是我在后园屋檐下面的椽缘处发现了一个小破洞，似乎是被动物的利爪扒开的。天花板那水渍印痕在逐渐地扩展，并散发出一股尿骚味，提示天花板上面窝藏着动物以及动物排泄物。天花板上面是一个阁楼，平常我们是不会上去的，除非是为了维修房屋。有一天我妻子抑制不住好奇心，站在梯凳上推开通向阁楼的天花板活门把头钻进去张望。她突然看见黑暗中有一小兽就坐在离她不到三米的地方看着她，猛然间四目对眼相视，吓得她魂飞魄散，原来是只成年浣熊！由此确信浣熊已进踞了我家宅顶，怪不得最近都没有到花圃里挖掘食物。

## 二

去年深秋浣熊入侵我家阁楼后的那些日子，正是多伦多选举省议员的时间。这个时候路边每个住家的草地上会插上选举的广告牌，蓝色的是自由党，红色的是保守党，牌子上都印有候选人的画像。我虽然在加拿大十多年了，但始终还是搞不明白这两个政党有什么区别。记得那年我们刚刚搬入这条街的时候，有一天看到路的两边突然插满了牌子。由于前些时间一直在看出售的住房，知道只有要出售的房子门外才会插上牌子。我看到那么多牌子时，以为这些房子都要出售了，大惊失色，觉得这下房价一定会跌透了，后来才知这些牌子是选国会议员的宣传牌。在这里住了十多年，我多少也有了点进步。我知道这回保守党的候选人是现任议员，名字叫威丹娜，是个金发的女人，样子很漂亮，而挑战她议员位置的自由党候选人哈斯勒，样子和名字都有点像希特勒，长着一撮小胡子。我有点不喜欢这人，虽然我对他的政纲一无所知。所以当那些扛着广告牌的人来问我是否可以在我家门口插选举牌时，我对自由党的那个说“No”，对威丹娜的选举牌说“Yes”。

在威丹娜的选举牌插到了我家门口之后，当天下午她的华人选举助理就来登门拜访表示感谢。这位华人助理我是认识的，她姓龚，以前在我家不远的地方有一座房子。她把那房子内部隔成一个个小亭子间，租给新来的华人移民居住。新移民在国内就能在因特网上找到她的房子，名称叫枫华移民接待站。当然那些亭子间在网站照片上看起来像大套房，洗脸盆拍得也有浴缸那么大。她以前的生意是很好的，但这些年来的新移民少了些，而且来的都是有钱的人，不会去住亭子间，所以她的生意应该不如以前。可能是这样的原因，她开始做选举助理了。龚助理说威丹娜议员对本地区华裔选民感情很好，非常愿意帮助华裔选民解决实际问题，问我有什么事情需要议员的帮助。她说威丹娜议员明天晚上在A.Y. Jackson中学有个选民联谊会，可以当面和选民交流。我想起了浣熊入侵的问题，说现在浣熊在阁楼里做窝了，问议员能不能让市政府帮选民解决这方面问题？选举助理在iPad上记下我的问题，当天晚上她马上给我打来电话答复，说威丹娜议员十分重视这个事情，明天在联谊会上就会请来多伦多有害动物防治公司Wild American的人来参加，作现场解答。选民有什么问题可以详细咨询。

A.Y. Jackson中学离我家步行大概二十分钟路程，我女儿就是在这里念的中学。我除了以前到学校开过家长会之外，还去那里参加过很多次选举投票。自从加入了这里的国籍，经常要去尽投票选举的义务，除了联邦层的选举，还有省选、市选。上面说过，我对那些选举人没有什么印象，但一次不落都去参加了。因为我认为既然已经加入加拿大国籍了，就要行使权利，给人家看看咱中国人也是有政治热情的。至于投票给谁那就随心所欲了。我只有一次投票是事先有主张的。三年前我一家人开车去两百公里以外的大湖花瓶岛，中途见到了一个巨大的风力发电站，有好几百个大风车巍然屹立在田野上。我让女儿在爱疯手机上查询这风力电站资料，说这是自由党的项目，发电功率在15万千瓦。我记得国内的新安江水电站发电量是60万千瓦，这个风力发电站相当于四分之一新安江水电站的发电能力，应该是很不错了。我觉得自由党政府这个项目有点意思，就在那一次省选时投了他们的票。可事后得知这个项目其实花了大量投资，风能发电的成本是传统方法的几十倍，完全是个面子工程，而成本全算到市民的电费账单上了，电费涨了三成。这下我又觉得后悔了，可见民主投票的选择也是个麻烦事。

现在再说说A.Y. Jackson学校。可以这么说吧，这里的大部分华人近年来趋之若鹜搬到这里来是和A.Y. Jackson有关系的。A.Y. Jackson是个画家的名字，是百把年之前本地一个七人组画派里的一名风景画家，这个中学就是以他的名字命名的。这个学校的学生毕业后上到名牌大学，日后成就显著的数量众多，因而在多伦多的中学排名是名列前茅的。十年前我女儿到这里上学时我看过校长办公室外面走廊每年毕业生的照片。最初是二十世纪六十年代的毕业生照片，那时几乎全是白人脸孔，偶尔夹几张黑人脸孔。到八十年代初的时候有了几张亚洲人的脸孔了，而后每一年的毕业照亚裔的脸孔都在增加。我看到那张一九九七年的照片，亚裔大概占到了一半。我女儿是二〇〇二年进去的，当时我就看到这些亚裔的学生其实都是华裔。一半是中国香港、中国台湾的，一半是中国大陆的。而到了二〇〇八年，华裔的比例已经到了七八成了。要知道，这个学校只招住家在学校方圆两公里内的学生，由此可知这一带的房地产情况。这里以前几乎是清一色白人居住的区域，因为有了这一名校，华人拼命往里面挤，把房价推得很高。只有这一带有房子出售，就会有很多人抢着报价。去年我家后面那条小路上有一座房子开出七十八万加元的价格，因为抢的人太多，最后被一个搞装修的广东人以一百零八万加元买走。

参加威丹娜联谊会的那天是周六。上午的时候阳光明媚，已经入冬了，除松树之外所有树木的叶子已经落光，覆满了草地。我家草地上的树叶早已被我妻子收拾干净，但周围邻居家的树叶还是会飘过来，所以我有时也会去用耙子扒拉几下。这天我看到左边的邻居泰勒夫妇也在收集树叶。我们平时见面不多，大都是天气好整理花园草地时会打个招呼。泰勒夫妇喜欢待在屋子里面，基本不外出散步。只是他们会抽烟，在加拿大屋内是不可以抽烟的，所以他们时常会跑到门外点上烟吸上几口，就像海水下的海豹海狮定时要浮上来透气似的。泰勒一家是法国人（后来我知道泰勒的妻子其实是德国人）。我看到过泰勒每天早晨天还黑的时候就会出门，听说是去健身房健身，回来时会带着个纸袋，里面装着咖啡和早餐。有一天我发现泰勒是个业余的键盘手，每个周末的傍晚要去演出。他有一个音乐小组，都是些六十多岁的人。我问过他会唱歌吗，他说有时伴唱点和声。我妻子还知道他的音乐小组在他家地下室里排练，可我从来没听到过一点声音。我们家和他家的后园隔着一道木头的栅墙，他家有一丛特别高大的玫瑰从栅墙那侧伸展到我家那条通往后园的小径上面，每天会落下一层玫瑰花瓣，经人一踩之后地上会出现玫瑰红色。这件事总是引起我妻子抱怨，而且还会用水龙头来冲洗，而我倒很喜欢踩着玫瑰花瓣走路。今年春天，我们家那棵一九六四年种的枫树砍掉之后，我发觉和泰勒家的关系有了一些微妙的变化。

我家后院那棵大树原来是这条路上最大的树木之一，一到夏天遮天蔽日，树上有无数的鸟窝和松鼠窝。秋天则变成鲜红的加拿大的色彩，这成为这条小路上的一个标志。深秋里开始落叶，每次清理树叶要装很多个袋子。以前我用专用的纸质树叶袋子装，等树叶落完了一次性收集。后来我太太说树叶掉在草地上会让草见不到阳光烂掉根部，而且她也不喜欢用专用纸质树叶袋子，那个要花钱买还比较贵。她用塑料桶来装树叶，每天都及时清理。这样的结果是她每天都得干活儿，而且刚刚把树叶收拾干净，一阵风吹来又遍地都是，就像那个西西弗斯滚石头的神话一样，所以她对这树十分痛恨。后来的几年里，我开始发现树的顶部掉了一些枯枝，有一根很大的枯枝卡在树顶上下不来，后来刮风的时候我就不敢去后院了。慢慢地，我发现树的西北侧的叶子不如以前多了，整棵树到了秋天也不那么漂亮鲜红了。这个问题从泰勒家的角度可能看得更清楚一点，有一天我妻子告诉我泰勒太太说这树生病了。后来的一天夜里刮风，我听到后院似乎有一声巨响，早上发现那树的主杈上分开了一条缝，里面黑黑的，像是早已裂开，里面还有很多虫子。那树劈叉的一边靠着我家房子，如倒下来会压倒房子，这种情况下必须马上砍掉。我联系了几家西人开的专业砍树公司，索价很高，都要四五千加元，而且有一个先决条件，要先取得市政府砍树许可令。我觉得问题严重，先不说他们要的价格实在太高，就这个市政厅的砍树许可令我一时也拿不出来，因为当天正是长周末的第一天，政府部门要三天之后才会上班。即使是上班时间，要拿到一张砍树许可令至少也得五个工作日。那几天，天正刮着大风，只见那开裂的树缝越来越大，让我心惊胆战。情急之下，我到华人的广告网站查询，居然找到一个叫王林的人可以砍树。联系之后，他只要一千加元的人工费，而且告诉我紧急情况下砍树可以先砍后报，只要没有邻居找麻烦一般没事。当天晚上，王林很晚从西边的密西沙加收工回来就到我家查看情况，并爬上树的高处用结实的绳带对开裂的树杈做了临时固定。第二天王林开着带着高梯子的车子来到我家的车道，在他干活之前我先告知了泰勒夫妇，说大树裂开了随时有倒下的危险，只得先砍掉再去市政府报告。泰勒夫妇看了那树的裂缝觉得也只能砍掉了，但是他们要求我们在市政府上班之后得去补办砍树许可令，拿到后还得让他们看一眼。泰勒夫妇在这里住了四十多年了，对我家的这棵枫树是有感情的。事实上这棵树砍掉之后对他们家的环境影响很大，因为以前大树是他们家在夏天里挡住西边太阳的屏障。这年的夏天他们家后园的草地全被太阳晒得枯黄了，而且墙面直接暴晒在日光下温度高了许多，空调机得一直转个不停。泰勒夫人曾向我妻子抱怨说夏天里每个月的电费账单高了好几十加元。

这天上午我和泰勒的话题是从插在草地上的选举人牌子说起的。他们家的牌子也是威丹娜的，所以他们看见我有了一种革命同志般的亲切感。泰勒说了很多保守党的丰功伟绩，我都连连称是。我自己是说不出名堂的，我总不能说是因为威丹娜的照片比较好看，而她的对手长了不该长的胡子吧？我也没向他透露浣熊进入我家阁楼的事情，因为我妻子提醒我这个事情应该保密，要是人家知道我们家阁楼里住过浣熊，以后卖房子的时候价格会受到影响。我以为她说的很有道理。在谈过保守党之后，我和泰勒说起了他家后园的那一窝野猫。我最近从厨房的窗口看到他家后园有好几只刚出生的小猫和一只大猫，好像在园角的那丛灌木下面做了窝。泰勒问我知道那只黑野猫吗，它在这条路上出没好几年了。我说知道这只黑猫的，印象还很深，它经常像闪电一样闪过我家门前，冬天时雪地上布满它的脚爪印。有一次我还看见它就蹲在路边的人行道上，有一个过路的女孩子停下来和它玩耍，它一点也不像一只野猫，不怕人也不撒娇。泰勒说这黑猫和一只野花猫在他家后园产下一窝小猫，他妻子看小猫崽这么可爱，就给了它们猫食吃。结果猫就不走了，在他后园的灌木丛下安了家，整天在阳光下嬉戏打滚。泰勒家本来就有一只猫，养在屋子里。他不能再把野猫收到屋里面养了，于是就出现“一猫两制”。泰勒家给猫吃的并不是剩饭剩菜，都是在超市买的标准猫食。这么多猫口粮还是蛮大的，他夫妇两人退休工资不多，房子贷款还没还完，所以感到有经济压力。他们曾动员很多朋友收养小猫，还真有人家捉去几只，可是几天之后这些小猫又跑回来了。泰勒说天知道小猫是怎么回来的，那家人距这里有几十公里的路，而且小猫是关在封闭的屋内养的，不知怎么能跑得出来。泰勒说肯定是那只黑猫前往营救的，这只黑猫非常神奇，简直像精怪一样。我也很奇怪，冬天这里零下几十度，地面一片冰雪，没有食物，这些野猫怎么会生存下来的。泰勒说野猫大概会抓鸟和老鼠吃的。这只黑猫在这一带活动至少有十几年了，也许已经换了几代，就像007电影里的演员换了好几茬一样。现在花园里的野猫还太小，泰勒有点发愁冬天它们会冻死。但如果给它们盖猫舍，那么这里会成为流浪猫繁殖中心，明年会变成几十只几百只。泰勒的话我很相信，在对待野生动物的问题上我也犯过错误。

那是在刚刚移民到多伦多的时候，我们租住在一个高楼公寓里。那个地方环境不错，附近有一条峡谷，有很多树木，还有很多的鸽子。那些鸽子都停留在我家的阳台上。有一天，我看到有几只鸽子钻到了阳台上的一卷旧地毯下面，我忍不住好奇心去查看，原来鸽子在里面做了个窝，还产下了很多个鸽子蛋。很快，这些鸽蛋孵化了出来，变成了小鸽子。那个时候我们都不敢使用阳台了，怕惊扰了小鸽子。那些小鸽子长得出奇得快，大概不到一个月就会飞了。由于我们对鸽群特别友好，结果阳台上的鸽子越来越多，我们自己都没法使用阳台了。有一天我发现那一卷旧地毯下面的鸽子蛋越来越多，白花花一片。这个时候我突然失去耐心，开始驱赶鸽子，把鸽子蛋移到楼下的公园里。那些鸽子还不愿意走，我只得用水龙头来冲跑它们。那几天，我老是会做噩梦，梦里全是一群群黑色的鸟。所以说呢，对待野生小动物你还不能随便发慈悲，否则你也许得用残忍的行为来纠正最初的错误。

但是我奇怪最近好多天没有看见泰勒家的野猫了，问它们去哪儿了。泰勒说他也不知道，肯定是野猫感觉有天敌到来，带着小猫转移了。我说野猫有什么天敌呢？泰勒说有的，比如浣熊，会攻击野猫。

他这么一说，我不知怎么的脸红了。因为浣熊就在我家阁楼里，像是我藏的秘密。但是泰勒还说了一句让我印象很深的话，他说这一带最近还出现过郊狼（Coyote）。他说现在的人乱丢垃圾，自做肥料，引来了臭鼬和浣熊，而郊狼追踪浣熊臭鼬来到了附近的树林里。前些天他在附近丹密河的峡谷里就看到过一头郊狼。

这个早上我和泰勒说了不少关于野生小兽的话。他也提到今晚威丹娜议员的联谊会上会讨论这件事情。

## 三

今晚的威丹娜联谊会在中学的健身馆内举行，有饮料和一些小点心供应。来的人还不少，白人黑人印度人都有，他们都穿得非常正式。华人中也有些穿得很正式的，数量较少，可能是些有年头的老移民，而大部分则穿得比较随意。我在这一带住了这么多年了，居然在会场上看不到几个熟人。我第一个看到的熟人是离我家不远的那个遛老狗的女人。我不知道她的名字，只能这样称呼她。我经常在散步的时候看到她牵着两只非常衰老的德国牧羊犬遛弯，那狗老得走不动了，她都很耐心地等着它们。后来的一次我看到她只带着一只老狗了，便问她那一只怎么样了。她说它已经死了，因为都快十八岁了，相当于一百岁的老人。她对狗这么好，所以我记住了她。过了一会儿，我又看见了熟人，但他们可能不认识我。那是住我们家这条路尽头的一个白人，我常看到他坐在开着门的车库前面，那车库里面则挂满了各种各样不同年号的汽车轮毂，像是他的收藏爱好。我还看到一个老女人和他在一起，看长相和他一模一样，可能是他的姐姐。这个老女人我可记得，有一次在地铁站门口我看到她坐在一部轮椅上冲来冲去行乞。在这之前还有一次她按我家门铃，说自己儿子重病，她急需二十加元坐出租车去看他。我知道这是在行骗，但还是给了她钱。不过今天在会场上，我看到她穿着高跟鞋，气色显得也不错，让人看了高兴。这会场上和我打招呼的尽是些华人的推销员和经纪人。那些房地产经纪人不是推销，而是动员我把房子高价卖掉，因为有很多买家等在那里。

我见到了威丹娜议员，提及浣熊入侵的问题，要求市政府应该负责处理这些问题，因为我们每年都付五六千加元的地产税。这个问题得到很多人的响应。威丹娜议员说这个问题是个好问题，她会向市政府转达这一选民意愿。她说今天已请来有害动物防治公司Wild American的专家，选民有具体问题可以向他咨询。Wild American是个非常有名的公司，电视上经常看到他们的节目，从抓鳄鱼到端蜂窝都有。今天来的一男一女好像是电视上看到过的，男的是个老帅哥，女的模样很性感。他们打开了一个大箱子，拿出了浣熊的标本还有一些挂图，开始讲解怎么预防浣熊的侵入。他们建议在草地上或水塘中撒入肥皂碎（soap flakes）；将骨粉（bone meal）混入花园的土壤中；在花园内种植的蔬菜和水果上撒上稀释过的辣酱（这个我以前做过）；在浣熊经常出没的地方常常亮着灯；尽量将垃圾存放在车库、地库中；使用有盖的堆肥箱；在堆肥箱和垃圾桶周围洒落有强烈气味的物质，如芥末油或氨水等；及时清理烧烤过后的食物残渣，不要将宠物的食物摆放在室外。

他们还说以上的方法只是预防招引浣熊。一旦浣熊在屋宅内筑了窝，那就只能让专业公司的人员移置处理。因为普通人在处置浣熊时如采用强制方式，稍有不当就会触犯虐待动物的法律，招致严重后果。

他们讲解完之后，还开始现场接受预订服务业务，并给予25%的折扣。我听他们的讲解之后，深知这浣熊一旦进入了屋子就不好对付了，于是就当场预约了他们上门来检查。

第二天，公司的人员就来到我家。我以为这下好了，他们一定是手到病除，我们马上可以和浣熊说再见了，就出点冤枉钱也只好认了。他们打开了我家天花板的活门检查之后，告诉了我一个不好的消息，说里面那只母浣熊刚刚生下一窝小浣熊，共有三只。我一听大惊失色，本来说好移置一头浣熊是五百加元（折扣后价，还要加上13%的税金），现在变成四头，得付多少钱啊？但他们说问题还不只是费用上，因为根据法律，刚生育过的浣熊是不能移置的，因为这样会导致小浣熊在陌生环境下丧生。他们说只能等到明年春天小浣熊长大之后才可以处置。说完他们就走了。

接着，严酷的冬天就来临了。随着大地进入冰冻期，浣熊也安静了下来，开始休眠。我们不再听到阁楼上有响动，天花板上也不再有尿渍出现。虽然是这样，和浣熊居住在一个屋子里总有一种伴着鬼魂的感觉。我经常会在夜里做噩梦，而我妻子夜里则不敢把头和手脚伸到被子外边。我还发现她现在不敢在晚饭后喝茶水，怕夜里要起来独自上洗手间解手。

## 四

这个冬天雪下得特别大。圣诞节还没到，早就下了一场三十多厘米的大雪，地面和屋顶全厚厚地覆上了一层雪被。这个时候，几乎所有的鸟类都飞到温暖的地方去了，松鼠也钻到了树上的窝里，靠提早准备好的松子之类的粮食过冬，只有特别阳光的日子偶尔出来活动一下。我注意到泰勒家后院原来那一窝野猫栖身的灌木早就冻成一个冰坨，根本没有藏身之处，所以我猜想野猫一家一定是栖身在泰勒家门外的廊台下面。我偶尔在早晨的时候会看见那几只猫，那几只小猫在天气进入冰冻期之前都长大了。它们在雪地上留下了很多脚印，经常是“8”字形的双圆圈，好像是在追逐嬉戏。我曾担心这么小的猫会在零下三十度的温度里冻死，看来这种担心是多余的了。泰勒一直在门口的木盆里提供充足的猫食，它们得到了足够的卡路里热量。有一天上午，我在厨房的窗口看见了其中的两只。那天雪下得很大。一只猫在风雪中趴在和我家隔开的木栅墙上方，眯着眼睛打盹。我奇怪地发现，这只猫的身上毛长得又浓又密，比普通猫的毛要长很多，它在风雪中似乎没感到冷，像是《动物世界》里的一种雪山猫豹。我轻轻敲了敲玻璃，这猫转过头和我对视。然后我看到另外一只猫从木墙的另一头走来，挨着前面那只猫趴下，也在风雪中打着盹。它的毛也变得很长了，和家猫的样子完全不同。我原来以为动物的进化过程要以万年来计算，想不到一个冬天就能让这些野猫的皮毛长得这样丰厚，动物的适应能力原来那么强。我听泰勒说，现在来吃他家饭的只有那几只已经长大的小猫，那只母猫大概每个星期来两三次，而那只黑色的公猫则一冬天没有再来过。他这话让我印象深刻，我觉得这黑猫随时随地都会出现的，也许它在更寒冷更艰苦的地方还有几个家族需要保护。我想泰勒家的野猫能够宁静地度过寒冬，和它们的敌人躲进我家阁楼是有关系的。等浣熊一出来活动，野猫就不会这么悠闲自在了。

和浣熊相处在一个屋顶下将近四个月，终于到了春暖花开时节。有一天，我发现那只黑猫又出现了，我突然想到，浣熊可能要出动了，黑猫要回来保卫家族，这里面一定有因果关系。根据这样的预测，我告诉我妻子，最近时间阁楼里的浣熊可能会出窝。果然不出所料，一天晚上大约十二点左右，我从客厅的窗户往外看，无意中看见有几只动物从我家后园出来径直朝对面马路排队前行，仔细一数，正好有四只。我赶紧招呼妻子过来看，断定这就是在我们头顶上住了四个月的那窝浣熊，它们终于倾巢出动了。这个时候有一个念头闪电一样出现在我脑子里，能不能乘这个机会把屋顶浣熊进出的洞口堵上？

尽管已是深更半夜，我们还是立即到后园查看敌情。两层楼高的房檐在夜色中略觉高耸，依稀能看出黑黢黢的洞口。我觉得堵上这个洞口的办法是可行的，今晚无论如何也要阻止浣熊再次回到这个洞里，赶紧封堵上，让它们想回到老巢时知道已经“没门”了！我们立即采取了行动，由于事先没有准备，有些事情只能因地制宜了。我从车库里搬来可伸缩的楼梯架在墙上，正好可以到达洞口的高度。堵洞口的材料必须是坚硬的，木头之类的不行，于是我急中生智，把铺在地上的水泥砖块掀起来几块，用它们来堵洞口应该是比较结实的。我让妻子扶住梯子，自己登上了颤颤悠悠的梯子。妻子在下边一块一块将砖头往上送。天黑加上心急，地砖带着泥土就传递上去了，我妻子仰着头，土渣渣落了她一身，还险些眯住了眼睛。借着后巷那微弱的路灯光线，我用砖头把洞口严严实实封堵上了。最后，我妻子还让我在砖头缝之间插上一把尖刀，一是起到惊吓浣熊之用，二来解解心头之恨。干完了这些，我们带着一身尘土，头颈上还有数个蚊子叮咬的大包收兵回到了屋内。

这是入冬以来我睡得最香的一个夜晚。到清晨五六点钟光景，只听屋顶角头又有瑟瑟的响动，我想这必是浣熊回窝无门，正在干着急。我在暖暖的被窝里窃喜，有种暗算得手的成就快感。可惜好景不长，浣熊非常执着地要回到自己温暖的窝，用不到一个钟头，又把刚堵上的洞口边的木梁咬开，钻了进来，然后从内向外把我们堵上的砖头全推了出来。从这以后，浣熊完全进入了活跃期，它们的作息时间和人类正好相反，夜间天花板上面响声隆隆，搞得我寝食不安。还有一件事让我胆战心惊，上面说到我们堵洞口时曾在砖头间插了一把尖刀，我在第二天早晨出门时看到这把刀插到了我家门口的草地上。我把刀收了起来，没告诉我妻子，免得她害怕。

我在《大不列颠百科全书》上查到：浣熊是一种会记仇报复的动物，我完全相信了这一点。事到如今，我还得请Wild American公司的专业人员来捉拿浣熊吧，钱要得再多也没办法了。我给上次来过的那个人打了电话，他没接，自动语音让我留言。后来他回了电话，说今年多伦多浣熊成灾，眼下他们特别繁忙，现在预约的话至少三个礼拜后才能来。他甚至说他们现在缺少人手，问我有没有兴趣到他们那里打打短工，气得我差点把电话给摔了。

## 五

接下来的几天十分沮丧，我们一筹莫展，不知该做些什么。后园的种花种菜没意思了，种了也怕会给浣熊糟蹋掉。不过我和妻子还坚持每天傍晚散步。我们通常是沿着顺时针方向先沿God Stone路一直走到那个小学的公园，在那里绕着圆圈儿走上四圈儿，然后会沿着Huntingwood（狩猎树林）路往回走。Huntingwood路是我们这个区域的一条主要道路，沿着这条道路，两边有不少半圆形的小路，路边处处建着屋宅。我很喜欢在这些半圆形的小道里走路，因为这里面有不少房子还住着久远的住户，他们屋外的草地特别丰腴，树木、花卉和他们的房子非常的协调融合，和我们这些新来者房前景观不一样。有的时候我们会走得更远，走到那个收集汽车轮毂的白人房子那边去，那一带的房子建筑风格是英国都铎式的，看起来有点沉闷。这一天我和妻子一前一后慢慢走过，忽然听到有人在喊话："哈罗，哈罗！"起初我们以为不是在对我们说话，可那声音还在叫。我们转头找到了那声音的来源，是道路那一侧的屋子车道上有一个看起来像华人的中年妇女蹲在地上对着我们喊。我和妻子横过马路走过去，发现她正扶着一个坐在地上的白人老年妇女。等我们走近了，她用英语问我们是不是华人，在知道我们是中国大陆人之后她用国语解释，说这个白人老女人跌倒在地上了，得把她扶起来。白人老太太很胖很重，她扶不起来，只能坐在地上撑着她不让她倒下来，她喊我们就是想叫我们帮助把老太太扶起来。我向来有腰椎突出的问题，这几天又特别疼，但是这种情况是不能拒绝的。于是我就托住老太太的胳膊，让我妻子和她一起用力，感觉是在拖一包两百斤重的大米袋。我们总算把老太太搀扶了起来，老太太要到停在车道上的那辆陈旧的英菲尼迪车副驾驶位置上去。我们搀着她慢慢移动步子，终于让她进了驾驶室。这个时候，华人妇女告诉我还有个人在车道上呢。我回头看，果然还有个老头坐在地上，靠着那个大垃圾桶。现在我们明白了情况，这两个肥胖的老年人腿脚已难以支撑身体，他们刚才从屋子里相互搀扶想走到汽车上去，结果在车道上一起绊倒了，趴在地上无法起来。这华人妇女正是挨着他们家的邻居，刚开车回家看到他们倒在地上，便过来解救，但她一个人扶不起他们，正好看我们经过，所以就喊我们帮助了。我过去把那个同样沉重的老男人拖了起来，让他扶着垃圾桶站着。我以为他应该是要回到屋子里去了，可他说也要往汽车里走。他摇摇晃晃差点再次倒下，我让他扶着垃圾桶，我推着垃圾桶向着汽车那边走。到达车门后，我扶着他让他钻进驾驶室。接下来的事情很神奇。这两个老人一坐到车里，就像是笨拙的海龟回到海水里一样，马上变得灵巧起来。我听得车子轰的一下发动了。接着，车子以相当快的速度冲出了车道，飞快地驶去，这让我目瞪口呆。

我不知道这两个老人路都不能走了，还开车到什么地方去呢？他们下车后怎么走路呢？那华人妇女说他们经常会跌倒在车道上，有时很长时间没人看到，有个下雪天差点被冻死。这个华人妇女很健谈，问我们住在哪里，我回答我们就住在这条路的头上。她便说真不应该，在一条街上一起住了这么多年互相都不认识。接着她说，我们应该是认识她的，很早以前就认识，只是想不起来罢了。她说自己是上海芭蕾舞剧团当年跳白毛女的一号演员，“文革”期间的白毛女就是她跳的。她这么一说，我们倒是真看出了她的身材和气质的确与众不同。她大概有六十来岁，体型还十分匀称。但是我马上想起一件事：我刚来加拿大时在一家华人开的进口批发货仓打过工，老板刘先生是个上海人，当时六十来岁。一个在这里干了很多年的师兄杰森也是上海人，他告诉我之前有个张先生在这里干活，刚刚离开，我就是来顶他的窟的。这个张先生原来是上海芭蕾舞剧团的首席小提琴手，他老婆则是上海芭蕾舞剧团跳白毛女的。现在张先生在家教人拉琴，他老婆则教人跳舞。我前些年还碰到过杰森，他跟我说过那个张先生的家就在我们这条路上。所以这位华人妇女一说自己是白毛女，我就问她先生是不是姓张，她说是的，问我怎么知道的，于是我便把在刘先生那里打工的事讲了一番。我还说起了刘先生好多年前就生癌症死掉了，杰森后来开过便利店，在工厂里打过工，总是诸事不利。这些事情“白毛女”都知道的，但她似乎更在乎我们是不是还记得当年“白毛女”的形象。我们其实已经完全没有印象了，所以她似乎有些失望。

两天后我们再次经过了那个圆圈，看到了“白毛女”在草地上修剪花木。我们并不想再次听她说那些年她跳芭蕾舞的事，想快点走过去，可她已看见了我们，并热情地打招呼。她说邻居那两位老人对我们那天帮助了他们非常感激，请她向我们致谢，并邀请我们到他家里坐坐。说实话，对于这一个邀请我们不感兴趣，就推说下一次吧。就在这个时候，有一辆“悍马”越野吉普车开过来，停在了路边。车上下来个牛仔打扮的白人男子，肤色被太阳晒得棕红，模样很酷。“白毛女”和他相识，和他说了几句话，原来这人是老人的儿子，今天从另一个城市来看望父母。他得知我们就是前日帮助过他父母的人，就热情地邀请我们到屋里坐坐。这种情况下我们不好推辞了，只得跟着他走进了屋子。

让我意想不到的是，这屋里面的布置和摆设完全是一个猎人的屋子。一进门便见一头两米多高的棕熊标本直立着，似乎要扑过来。壁炉上方墙上是一头角叉巨大的麋鹿头部标本，窗户两边还有美洲狮、灰狼、红狐标本等等，都栩栩如生。而那一排玻璃橱子可不是书架，里面排着十几支各种各样的猎枪。墙上还到处挂着很多相框，全是一些和打猎有关的照片。两个老人坐在一张铺着熊皮的原木做成的椅座上，向我们欠身致意。儿子给我们倒了威士忌酒，不过这烈酒我可喝不了。交谈之间，我们知道了这老男人以前是个职业猎人。他猎获的猎物主要是卖给做标本的公司，当然兽肉也有专门的人收购，在一些特别的餐馆可以品尝到。老人说以前的猎人收入还是很丰厚的，他的房子就是用打猎挣来的钱买下的。他的儿子接着说现在的猎人也有生存空间，他现在主要是给一档狩猎的电视频道做节目，主要是做诱猎大型的飞禽，比如加拿大野鹅。他这么一说我倒是想起了一件事。

去年有一次我在两百公里之外的欧密密湖边钓鲈鱼。在我到来之前，有一辆车已停在湖边，车后还有一个拖船艇的车架，有人在我之前已放下小艇进入那密密的水草遮蔽的大湖中去了。这天上午我在钓鱼时不时听到湖中水草甸里有砰砰的响声，但我并没在意。中午时分，我看到一条小艇从湖中苇草里开出来，上面坐着个穿着迷彩装的白人，手持猎枪，船的前面部分堆满了猎获的加拿大野鹅，至少有几十只。我当时就想，小艇上的这种野鹅我家附近就有，但是受到所有人的保护。谁要是踢它们一脚一定会受到谴责，而同样的野鹅飞到了大湖里面怎么就可以大批地枪杀呢？

这天和猎人父子的交谈中我得知，我们所住的这一地区在一百多年前还是大型野兽出没的地区，所以这一条主要的街路会叫Huntingwood（狩猎树林）。那个时候丹密河里到了秋天会有大量的洄游产卵的三文鱼，引来很多的棕熊到峡谷里面来捕食。后来多伦多人口不断扩大，那些大型的野兽都退到北边的森林里了。现在以打猎为生的人已经很少，但是打猎作为消遣活动已是一个很大的产业。他们说的这个情况我大致了解。在我家的电视节目频道上有两个频道就是专门介绍野外狩猎的，里面有很多推销猎枪、猎具设备以及相关服务的广告。我看到那些猎人用带瞄准镜的猎枪躲在高度伪装的帐篷内射杀一只黑熊易如反掌。可能是他们自己都觉得这样太容易了，于是一部分人喜欢用弓箭或者机械弩，以增加打猎的难度。但是我觉得这对动物来说是更残忍了，子弹通常会使动物一枪毙命，而弓箭则会大大延长动物的痛苦时间，而且很多动物会带着弓箭逃到密林里，最后肯定也会慢慢死去。所以我问猎人父子，为什么猎人可以用任何手段来猎杀各种各样的动物，而在我们所居住的环境里，对于那些带来麻烦的小动物却要保持那么温和的态度呢？对于我这个问题，年轻的猎人给了我这么一个解释。他说打猎的人是深入到了动物的领地，他对环境和猎物是无法控制的，如果他的技术和运气不够好，如果他的猎物反应灵敏快速，那么他可能什么也打不到。因此说，猎人虽然残杀了猎物，但是他和猎物之间还有某种公平对等的关系。然而对于我们居住地盘内的小动物，我们对它们有绝对的控制能力，它们和关在动物园里的野兽没什么太大区别。想一想，如果我们枪杀或者殴打动物园里的野兽，那是不是一种无法接受的可耻行为呢？

要说清这一个问题是困难的，那是白人的游戏规则，超出了我的想象能力，但是我眼下有急于需要解决的现实问题。我说了浣熊入侵阁楼的事情，向猎人讨教办法。老猎人和儿子讨论了一下，说可以用诱捕笼的方法。他说自己车库里还有一只诱捕笼，以前在阿岗昆森林里专门用来诱捕红狐狸的。虽然是六十多年前制造的，却是做工精良，完全还可以再用一百年。他儿子从车库里找出了这个诱捕笼，果然保养得很好，是装在一个帆布袋里面的。他们告诉我，逮住了浣熊，一定要送到三十公里之外的地方放生，太近了浣熊有可能会找到返回原住地的路。他们还告诉我在浣熊关押期间，还得给它们饮水，笼子里面就有个饮水罐。当然，他还教了我使用诱捕笼的方法。

我和妻子带着诱捕笼回家了。我心里有点奇怪，为什么在我遇到浣熊入侵的困难时，会遇到两个老人倒在地上起不来的事情呢？民间故事都有这样的情节，上帝会化装成需要帮助的落难人，如果你正好帮助了他，那你就交上好运啦！

## 六

我们把诱捕笼子装上诱饵，放在位于浣熊洞口下的地面上。第二天一早我急忙去查看，笼内的诱饵还是好好的。连续两天，没有任何动静。我开始有点儿沉不住气，怀疑这一招是否管用，难道这狡猾的浣熊真的会自投罗网吗？可我妻子这回却显出十足的耐心，她把笼子的摆放位置调换在前院门口，这一布局，立即起到决定性作用。当晚十二点，我妻子亲自出外巡视，回来时兴奋地说了三个字：逮住了。我这个时候已经上床睡觉，一听这消息立即从床上蹦了起来，带上手电筒和妻子一起去处置。当我们靠近了笼子仔细观察，只听得笼子里发出“喵”的一声叫，原来是抓住了一只野猫，而且还是泰勒家供养的其中一只。这真是令人哭笑不得，我马上开笼放走野猫。

虽然第一次摆了乌龙，但大大提高了我们的信心，至少是让我们相信这个捕兽笼是好使的。还有一点也给了我们启发，这个位置既然野猫敢来，说明浣熊是不经过这里的。所以我把笼子换到另一条小径上，而且换上了浣熊最喜欢吃的诱饵——一条莱斯湖的太阳鱼，它们当初就是被我埋在花圃里的太阳鱼杂碎吸引过来的。这一回，运气终于到了我这一边。夜里一点钟左右，夜深人静，我们还支着耳朵听着外面的动静。突然听得外面咔嗒一响，像是诱捕笼的机关门声音。我们立刻跑去观看，这次可是货真价实的浣熊了，而且是那只大母浣熊。

第一次近距离观察浣熊，觉得它的样子远不如它的名字可爱，甚至有些丑陋，彻头彻尾就像个小偷。我近来深受这家伙的骚扰，憋了一肚子气，于是拿起一根小树棍想吓唬它一下。可这家伙还很凶悍，猛然跳起脚回击，整个笼子都弹了起来，让我倒退几步。就这一刻我的脑子里突然又闪出闰土的形象，那把钢叉正刺向一只猹的肚腹。我一时间心里充满仇恨，很想杀了这只浣熊。这就像吸血鬼电影里的一些镜头，一个人的嘴里突然吐出两颗妖魔獠牙，但几秒钟后马上控制住，又回到了人形。我想起老猎人说的要善待受自己控制的猎物的法则，渐渐没了脾气。我把关着浣熊的笼子锁入车库，没有忘记给饮水罐加上水，等天亮了再作处置。

清早起来，我们决定把浣熊流放到一百公里之外的莱斯湖那边。老猎人指点过我们至少要送到三十公里以外的地方，我自己又查了一次资料，上面说最好要五十公里浣熊才不至于返回故地。所以为了保险起见，我决定尽量送得远一点。我开上那辆大车厢的旅行车，装上笼子就上路了。一路上，浣熊散发出臭味儿，差点把我熏得吐了出来。到五十公里的地方，我妻子实在臭得受不了了，问我是不是可以找个地方放了。可我说再坚持一下，还是把它送到莱斯湖边去吧。于是我们又开了五十公里，到了我经常来钓鱼的湖边。我们找了个僻静树林，打开笼门，浣熊立刻落荒而逃，一眨眼就不见了。

当晚下起大雨，我们没有摆放诱捕笼。晚上和清早还听见屋顶有响动，证明那几只小浣熊还在上面。过了两日，天气放晴，我们又把笼子摆放好。这个夜里的收获令人意想不到，诱捕笼同时逮住两只浣熊。这简直像是一个奇迹，我想大概是小浣熊前日看见过母亲关在里面，以为走进笼子就可以找到母亲，所以会两只同时进入笼子。这回是我独自开车去执行流放任务。我本来这次要把它们送到和莱斯湖不同方向的康桥镇那边的，顺便去那里见见一个老朋友，但当我快要上401高速公路的时候，突然改变了主意，觉得还是把它们送到莱斯湖边吧，这样它们就可以找到妈妈了。于是我就上了去东边方向的路。我把它们带到上次释放大母浣熊的树林里，打开笼门放它们走，可是这两只小浣熊居然不敢离开笼子。等了好久，才见这兄弟俩胆怯地出了笼子，东张西望不知所措。说实话，这个时候我心里倒是有点觉得不忍。我相信它们很快会找到妈妈，而且这个地方靠着湖边，湖岸上会有很多鱼，再往前面有很多海鸥下的蛋，树林里有大量食物，生存环境比我家后园要好上很多。浣熊应该很快会喜欢这个新家园的。

余下来的日子，我的耳朵异常敏感，不论睡得多沉，只要房顶稍有动静，我马上能醒，大概那些神经衰弱的病人也不过如此吧。我们曾亲眼目睹这一家浣熊共有四只，现在三只已经抓到，还有一只得尽快捉拿归案。

三天后的夜里，我极为灵敏的耳朵听到屋外有激动人心的“咔嚓”一声，是诱捕笼机关门的响声！我以为这最后一只浣熊终于落网了。可是当我们冲出屋子前往查看，看到笼子里居然是一只臭鼬。这下可真麻烦了，臭鼬是很难接近的，因为一旦它认为遭到威胁会放臭屁，这个臭屁的能量吓人，是液态的，气味非常刺鼻，如果喷到人眼，会造成暂时失明。我提着笼子往后园走，想把它给放了，刚走几步，臭鼬就发威，放了一个臭屁。臭味立即散发出来，连正在屋内睡觉的我女儿也被臭味熏得起了床，拿出空气清新剂，全屋喷洒。那臭味持续了两三日才渐渐散去。

最后一只浣熊终于在一个星期之后捕获到了。我还是把它送到了前面几只已在那里的莱斯湖边放生了。

## 七

终于把占据阁楼多时的浣熊一家驱逐并流放到“西伯利亚”去了，我们获得了重生一般的愉悦。我们开始了战后的重建工作。首先得先清理阁楼，现在阁楼里布满了浣熊的粪便和它们叼进来的食物残渣，臭不可闻。那隔热的保温棉被被它们撕破做窝，乱作一团。我们请了一个专业的清洁公司花了一千加元才消除了那些污渍和臭味，然后请了一家西人开的屋顶公司来更换整个屋顶。我们用了最好的材料把所有的漏洞堵上，还在外面加了一层金属铝板防护层。这个西人公司的收费价格比华人公司要多一倍，但是施工质量令人满意，而且在合同上写明了翻修过的屋顶是Raccoon proof（可防止浣熊的），如有浣熊入侵，他们负责处理。做好这些事之后，我们觉得屋顶已固若金汤。我们重新回到了荒芜多时的后园，开始在花园里栽下了瓜果和花卉。那真是一种幸福的感觉，如流浪的犹太人回到了迦南流蜜的土地。自从那棵大树砍掉之后，后园阳光堪比加利福尼亚的农场，那些黄瓜和水瓜迅速成长，我种的花更是如打翻调色盘一样五彩缤纷。后来我觉得我们这个屋宅的风水里还缺点水，于是自己动手开挖了一个小鱼池，买了一些太湖石一样的火山石，搞了个流水潺潺的小瀑布。鱼池里养了一些金鱼，其中有几尾日本锦鲤价格很贵，但是看起来很有喜气。

转眼间，夏天就来了。我们的后园果实累累。那一段时间，除了松鼠和各种各样鸟类之外，没有其他动物来骚扰。唯一稍觉麻烦的是泰勒家的野猫越来越多了，今年又有小猫出生，族群已有十多只了。它们大模大样在我们家车道上晒太阳、打盹。泰勒夫人一直抱怨自己没钱买猫粮食了。她一直鼓励我妻子收养几只，但我妻子立场坚定，坚决不答应。

夏天里，离我家一条街之隔的丹密河峡谷是个好去处，我最喜欢在那里散步。多伦多的地形是一块平原，所以丹密河谷其实算不上峡谷，叫沟壑（ravine）比较恰当。那条河也不大，是溪流加河沟罢了。但是我总觉得它是多伦多的一条风水命脉。多伦多的雨量丰沛，冬天大量积雪在春天融化时雪水会汹涌而下，雨雪水就是通着丹密河从北到南注入五大湖之一的安大略湖。我每个星期会沿着丹密河边的小径远足一次。冬天的时候，这里没有服务，厕所都关闭了，但是雪景迷人，冰雪下流水淙淙。河边有救生设备，还有告示牌提醒雨天时河里水势大，不要靠近。由于一条水系和边上的树林存在，这条狭窄的湿地里还出没着野生动物，据说有蛇、麋鹿、鹳鸟、狐狸等。有一天早晨，在多伦多市内的省议会大楼外的女皇公园，人们竟然看到一头大角麋鹿在啃着公园里的草。据专家解释，这麋鹿就是沿着贯通城市的丹密河谷岸边的树林走进城市的。我非常感激几百年来开发建设多伦多的人们始终为丹密河谷边保留了一大片树林，让我身居城市还能随时进入自然的原生状态。我经常会在一块提示牌前停下，那上面有一张棕熊在河里捕食三文鱼的黑白照片，是一八七八年拍摄的，地点就在我眼前的这一段有落差的河流上。今年夏天在河谷里散步，想到的事情会多一些。我前些日子一直痛恨浣熊侵入了我的家园，但看看这张棕熊以前在这里饱餐三文鱼的照片，让我知道人类才是真正的入侵者，只有野生动物才是土地本来的主人。这么想想，我的心理平衡了许多。所幸我和浣熊之争已经结束。今后一定注意不要招引小动物，顺其自然，那就可以和环境平安相处了。

然而在赶走了浣熊之后，我总还是有一种心神不宁的感觉。也许是胜利来得过于容易了一些吧?

果然，人的第六感官是存在的。我的预感在送走浣熊到莱斯湖的三个月后开始实现了。那个时候已到盛夏了，我差不多已经彻底摆脱浣熊一事带来的不快。有一个夜晚，我梦见浣熊一家都回来了。它们要回到原来所住的我家阁楼上去，但是那个屋顶已经变成一个石头的金字塔。浣熊的爪子在使劲扒着屋顶，那石头的屋顶被扒开裂缝。就在这个时候我一身冷汗惊醒了，还在不停地喘气。当我的意识清醒过来，知道刚才只是在做一个噩梦，心里庆幸不已，幸亏只是在做梦，不是真的。我转了个身，想再次入睡，忽然觉得屋顶似乎真有什么细微的声音。起初我以为可能是外面刮风下雨了，但我现在是清醒的，知道今天夜里是个大晴天，星光灿烂。那我转念想也许是泰勒家的猫群吧，就在这个时候，突然一个念头钻了出来：莫非真是浣熊回来了？这么一想，我明白了刚才做噩梦的原因，是因为屋顶上奇怪的声音才引导我进入了心理潜意识的黑暗区，那正是我恐惧的地方。这就像我们梦见自己到处找不到厕所，原因是膀胱内小便刺激你的神经才生出这样的梦，但是这一天夜里的屋顶响声很是细微，后来就消失了。由于我对这件事情是否是真的还没把握，所以没有告诉我妻子，以免让她感到紧张。第二天早上起来，我第一件事就是到后园里查看，没有发现一点浣熊来过的痕迹。妻子马上发现了我的不正常，因为我平时早上从来不到花园里。我解释说是去看看我种的那一株香水海棠开了没有。我仔细打量了换过的屋顶，还有下面已全铺上金属铝板的屋檐，也没有被破坏的迹象。因此我觉得昨夜里的声响是我过于敏感导致的幻想症吧？

有一个现象引起我注意，车道上那些懒洋洋的泰勒家的野猫不见了。这可不是个好兆头。

在接下来的几天的夜里，我睡得一点也不深沉。我的神经和房子的屋顶似乎连接上了，能细微地感觉到屋顶表面的任何动静。其实我还是睡着了，处于一种浅睡状态。下半夜的时候，我能感觉到屋顶上有十分焦躁的声音，不是在一处，而是像一群蚂蚁一样到处在打转，想扒开一个口子钻进来。一连多天都是这样，而且持续的时间在加强。有一天半夜约两点钟，我起身解手，抬眼时，忽见洗手间气窗外面的玻璃上有一个浣熊的脸，那是一个强盗似的面孔，像佐罗一样戴着眼罩。浣熊平静地看着我一动不动，和我对视。尽管我不知道浣熊的面目是否和人一样每一只都不同，但我还是能认出这就是我几个月前逮住的第一只母浣熊。它现在回来了。还有一点也可以证明。浣熊会记住它住过的窝，就算是第二代也会记得住。从它几天来一直顽强地想进入我家阁楼的决心来看，也可证明就是原来那一家。

事到如今，我只得把我所掌握的浣熊敌情通报给妻子，反正她很快就会看到浣熊接下来的行动了，让她早做点思想准备。我们讨论了半天，不明白为什么浣熊都送出去这么远了，还能找回来。我们比那个动物处置指南上建议的送出五十公里的距离多了一倍，超过了一百公里，比老猎人说的三十公里则多了更多，按理应该是万无一失了。我难以理解，反复在网络上Google答案。最后在一个美国加州的小镇论坛上找到一条相关的评论。那上面说，不能把很多只浣熊的家庭成员送到同一个地方，那样的话浣熊家庭成员的记忆能力和回到原居地的决心和能力都会大大加强。这个时候我明白了自己的错误。如果我当初把大母浣熊送到东面的莱斯湖，把后来逮到的送到西边、北边去，那么它们就会因为孤单而在当地找个伴侣安下家来。我不应该犯下这样一个愚蠢而自以为有人道精神的决定，还想象加拿大移民当局一样让移民合家团聚，结果当它们一家团聚之时，正是它们决定返回原居地的开始日。我知道这几只浣熊这一路上走得一定十分艰辛，足足走了三个多月，堪称浣熊界的万里长征。这一路上它们一定得到了意志上的锻炼，也许复仇的火焰已在它们的原始本能中点燃。

由于这回我用了最好的屋顶材料，加上那个西人公司的精心施工，整个屋顶成了铜墙铁壁。浣熊久攻不下，终于放弃这个企图了。

我有好几天夜里没有再听到利爪的声音。不过事情不会这么简单就结束的。这期间发生了一件事情，是动物界自己的事，我们无法了解其中细节过程，只能按照人类的思维去勉强解释，但是其结果还是可以看到的。我说的这一件事是，泰勒家的野猫群正在和浣熊之间进行一次决战。这件事延缓了浣熊对我家的报复。

上面说到泰勒家的野猫一直以来都是退避浣熊的。只要浣熊一来，它们都躲避了起来，这条规律成了我预测浣熊的一个征兆。但是，最近的情况有点吊诡了。因为在一整个冬天里浣熊都没活动，那些小野猫在高寒中长大，个头都不小了。虽然当浣熊走出我家阁楼时野猫躲避了，但是从我的诱捕笼最初抓到的是一只野猫的情况来看，野猫并没有走远，可能是和浣熊领地分开，井水不犯河水。而在浣熊被我全部擒拿住发配到莱斯湖之后的三个多月里，野猫的家族数量和力量都更加强大了。这个时候浣熊突然回到了原来的地盘，估计那黑猫头领虽然马上退避，但会有些打算。起初，浣熊的全部注意力集中在想挖开我家屋顶，重新回到老巢这个打算上。在它们一连几天的努力失败之后，它们的挫折变成了愤怒。这个时候它们开始降落到地面活动。而地面上近来一直是野猫群的地盘。

那一场决战是在一个雨天里进行的。动物就是奇怪，不选一个月朗星稀的晴天夜，偏偏要在细雨霏霏之中进行。那场决战肯定是很激烈的，如果是平静的夜晚，那野猫和浣熊撕咬时发出的叫声一定会让人觉得毛骨悚然。虽然那天夜里的风雨和树枝的摇晃声遮住了打斗的声响，但是我敏感的神经还是能感觉到那殊死搏斗的嘶喊。第二天我没有看见什么，在雨水冲洗下地面上什么也没留下。中午时雨停了，气温升高。我闻到车道的附近有血腥的味道，大群的苍蝇飞来飞去。我知道这迹象一定和昨夜的厮杀有关系，我接着看到了让我极其震惊的景象：车道边的灌木丛下有那只黑猫的猫头和残存的皮毛，身体所有的东西几乎全被吃光了。成年浣熊的体重近15公斤，猫是打不过它们的。

在野猫和浣熊大战之后，有一个多礼拜浣熊没有出现过。我知道浣熊在战斗中也一定付出了代价，正在疗伤。它们一定很快就会回来。

## 八

在野猫和浣熊大战之后，我就知道，我和浣熊的一场决战已经在所难免。浣熊在屋顶久攻不下之后，必然会在地面上制造事端。在那几天浣熊没有光顾的日子里，我整天在想着将要面临的事。非常奇怪，那些日子无论是白天还是黑夜我经常会想起鲁迅笔下的闰土形象，那段文字反复地自动冒出来：“深蓝的天空中挂着一轮金黄的圆月，下面是海边的沙地，都种着一望无际的碧绿的西瓜，其间有一个十一二岁的少年，项带银圈，手捏一柄钢叉，向一匹猹尽力地刺去，那猹却将身一扭，反从他的胯下逃走了。”我的心里开始出现那一把钢叉，我觉得应该用一把神奇的钢叉去战斗。我知道这里的法律不可以私自处死野生动物，尽管电视里每天放着猎杀大型动物的节目。我得找到一件合适的武器。我在车库里面反复寻找，有很多可以杀死浣熊的利器：铁铲、铁锹、尖齿耙子，还有一把锯树枝的长锯。但是我不可以使用这些武器的，我最多只能痛打它们一顿，让它们知道这里是我的地盘，我不会任凭它们在这里胡作非为。我终于在车库里面找到了一根旗杆，看起来是前任房东小时候当童子军时用来耍旗帜走队列游行用的。它是用实木做的，非常的结实，而且还带着一个木制的尖矛头，上面镀着金粉，看起来像金属的一样。当我用这根旗杆做了几个穿刺的动作之后，觉得这东西有点闰土那把著名钢叉的味道了。

果然，一个礼拜之后的一天早上，当我打开我家的正门出来时，我看到了门上喷满了恶臭的动物粪便。毫无疑问，这是浣熊干的，这是它们宣战的信号。从这天开始，我们家后园开始遭到了毁灭性的破坏。浣熊先是把园内种植的瓜果全部都糟蹋了，大部分都是咬上几口，然后把藤搞断。那些蔬菜和花草则是连根都被刨了出来，一棵种了两年的樱桃树被拦腰咬断。几天之后，浣熊开始翻掘草地。我知道草地在夏天的时候会在地底下长一种白色的虫子，是浣熊爱吃的食物，但现在情况看起来浣熊不只是在找虫子吃，而是带着一种破坏性的目的。当它们把后园所有的植被都破坏之后，我发现我挖的那个鱼池还安然无恙。因为那鱼池挖得还比较深，里面的金鱼和锦鲤沉到了水底，浣熊还奈何不得它们。这个水池没有失守让我略觉欣慰，我甚至还产生一种绥靖的想法，或许浣熊在大肆破坏实行报复之后，最终会失去兴趣，找其他地方安家。但是我这个想法很快被证明是错误的。两天以后的清早，我看到了鱼池边惨不忍睹的作案现场。鱼儿们的尸体散落在周围的草地上，有的被啃了一半，有的被啃得只剩鱼头鱼刺。再看水里，新买的水草被捞出来，扔到太阳下暴晒，而池中的水则是浑浊发黑，还伴着恶臭。仔细看来，原来是浣熊先把大量的泥土刨向鱼池，把池子填了一半，让鱼浮到水面，然后抓它们上来吃掉。

事情到了这种地步，回避和容忍肯定是不行了。事实上在我自己出来和浣熊决战之前，我还是给那个野生动物处置公司打过电话，请他们来赶走浣熊。他们听说浣熊已经不在我屋顶做窝，就说这样他们就没有办法了，因为他们只能驱赶进入屋内的浣熊，户外的则不可以。我还在夜里再次布下诱捕笼，但是每一次笼子都被推翻，浣熊根本不会中计了。

现在回想起来，那几天的日子真是非常折磨人的。浣熊一连串的恶行不仅破坏了我家的园子，更麻烦的是扰乱了我的精神状态。半年多来和浣熊的战争让我的神经紧绷，我经常处于幻觉状态，最后的时候几近到了崩溃的边缘。我把所有的门窗都关闭了，怕浣熊钻进来。进出门的时候也赶紧把门关起来。可我总还怀疑浣熊已经进入我家的房子，不是阁楼，而是房子里面，甚至在屋子里面似乎闻到浣熊的气味。某天我打开衣橱时，吓得差点大叫。有一只浣熊在里面。仔细看原来是我妻子的那条狐皮大衣。浣熊虽然一时还进不了我的屋子，但是它们另有办法，化成梦来折磨我，消耗我。有一天晚上我梦见那个诱捕笼，自己居然成了诱捕笼里面的诱饵，那浣熊变得和老虎一样大，鼻子在笼子外的铁格子里擦来擦去，把那臭不可闻的黏唾沫喷到我身体上。事情到了这个地步，我已别无选择，只得和浣熊决一雌雄。

我在决定对浣熊开战之前，曾考虑过周围邻居的反应问题。我家西边的邻居原来是斯沃尼夫人一家，她在我们家搬来之后的第三年死于西尼罗症，去年她的家人卖掉了这房子搬到北边去住了。现在是一家台湾人住在这房子里。这家人平时只母子住在里面，母亲和儿子还似乎不合，经常会回到台湾去住。儿子是一个开大货车的年轻人，对我妻子很尊重，所以我觉得这一家应该不会有问题。那么，在我家后园背靠背的那个房子，最早的时候是一个黑人住的，后来变成一个伊朗人家。那个伊朗老太太喜欢采摘荨麻叶子做菜吃，但是上半年这房子再次易手，搬进来一家上海人。这人家的年轻女主人似乎非常高傲，在后园见到我们如同没有看见。我是听她在大声对丈夫发号施令的时候知道她在说上海话才断定他们是上海人。不过这家人对于园艺毫无兴趣，后园的草长得齐膝高也不剪，所以我估计他们是不会管闲事的。后园的东北面靠着我家的是一家亚美尼亚人。他是个干建筑活儿的，刚买下房子时还是个平房，后来只见他几次扩建，把原来的面积几乎扩大了三倍，我相信他现在多层叠加的房子一定有违章建筑的部分，所以每次见到我都很客气，大概怕我会到政府那里告发他。我想这家人应该不会跟我过不去。再下来，就是东侧的邻居泰勒一家了。我相信，泰勒家因为野猫的问题也是会恨浣熊的。

## 九

现在我已掌握到浣熊到我家后园捣乱的时间规律，基本上是清晨五点钟左右到来，它们的窝可能安在离这里有点距离的地方。夏天里五点钟时，天已经微微发亮。我的妻子还在熟睡之中，发出均匀的轻微打鼾声。我悄悄地起了身，没去刷牙洗脸，马上进入楼上的储藏室仔细穿好了事先准备的防护服装。我穿的是一双厚底的登山皮靴子，帆布的工作衣裤，手上戴着猪皮劳动手套。为了防止万一，我还戴上一个滑雪的头盔和保护镜。储藏室里有一面大镜子，我看到自己这会儿的模样很像个外星球的战士。在我进入后园之前，我从窗口看到母浣熊正带着小浣熊从西边台湾人家的木栅墙鱼贯而来。它们一来便直奔垃圾桶，那母浣熊抵达桶边便后腿站直，前爪抬起搭于桶盖上沿，兀立着显得体壮魁梧，一下子就将垃圾桶给撂倒了。

时机已到。我手持那条实木旗杆从花园的边门突然杀出来，那母浣熊大概从来没有见过带着滑雪头盔和防护眼镜的人，吓得往后跳了几步。我对着它一竿子打过去，但这家伙身手敏捷，一个跳跃便躲过了袭击。我连打了三棒都没打着，又用刺杀的方式叉它，也被它躲了过去。这家伙看我并不厉害，开始对我龇牙咧嘴发狠。就在这时我看到那几只小的正在一边发呆，便一竿子打下去，打个正着。那小浣熊发出了尖叫声，而母浣熊慌了神，赶紧过来保护小浣熊，这样便吃了我几下重击。母熊这个时候想带着小浣熊躲开我的痛打，并不顾得痛。有一头小浣熊慌乱之中竟然对着我冲来，我以为这家伙是要袭击我，便一竿子横扫过去，把那家伙打得趴了下去。这时候母浣熊发出了一声惨叫，我相信这一声惨叫大概三条街外的人都能听得到。它越是乱叫，我就越想打它，要打得它叫不出声为止。正打得起劲，我突然听到隔壁家那边传来泰勒的声音：

“斯蒂芬！你在干什么？你想杀死它们吗？”泰勒问道。这斯蒂芬是我难听的英文名字。

“我不会杀死它们，我只是想要把它们赶走。”我回答。我停止了行动。那母浣熊还在呜呜地鬼叫着，看我不打它了，赶紧带着小浣熊跳上了木栅墙逃跑。只有两只小浣熊跟着它跑掉，还有一只却跳不上木栅墙。我看到这一只的前腿挂了下来，大概被我那一棒子打坏了。

就在这个时候，我听到远处有警车的呜呜声传了过来。起先我根本没想到这警车是冲着我来的。很快，警车的呜呜声越来越响了，在我家的门口停了下来。我还没缓过神来，只见两个警察穿着防弹衣双手端着手枪进入后园。他们的手枪直接瞄准我，命令我放下武器，双手高举过头顶。我知道自己遇上麻烦了，于是服从命令放下那旗杆把手举了起来，一个警察在另一个的掩护下，以非常熟练的动作把我的手扭到背后，上了手铐。

警察没有马上带我走，而是先要搜集证据。那一头断了一只前腿的小浣熊还在园子里，躲在角落里瑟瑟发抖。十分钟之后，有一辆动物医院的车子开了过来，好几个专业人员用网罩抓住了小浣熊，带回医院去医治。这个时候我看到邻居家的木栅栏后边都有眼睛在看着我。接着我被带出了花园，我告诉惊慌失措的妻子没有关系，我又不是真的犯了什么罪。门口有两部警车，我坐在前面的一部，后面的一部带走我作案的武器——那一条木头旗杆。

想不到的是，这件事让我大大出了名。第二天，多伦多几乎所有的英文和中文报纸都登载了一条消息，还配上我戴着手铐被警察押上警车的照片。这报道的标题和内容是这样的：

惨叫声惊动邻居报警，华裔男子涉用长矛袭浣熊遭警方拘捕

多市警方于昨晨五时许接获至少三名市民电话报警，表示在Huntingwood附近一民居，有一名男子正在用一把长矛似的武器击打其后院中一群浣熊，浣熊受伤后发出凄厉的叫声，浣熊妈妈则试图保护和救回小浣熊而反搏。警员据报赶至现场调查，在事发现场的后园角落发现一只受伤小浣熊，浣熊妈妈则已将两只小浣熊带走。警员在现场了解情况后，将现场一名五十一岁华裔男子Dong Ruan（译音，阮冬）拘捕，警员并用手铐将被捕男子双手反扣背后，带上警车返回警署，并被落案控以残暴对待动物及使用危险武器罪名，于下月13日到法庭应讯。多伦多动物服务机构（Toronto Animal Services）的人员亦奉召到场，并用铁笼带走一只小浣熊。据该机构发言人称，被带走的受伤小浣熊除腿部骨折受伤外，其他情况良好，而且非常“生猛”，待伤势痊愈后，会将它带返现场附近让其重返大自然。

这篇报道我是第二天才看到的。这里面有一个明显的错误，就是把我的那杆旗杆写成了长矛。还有两点让我很吃惊，一是居然有三个

目击者会同时报警，这说明我之前对自家和邻居的关系评估完全是不准确的。另外就是动物服务机构的发言人声明，这只被打断腿的浣熊会在治好伤之后重新放回到现场附近，也就是说它最终将可能会回到我的后园。

当天我在警察局里待了一天，和几个因贩毒、枪击、抢劫的疑犯关在一起。不过到了晚上我就取保释放了。警察将控告我犯下虐待动物（Cruelty to animals）和使用武器作危险用途（Possession of a weapon for a dangerous purpose）两项罪名，并安排我在下月13日开庭审理。

在报纸和电视等媒体传播开我袭击浣熊的事件之后，我家对面的人行道上出现了一些动物保护组织的人举着牌子抗议我的行为。说实话，看见这些毫不相识的人举着写着我名字的牌子在我家门前挑衅，我心里比当时面对浣熊时还感到愤怒。警察也担心会发生冲突，特地派了警员驻守，还拉了警戒线。后来，我还看到我家门前的马路几根灯柱上贴了海报，上面把我写成是一个虐待动物的狂人，要求我从这个住宅区搬走。我看到海报下面有几个人的姓名、地址和签名。我只知道那个住217号门牌叫豪斯的人就是我上面提到过的那个收藏各种汽车轮毂的白人，他的姐姐是个十足的骗子。不管怎么说，看到有邻居联名要求你滚出这个地方，你的心里还是很难受的。

开庭审判并不很复杂，法官认定我有罪，但处理不算很严重，主要有以下几条：终身不准使用诱捕笼；五年内不得接近浣熊，至少要和它们保持十米的距离；罚款五百加元（罚款部分可以用做公共义务劳动三十个小时代替）。对于法官的判决我没有异议，完全接受了判决结果。

最后我还要提一件事。其实我非常不愿意把这事说出来，但这件事不提，故事就会缺失很大一部分的真相。事情是在开庭的那一天，我提早到达了法庭。我这种案子很小，所以是在一个小房间里审理的。我到达时房间里只有一个法院保安员在里面，他让我坐在被告的位子上，其实那也就是一张普通的桌子。一会儿，一个警察匆匆到来，我认得出是办我案子的那个人。因为案子比较小，控方直接由警察出面，而不是像正式的案子由检察官提出诉讼。这个警察向我打了招呼，把卷宗放在控方的桌子上，跟那个法庭保安员说自己到外边去买一杯咖啡，就离开了房间。就在这个时候发生了一件鬼使神差的事情，那小房间的天花板上有一部吊式风扇，那个胖胖的黑人保安员比较怕热，把风扇开得很大，结果那风把刚才警察放在桌上的卷宗夹吹得翻开了，有一份记录纸被吹了出来，飘到了我的脚边。我起初不敢看它，觉得那保安员会马上过来捡起来放回去。但那个保安员正低头使劲按着手机，大概正在和什么人短信聊天，没有看见文件被风吹落的情况。我忍不住好奇心，用眼角打量了一下就在脚边的这份记录纸，原来这就是警察最初接到电话报案出动警车奔赴我家的原始记录。那上面写着有三个报警电话报告同样的事情，三个电话号码都写在上面并涂了黄色标志，后面注明了Strictly confidential（严格保密）。我扫了这三个电话号码一眼，知道这三个号码就是报警的邻居家的，其中排在中间的一个看起来很是熟悉。我突然明白这个号码就是我自己家里的，顿时我脸色苍白。这时候那风扇把更多的文件纸吹到了地上，保安员终于发现了情况 ，走过来把文件收拾了起来。不久，警察端着咖啡走进来。接着法官走了进来，开始了审判。

尽管在这里我把这件事说出来了，但在实际生活中我把它彻底埋藏了，没有对任何人提这件事，就像什么也没发生一样。因为我觉得这不会是真相，就算是真的那也一定是浣熊以精灵的形态继续在作祟。还有一条我觉得值得一提，那段时间我和我妻子在精神深处都是病人。

以上就是我有关浣熊的倒霉经历。说到最后，只有一件事让我觉得宽慰：那几只浣熊被我痛打一顿之后，知道了我的厉害，以后再也不敢来我家后园惹麻烦了。